原SIN罪

IV

貪・無厭者

楔子

車子緩緩的停在了鄉間小路上，駕駛座上的男人仔細檢查著自己的衣物，然後從旁邊的數個眼鏡盒中，挑選了一個看上去最專業的銀絲眼鏡。

「證件別忘了！」副駕駛的小張一邊提醒、一邊從口袋裡掏出自己的證件。他身著一身警察制服，調整腰間配槍，等待著阿冠打理好自己的頭髮。

「夠專業吧！」他笑著問。

「專業專業，你長得有夠像菁英份子的！」小張打開了車門，「走！走！阿冠同時下了車，他穿著淺灰色的西裝，看上去專業優秀，五官乾乾淨淨，加上那副銀絲眼鏡，眞的給人一種菁英人士的感覺。

這次的目標是一位獨居的吳阿嬤，她住在自家田上蓋的農舍裡，前院是拿來停車用的，主屋在更裡頭。

小李按響門鈴，不想扯開嗓子喊，引起鄰里注意就不好了。

站在外頭就能聽見裡頭的電鈴聲，吳阿嬤年紀大了，看來兒孫爲她設置了高分貝的電鈴，就怕她聽不見。

「不是知道我們要來嗎？」阿冠皺起眉，他們出現的時間越短越好啊。

「對啊，剛剛才電聯過的！」小張邊說，再用力按了幾下。

夜風拂過，阿冠突然發現眼前的鐵門微晃，他伸手試著一推，鐵門根本沒上鎖。

「掩著而已，阿嬤知道我們要來的。」阿冠推開了門，但沒一馬當先，還是得讓警察先行。

小張鼓起腮幫子放鬆肌肉，然後換上一副熱情的笑容，朝主屋走了過去。

「吳阿嬤！」

阿嬤農舍的大門就是個左右滑軌的紗門，裡頭便是客廳，隔著紗門朝裡看，電視機是開著的，但是沒人在客廳。

「阿嬤？吳阿嬤？我是警察小張。」小張再次喚著，「剛剛跟妳打電話的？」看不見的某間房裡傳出了聲響，小張放心許多，果然不一會兒，略胖的身影出現，身穿棗紅色羽絨衣、綠色燈芯絨褲的阿嬤走了出來。

「哎唷，警察先生！你們來了喔！」阿嬤趕緊招著手，「自己開門，進來進來！」

吳阿嬤邊說，邊彎身拿起茶几上的水壺，爲客人斟茶。

小張主動推開紗門，踏入屋內，「阿嬤，這位是李檢察官，妳還記得嗎？」

老人家轉過頭看了阿冠一眼，點了點頭，「記得啊，怎麼會忘！上次跟你一起來的啊！」

「對，阿嬤記性很好捏！」小張像個大孩子般讚美著阿嬤，「阿嬤，眞的很歹謝，一直發生這樣的事……」

吳阿嬤皺起眉，一副快哭的模樣，「爲什麼是我啦！那些壞人爲什麼要這樣！」

「唉，沒事沒事啦，不是有我們在幫妳了！」小張趕緊上前安慰，「妳放心，只要把錢給檢察官保管，就可以證明妳不是洗錢的人啦！事情結束後，錢都會還妳的。」

「都會還我厚？」吳阿嬤抬頭，淚眼汪汪的又問了一次。

笑死！誰會還妳啊？後頭的阿冠用精明的神情頷了首。

上一次，吳阿嬤也是這樣問他們的。

這位吳阿嬤是難見的案例，所以極致的蠢，五天前他們才騙了一筆，結果她不但完全沒發現，甚至回撥給小張，擔心剩下的錢還會被人盜用，所以他們立刻再來騙第二次。

五天前拿走五百萬以爲是這老太婆的全部身家了，天曉得她還有六百萬！所以眞的不能小瞧這些住在鄉下、深居簡出的老人家們，每個身上都有很多錢可以拿啊！

「會啦！阿嬤，我是警察、他是檢察官，我們就是政府派來保護你的啊！」小張說得跟眞的一樣，接過了阿嬤遞上的茶杯。

他們是不會喝茶的，能留下的跡證越少越好，小張總是同時接過東西，有機會的話都會抹除指紋。

「吳女士。」阿冠總是用略微嚴肅的口吻，「請問您的錢領出來了嗎？由於您跟我們約的時間有點晚，我們需要趕緊點收，才能放到安全的地方去。」

速戰速決，拿了錢就走，是他們的準則之一。

「啊啊，領出來了，你們等我一下，我去拿！」吳阿嬤用蹣跚的腳步，笨重的挪著身子往裡頭的房間裡去。

於此同時，小張立刻把茶倒進茶盤裡，再擦掉杯子上的指紋，但他卻狐疑的用手背觸了觸茶几上的茶壺。

「怎麼？」阿冠留意到他奇怪的動作。

「茶是冰的！這些阿公阿嬤喝茶都是不間斷的。」

「但他們也會因爲這種事情擔心到吃不下睡不著，哪有時間顧泡茶？」阿冠壓低了聲音說著，即使閒談，他們也不會笨到自露馬腳。

房間裡傳來一些細碎的雜音，想可能是吳阿嬤把錢藏在床底下或什麼地方，上一次就是這樣，只是這次也太久了點。

阿冠指指牆上的鐘，示意他們在這裡待得太久了，應該要快點拿到錢離開，小張讓他稍安勿躁，總不能現在去催人吧？

「阿嬤，有沒有需要我們幫忙的？」小張刻意熱情的問，錢再重他都扛得動唷。

原本期待的回應沒有發生，阿嬤沒有回應，但雜音依舊。

不對勁！走！阿冠立刻拍了小張的肩，他們轉身就準備離開，此時此刻，屋裡卻傳出了阿嬤的聲音。

「哎……」

等等！小張及時拉住了阿冠，用嘴型相互溝通，阿嬤還在啊！

「阿嬤，妳怎麼了？」小張往房間的方向走去，「我進去了喔，阿嬤！」

他走進了短廊，往左一瞥，卻發現阿嬤的房間裡竟一片漆黑，將牆上的開關打開，通亮的房間裡亂七八糟！

有許多珠寶首飾都散落在床上、地上與桌上，還有印章，以及看起來像是房契或地契，活像已被人翻過。

「阿冠！」小張喊著，撿起腳邊一張定存單。

阿冠也尾隨而入，才靠近就被遞來一張定存單，他仔細查看，這是真的定存單，價值一千多萬，但是已經到期了。

「這名字不是阿嬤的。」阿冠狐疑的環顧四周，「阿嬤呢？」

小張正拿著一把珠寶首飾，啊對，阿嬤呢？他怎麼忘記這件事了！

說時遲那時快，頭上的燈啪噠一暗，嚇得兩個大男人都發出了驚叫聲：「哇！」

阿冠踉蹌的摸黑退後，才發現整間屋子全都暗去，連遠處人行道上的路燈都照不進來，就在他們沒搞清楚方向之際，最外層的鐵捲門居然嘩啦啦——「咚！」關上了！

「幹！」阿冠低咒，朝著紗門衝過去，但已經來不及了，那鐵捲門像是鏈條鬆了似的，根本一秒落地！

「怎麼這麼黑啊！怎麼回事——」小張慌亂的拿起手機要照明，結果手剛舉起就撞到了東西，「誰——幹，誰！」

他驚恐地後退，撞到了身後的桌子，與阿冠恰好面對面分距兩邊，阿冠正背靠著關上的鐵捲門，兩個人腦子一片混亂！

好不容易點亮了手電筒，兩個人同時舉起照向對方，卻又刺眼得別過頭去！

「別照我！」阿冠喊著，突然間，從這寒冷的空氣中，嗅到一絲不尋常。

空氣中，有一股很淡的腐臭味。

小張好不容易定了神，在手上的手電筒，也終於照清楚了剛剛撞到的東西……是一雙腳。

一雙……穿著綠色燈芯絨褲……的腳……

他們不由自主的抬起頭，看見的是剛剛那個……遞茶給他們的吳阿嬤，用電線吊死在自家客廳上。

那、那剛剛……

電線圈住的頸子突然一陣顫動，阿嬤的頭緩緩回了正。

『錢會還我嗎……』沙啞的聲音，來自懸在上方的老人家。

阿冠完全呆住，他轉過身，瘋也似的使勁要把鐵捲門給拉開！小張見狀，咬著牙繞過了那雙腳，也衝過來幫忙！如果是鏈條鬆了，那鐵捲門只要稍稍施力，就能輕易的推開了——兩人合力向上一推，鐵捲門果然往上了！

咚，身後傳來重物落地聲，讓兩個人僵在了原地。

『錢、會、還、我、嗎？』這聲音，來自於他們的正後方，甚至比他們略矮一點的位置……

「會……會！」阿冠都快哭出來了，「一定會還妳的！阿嬤！」

再使勁一推，小張見著縫隙夠大了，立即趴下身子，就要鑽出鐵捲門外！

『把錢還給我！還給我——』

爬出一半的小張，倏地被莫名的力量拖了進去。

同時「咚」的一聲，明明推起的鐵捲門，再度落了下去。

「哇啊——我會還！我立刻把錢拿給妳！等一下，等——對不起，對——哇啊！哇哇——哇啊啊啊——」

第一章 首都之訪

高速鐵路列車停下來，車門一打開就能聽見外頭嘈雜的人聲，聶泓珈緩緩睜眼，透過窗戶看見外頭人聲鼎沸，看來這是大站。伸了個懶腰，睜著惺忪雙眼朝左手邊看去，坐在走道旁的男孩正在製作PPT，看起來異常專注。

男孩戴著銀邊眼鏡，側臉最近變好看了，下巴的肉也少了不少，聶泓珈挪了身子坐直，確定男孩長高了。

「你最近長了多少？」她啞著聲問，剛醒。

「沒量，但腳會痛是眞的。」男孩頭也不回的繼續點著滑鼠，「還有一小時才到站，妳再睡沒關係。」

「你不睡一下嗎？」她湊了上前，「這東西又不急，不是下週再交就好了？」

杜書綸緩緩的側了首，瞥了她一眼，一臉「妳在說什麼廢話」的態度。

「好好好，事情爲什麼要拖到最後一刻才做呢？早做完不是早沒事嗎？」聶泓珈都會背了，「你厲害，優等生，慢慢做。」

「我爲什麼從妳的語氣中，得到了一種勤奮優秀還要被酸的錯覺？」

「沒錯覺啊，這叫社會現實。」聶泓珈聳了聳肩，「你的優秀在很多人眼裡本來就是種錯，優秀還把事情做得這麼好，更是礙眼！你現在是好了傷疤忘了疼嗎？」

前幾個月，才有許多資優學生爲了各項獎學金的名額，不惜想殺掉杜書綸，因為他過度聰明，搶占了他們的資源，當然惡魔蠱惑是他們變態的原因，但如果內心沒有那種想法，自然也就不會被誘惑了不是嗎？

當然，杜書綸也是自找的，於理他的確沒錯，他的高智商是他的天賦，誰都不能用情績勒索逼他讓出獎學金名額；但、是，人性啊，就是見不得他人好，更別說這樣的人影響到自己權益了！

杜書綸聞言，刻意撩起了褲管，他大腿有兩道難看的疤，是被巨型蒼蠅的口器活生生穿過的，現在用力壓的話，裡頭都還會疼咧！

「疤依舊在，痛楚也沒消失，但，我還是我。」杜書綸聳了肩。

「你喔！」聶泓珈只能嘆息，杜書綸就是這種個性。

即使差點死在厲鬼手中，他們甚至大膽的拿惡魔法器刺傷了別西卜大惡魔，但這些事依舊沒有改變杜書綸分毫，他在明知道自己必定會拿到各類獎學金的前提下，還是照常申請。

學期結束了，他已經確定可以絕對百分之百拿到所有獎學金的首獎。

因為早在國中時，杜書綸的就可以跳級唸大學了，結果他最後走自學之路，甚至還在國際期刊都發表了數篇論文，水準知識均凌駕於一般博士生，這樣的天才，卻突然跑到高一唸書，這簡直是老手去新手村狂虐。

「下次有人在學校外面拿刀砍你，我可不會救你。」她咕噥著。

「妳會。」杜書綸自信滿滿，珈珈絕對會幫他。

聶泓珈一時語塞，她人不聰明，反應不快，口才更沒他好，從小到大，就是沒說贏過他。不過沒關係，她握了握拳，她拳頭大，沒有什麼事是一拳不能解決的！

杜書綸專心的繼續看著他的ＰＰＴ，他因為太閒所以去找二年級學生會問有沒有工作做？進而幫開始幫課外組的羅老師處理雜事，現在這份ＰＰＴ就是關於寒假後、大禮堂落成典禮的活動企劃。

其實大禮堂現在還在整修，預計寒假後會峻工，到時慶祝落成，所以學校打算辦一連串的活動，徹底使用大禮堂，順便讓大家知道禮堂的多功能，無論是演講、話劇、甚至音樂會都沒有問題。

「結業那天才在搭鷹架，寒假結束眞的修得完嗎？」寒假才三星期，而他們原本的大禮堂非常陳舊了。

「如果這份企劃過了，有些確定要請的網紅、名人等等，日期一旦壓上去，承包單位趕工也得趕出來。」

學校打算辦一整個月的活動，每週三會有節目演出，週六還有大型活動，演講、戲劇、網紅分享、明星小演場會等等，應有盡有。杜書綸現在就是負責統整活動內容，製成ＰＰＴ，送交學校通過。

統籌人是總務處的羅老師，她是辦活動的老手，過往學校大小活動兼採購設備都是她，機靈風趣，而且親和力極強，從校長到學生都非常喜愛並信任她。

只是現在師資欠缺，每個老師都身兼數職，羅老師也是英文老師兼學生會輔導老師，辦大型活動時會順便訓練學生會一起協助，如此忙碌之餘，杜書綸便自告奮勇的幫忙分憂了。

畢竟他夠聰明、懂的多、會的也多、而且做這些事完全不會影響到他的課業，所以學校也都默許他「打發時間」。

「可以找我喜歡的網紅來嗎？」聶泓珈腦子動得算快。

「幹嘛？馮千靜喔？」杜書綸末尾還冷笑一聲。

聶泓珈直接一拳往他的上臂砸去，「你很煩耶！哪壺不開提哪壺！」

「喂，喂喂，怎麼可以使用暴力？」他吃疼地撫撫右臂，「妳嘴上這樣講，還不是都在發漏她！」

「杜、書、綸！」她沉下了臉色。

他倒是不以爲意的繼續做著企劃，因爲都是學生，所以可以精準的掌握大家想看的網紅名人或是各類明星，話題性也十足，老實說啦，學校讓杜書綸來幫忙企劃眞的做對了！

杜書綸只要開口，她當然會幫他，誰叫他們兩個是從小一起長大的青梅竹馬，還是鄰居咧。

就像這次她說要來首都，去那間叫「百鬼夜行」的夜店，杜書綸也沒有遲疑的就陪她來了。

聶泓珈拿出名片把玩著，名片都已經被她反覆拿到快爛掉了，這店名真的非常特別，尤其她查過許多店內照片，原來服務生都打扮成妖魔鬼怪的模樣，客人也能裝扮，一踏進夜店，彷彿進入群魔亂舞的世界，所以才叫「百鬼夜行」。

只是，聶泓珈覺得光看著照片，就會讓她覺得有股寒氣……好多照片裡的服務生，似乎好像真的不像是人啊，看著她就不太舒服，甚至……照片裡的人彷彿也在盯著她似的。

她自小就比較敏感，但其實這樣的人也不在少數，尤其在媽媽去世後，她甚至有很長一段時間都看得見媽媽的亡魂；此後略陰邪的地方她就會感到不舒服，有時也會看見模糊的影子，惡鬼就更不必說了。

只是從小到大，常看見就懂得如何趨吉避凶，不去招惹亡魂就沒事了，除非……唉，那些亡魂主動找麻煩！上高中後，她就真的被惡鬼針對過，此後簡直打開了麻煩大門！

先是性騷性侵、再來是霸凌加暴怒，然後是帶著虛榮的暴食，每一個作祟的亡靈後面，都還有更令人害怕的——惡魔。

「唐姐他們就扔張名片，什麼都不講，也很怪。」杜書綸蓋上筆電，抽過她手裡的名片。

「要我們去一趟就是了，唐大哥說他們很忙，沒時間顧我們——而且說我們一直在惹麻煩，他們不蹚這個渾水，」聶泓珈忍不住抱怨，「有夠不講義氣。」

「他們是開店營業的啊，講什麼義氣？」杜書綸也嘆了口氣，「要是我也不想管，誰叫我們捅了別西卜一刀。」

那是情非得已，因為惡魔的惡趣味太難控制了啊！明明他們都已經可以把亡靈搞定了，惡魔卻給了亡者源源不絕的力量，那些嫉妒他的同學們，巴不得把他碎屍萬段，他能怎麼辦？

要讓水停止，只能關掉水龍頭了啊！

他們拿著能傷及惡魔的短刃，刺進了別西卜化身的小正太胸口，堂堂暴食之王怎麼可能會有多大傷害，但他們現在怕的是——惡魔大人反過來報復他們啊！

聶泓珈絞著雙手，天曉得那件事過後，她成天緊張得輾轉難眠，就怕惡魔會突然殺過來……但是一路到了學期結束，目前還算相安無事。

也正因為放假，他們才有空到千里之遠的首都，去拜訪那間百鬼夜行。

杜書綸握住了她略抖的雙手，像是在說：別怕，我在。

聶泓珈側靠在椅背後，用一種無奈的眼神看著他，這個一起長大的男孩，有著比她還矮的身高、比她還纖細的身材，要不是他把長髮剪掉了，要扮成女裝輕而易舉。

那清秀的五官，眞的太像女生了！

「你保護不了我的，沒說服力。」聶泓珈說著大實話。

杜書綸卻笑了起來，「我才不會蠢到以爲我能從惡魔手上保護妳。」

聶泓珈沒好氣的想抽回手，但杜書綸又握著她的手拉回，突然湊近了她，「但我願意跟妳一起死。」

聶泓珈瞪圓了雙眼，杜書綸說話的氣息是吐在她臉上的，她突然覺得哪裡不對勁，全身起雞皮疙瘩的後縮身子，趕緊搓著手。

「好噁！你幹嘛！」她直接一把將他推開，雞皮疙瘩不停的竄！

「呵呵呵……」男孩倒是很愉快，沉浸在惡作劇成功的快樂中。

其實他們現在還是能睡在同一個房間，在青春期到來前，甚至窩在一張床睡都沒有關係，因爲聶泓珈就是在杜家長大的。

他們就住在隔壁，只有一道矮籬笆相隔，連兩層樓木屋構造都一樣，所以他們不只是鄰居，更是貨眞價實的青梅竹馬。

聶泓珈自幼喪母，父親獨自拉拔她長大，但工作卻需長時間出差，這時杜家夫妻就會熱心看顧聶泓珈，儼然是他們家的女兒了。

灌了幾口水，聶泓珈偷偷看了杜書綸一眼，好吧，老實說，剛剛那句如果不是開玩笑的話，聽起來還是很感動的。

願意跟她一起死耶！眞好，她逕自笑了起來，因爲如果是她，她也願意跟杜書綸一起死。

她骨架粗壯、身形魁梧，更別說一身肌肉，從小到大，她都是保護他的那個人！現在杜書綸開始在長高了，積極健身後也漸漸不一樣，她有種男孩眞的逐漸在轉變的感覺。

終有一天，他們都會長大，然後會走向屬於自己的人生道路。

「你會一直陪著我嗎？」聶泓珈突然衝口而出。

手在鍵盤上突然停住，杜書綸平靜的轉頭看向她，眼裡帶著點困惑，然後不客氣的在右手比一個蘭花指，突然的朝她額頭彈了下去。

「不然我現在在這裡做什麼？」

「哎！」只是一點點兒疼，聶泓珈隨便揉了揉，哼，他聽不懂她的問題。

對啦，他現在就陪著她到首都了，她知道的，杜書綸對她一直很好。

尷尬的話題結束，杜書綸繼續專注於他的企劃，聶泓珈則在等待工作通知，寒假眞的太短，要找個寒期工讀很不容易；抱著手機滑呀滑的，飲料店好？還是外送好？……或是……

滑到張國恩的社群，一張限動寫著他找到了一份薪水很好的工作。

「薪水高、每天工作四小時、週休三日……」聶泓珈邊唸邊忍不住羨慕，「張國恩找這什麼工作啊？我也想去！」

「聽起來像詐騙，天下哪有白吃的午餐。」杜書綸微微一笑，但是有給白癡的午餐。

「會嗎？說不定工作密集強度高啊，我也想去看看。」聶泓珈是認真的，如果薪資高，強度高一點她沒問題，「連周凱婷都找到工作了。」

「才高一打什麼工啊，還不如用暑假多學點東西，妳要真閒的話，我可以先輔導妳下學期的功課。」杜書綸眼睛根本沒看她，反正他也擅長一心二用。

「我可以先唸，也可以打工啊，又不影響。」她倒是泰然，「還是你需要我幫忙？」

「需要。」杜書綸也不客氣。

聶泓珈帶著點得意笑了起來，她早料到杜書綸接了這些事，遲早會需要她幫忙，雖然他很聰明，但事必躬親不是他的習慣，他喜歡有可信任的人協助，重點在「可信任的人」。

遺憾的是，這種腦子聰明、過度現實又沒同理心的人，很難去相信他人。

車子即將抵達首都前，杜書綸把企劃書傳了出去，同時也已經詢問想邀約的對象，是否願意到校參加類似活動，他的效率一向驚人。

◆

首都不愧是首都，下車的人非常多，他們一路被擠了出去，想回頭拍張列車照的聶泓珈，卻不經意看見從月台下伸出的手。

鮮血淋漓的伸長，彷彿求救似的。

算了，不拍了。

車站人潮洶湧，讓兩個生長在郊區的孩子有些招架不住，人與人之間的距離是負數的，磨肩擦踵到令人極度不快，聶泓珈縮著身子，看著就在身邊的人群，不自覺的開始微微發抖。

「這是車站，那些都跟妳一樣是路人，不要緊張。」杜書綸當即摟過了她，「沒事的，珈珈，沒有人針對妳，不要想太多。」

沒有人針對她……對，他們只是在車站裡而已。

這些人不是包圍她、指責她的人，他們也在前行啊，腳是向外的，而不是腳尖朝內對著她！

好不容易到了大廳，杜書綸負責看一下要從哪個出口出去，好抵達「百鬼夜行」。

「才差幾分鐘，你們也太不知道變通了吧！」爭執聲從右後方傳來，聲音很近，聶泓珈忍不住回頭。

那是間餐廳，一個男人站在櫃檯有些氣急敗壞。

「對不起，我們早餐就是到十一點結束。」櫃檯的女孩也沒在客氣，還特地湊近麥克風說，「這裡、上面，各個地方都寫得很清楚！現在就是這份午晚餐的菜單了。」

「我就是要吃早餐那套沙拉跟漢堡的啊！現在都還沒十一點半，我就不信你們廚房收了，通融一下啊！」

「先生，請問您要吃點什麼？或是您先在旁邊看看要吃什麼，我們午餐也有漢堡跟生菜沙拉。」

「貴很多啊，我要是都點的話，午餐比早餐多了百分之三十耶！飲料還是中杯而已！」男人竟然拍起桌子來了，「妳不要講話啦，叫你們經理出來！」

後面排隊的客人們也顯得不耐煩，聶泓珈忍不住往店門口多移了幾步，發現收銀機旁、牆壁，都有著醒目的紅底白字「早餐最後點餐時間為十一點整」。

看了一下隨處都有的電子鐘，現在都快十一點半了。

「人家寫得很清楚了，時間就已經過了，不要為難店員好嗎？」

「又不是沒東西點！想吃下次早點來啊！」

「你快一點好嗎？我們後面排很長耶！」

男人惱羞成怒般的竟然把櫃檯上的東西全部掃下桌，「我先來的！你們就是要等我——就差幾分鐘憑什麼要我多付那麼多錢！不然你們就要用早餐的價格算我便宜！」

伴隨著男人的咆哮，店員也怒吼著叫他不要太過分，後面的客人嚷嚷著要報警，現場頓時亂成一團！

這景象讓聶泓珈目瞪口呆，因為在她生長的地方，不可能發生這麼離譜的事情……就、就為了要便宜的早餐？而且，S區的也沒有餐點是分時間的，早餐店的話十一點就關了啊！

「真精彩啊，到底是差多少錢？」杜書綸從後面走來，他也嘆為觀止。

「不知道，但這麼拮据的話，或許不該在車站裡的餐廳吃吧？」聶泓珈非常費解，「我會去便利商店買三明治加茶的套組。」

「哈哈哈，跟窮無關！」杜書綸笑看著那個還在發瘋的男人，「是貪。」

真的沒錢怎麼可能到車站裡的餐廳用餐，便利商店有的是便宜的三明治，尤有甚者，一般早餐店一份蛋餅都算便宜對吧？會這樣吵鬧，無非就是因為「貪」。

杜書綸還眞的跑去看熱鬧，順便看一下菜單，嘴角忍不住笑意的走回，拉過聶泓珈往樓上走去。

「笑爛，就差一百！」

聶泓珈忍不住回頭看向還在罵街的男人，車站保全都趕到了，就、就爲了一百塊？「好扯！」

「貪小便宜的人妳很難想像！」杜書綸拉著她往樓上走，「我們出站，騎腳踏車過去最直接。」

「喔喔，好！」聽到可以騎車，聶泓珈雙眼都亮了，因爲那可是他們日常的代步工具。

一走出車站，立刻就有一隻手伸來，嚇得聶泓珈即刻向後大跳一步，反應機敏的差點打向對方的手！杜書綸趕緊壓下她即將觸發的攻擊，順勢接過了遞來的那包面紙與傳單。

「謝謝。」他一邊說、一邊把聶泓珈往後拉了幾寸，「面紙而已。」

戴著帽子的女孩微笑著趕緊再遞過第二包面紙給她，聶泓珈尷尬的接過，她沒料到有人會這麼近的伸手，她只是警覺性的反應而已……首都這地方眞的太擠了！

打工的女孩繼續從手裡的提袋裡拿出下一包面紙準備發放，結果有個女人突然走來，不僅動手拿走她手裡的面紙，還把手伸進提袋裡。

「欸，等等……」打工女孩機警的收起手，順勢讓提袋遠離婦人的探索，「請問有什麼事？」

「給我面紙啊，妳不是在送面紙？」女人攤開掌心，要得一點都不客氣。

「我是在發面紙，但是我這是要發放給路人的！」打工女孩皺起眉，邊說還邊把提袋護了緊，「您剛已經拿過了，這兩包就再送妳。」

「妳有一整袋是在小氣什麼？妳都給我，也省得在這裡發了啊！」婦人勾勾手指，一副快點交上來的樣子。

打工女孩沒有遲疑的搖著頭，轉身就要離開，她是發送面紙沒錯，發完可以下班沒錯，但還是要有點職業道德，整袋都送人怎麼可以？而且說不定有督導在附近看著咧！

「喂，妳就是在送面紙，多給我一些會怎麼樣？妳是非得讓我多走幾趟是嗎？」婦人毫不客氣，竟上前直接拽住了袋子。

「小姐！抱歉！請妳不要這樣好嗎？」打工女孩也沒在退讓，尖叫著以高分貝吸引路人的注意。

許多人果然立即圍觀，此時婦人卻開始惱羞成怒般的撒手，指著打工女孩的鼻子叫罵，聶泓珈目瞪口呆，被杜書綸拉著往樓梯下的腳踏車處去。

「那個是在……搶面紙嗎？」她忍不住聽著上方不停歇的咆哮。

「就貪小便宜啊，有免費的面紙，多多益善的概念。」杜書綸無奈的搖搖頭，「首都果然什麼特別的景況都有。」

「就爲了幾包面紙啊……」聶泓珈依然很難想像，因爲他們S區，這種情況也不多，就算想多拿幾包，也不會這樣動手搶啊！

她再多看了幾眼，總感覺有些令人不快的陰影，就藏在那之間……比亡靈還更加詭異的東西，幾抹暗藍色的影子穿插其中。

事實上，首都的擁擠中也充塞的許多亡靈，而且意念都比日常看見的強烈，光是眼前這條馬路上，就有一堆斷肢殘臂，還有被碾過下半身的男人，在路上爬行著，朝著遠方不停的喊著：

『我要回家……老婆還在等我，我得回家……』

他爬著那段永遠不會到家的路，週而復始。

「珈珈，專心點。」杜書綸大掌往她的背一擊。

「這裡太多執念了，還有好多好多的……」她痛苦的皺眉。

「人多的地方自然衍生物也多啊，妳不是說只要不理，其實他們形象不會那麼明顯嗎？」

聶泓珈點了點頭，的確如此，但是她現在被這擁擠的車站搞得煩躁異常，不停的看著處處亡魂，身心都不愉快。

「走了！」杜書綸突然喊了聲，踩著腳踏車就出發了。

「百鬼夜行」位在寧靜街上，他們來之前做過概略功課，寧靜街可是首都有名的夜店一條街，白天一片死寂，夜晚五光十色，越夜越美麗；那兒離車站並不遠，杜書綸記得地圖顯示騎個十五分鐘就能到了。

原本領路的是杜書綸，但聶泓珈超車趕上，她比誰都急切的想離開車陣跟人潮，找個安靜的地方喘口氣，「寧靜街」聽起來就是一個很棒的地方。

一轉入寧靜街後沒多久，杜書綸就看見了這條路最底端、可以算是路衝的城堡造型，那便是赫赫有名的「百鬼夜行」！

「珈……珈珈？」杜書綸突然煞了車，人呢？眼前眞的沒有人車的街道上，前後左右都沒有另一輛腳踏車的蹤影啊！聶泓珈人呢？

他緊張的左顧右盼，拿起手機正準備要撥通時，卻突然發現街對面有間招牌特大的夜店，寫著「百鬼夜行」。

分店？他瞇起眼仔細瞧著，發現這四個字的尾端，硬是插了一個小字「眾」這是在蹭名店吧！哪間店紅了，就用個類似的名字！這間店又很靠近路口，專門拐那些不知情的客人！

做生意喔，這眞的不是長久之道。

珈珈該不會直接進去了吧？可是她的腳踏車又沒在店門前……杜書綸疑惑的往前慢騎，直到經過了那間蹭店，才發現店的另一邊有地下停車場！

杜書綸準備要越過馬路騎進去找人，此時一輛轎車減速遮住他的視線，轉個彎，在進入停車場入口前停了下來，橫桿擋住了車子去向，駕駛車子卻停得太遠，只能探出半個身，按下一旁的對講機。

杜書綸從容的拿起水灌著，佯裝路人的偷瞄，算算時間，如果珈珈誤闖的話，這會兒應該已經發現到不對勁而回來了吧？

橫桿拉起，那輛房車往下滑去的瞬間，果然看見熟悉的腳踏車騎了上來！

叭——房車彷彿被嚇到般的按了聲喇叭，聶泓珈倒是沒有停留，一騎上來即刻左拐，頭也不回的朝著巷底騎去。

「喂！誰闖進來啊！」遠遠地，蹭店那兒傳來聲音，杜書綸敏銳的趕緊溜之大吉。

他們一前一後抵達巷尾時，後面並沒有什麼人追來，只是聶泓珈停下時臉色不太好看。

「妳該不會看到什麼不該看的吧？」杜書綸停下，帶著憂心。

聶泓珈搖了搖頭，先抓起水壺灌水，整個人非常浮躁。

「那是蹭店，這間才是『百鬼夜行』。」杜書綸指著他們眼前那城堡裝潢的店說著。

那是一棟三層樓的透天厝，表面用木板裝潢成古堡模樣，整整三樓的牆面上有許多詭異的雕像，囊括各類妖魔鬼怪，中間也有設置凸出的橫桿，上頭是倒掛蝙蝠的雕像。

整棟樓閃爍著陰森的光芒，大門還是張血盆大口的形狀，上方是染血的尖牙，而這大嘴上頭，掛著的卻是中國風的破敗牌匾，清楚的寫著「百鬼夜行」四個大字。

只見聶泓珈嘆了口氣，「不，那間蹭店也很百鬼夜行……地下室好多……」

喔喔，看來又遇到好兄弟了。

「跳過，沒纏上妳就好。」杜書綸跳下腳踏車，看著血盆大口的大門，跟上頭陳舊的招牌，試圖找尋電鈴。

聶泓珈皺著眉看著這整間夜店，嗚，這間店整棟鬼氣森森啊！這片陰氣多可怕，纏繞包圍著整棟樓啊！

啪，大門邊傳來電動開門聲，杜書綸牽著車主動走過去，發現側面有一個小小的鐵門開了。

「這邊！珈珈！」杜書綸再跟她確認一次，「妳是約兩點對吧？」

聶泓珈點點頭，她實在很不想進去，光是站在那鐵門門口，裡面衝出來的寒氣就讓她汗毛直豎了。

還在遲疑，突然有個頭破血流的男人，拖著殘缺的身體，從她身邊經過，走進了那半敞的小鐵門裡……而且，這次連杜書綸都看得見。

男人將鐵門再推開點，陳舊鏽蝕的關節傳來嘎吱的聲響，兩個孩子嚇得不能動彈，但那亡靈卻突然回頭，用僅剩的一隻眼看著他們。

『你們不進來嗎？』

不……不要！誰要進去啊！杜書綸僵硬著後退，就要跳上腳踏車扭頭閃人時，腳步聲由遠而近！

「你別嚇人啊！進去！」女人的聲音活潑的傳了出來，「嗨！不好意思嚇到你們了，他是我們店裡的員工，沒有惡意的！」

聶泓珈默默調轉了龍頭，嗚，員工？她想走！

昏暗的鐵門裡終於出現了人影，女人穿著T恤、吊帶褲，蹦蹦跳跳般的跳出來！

「別走別走！你們是唐恩羽介紹來的人嘛！」女孩看起來朝氣蓬勃，大學生模樣，「歡迎光臨『百鬼夜行』，我是棠棠！」

第二章

面試

THE SEVEN, DEMONIC BEINGS OF IMMENSE POWER AND PRESENCE. THEY WERE MONSTERS, BOTH IN BODY AND HEART.

三次檢查後再儲存，李百欣滿意的看著跟做好的客戶訂單表，將之傳送到經理信箱去後，再轉訊息跟經理告知。

她在放假前就先找到了這間公司，願意雇用高中生，只要會基本的文書處理就行，剛好她對文書處理相當擅長，公司現場讓她操作幾次後，便順利的錄取了。這間公司不大，員工也就三、四個，據說其他都是遠距，經理倒是都會在，而她直屬於經理，有點像是打雜小秘書。

整理文件跟訂單是主要工作，公司每天的訂單非常多，感覺有點像是中間商，許多人會透過公司訂貨，公司再跟下游廠商下單，所以訂單報表量跟金額也不小。

但寒假這幾個星期就能有一般正職的薪水，又願意接受短期工讀生，她也就沒什麼好挑的了。

手機傳來訊息音，但不是社群訊息，居然是銀行通知：她的帳戶上進了一筆十萬的款項。

咦？怎麼可能會有這麼多錢？她詫異的呆坐在位子上時，經理突然從辦公室裡喊出聲。

「李百欣！我剛轉了一筆錢到妳帳戶上了！」

「咦？是……多少的？」

「十萬吧，有收到嗎？」經理趕緊走來，李百欣查詢後，最終點了點頭，

「那好，妳幫我轉給家具公司。」

家具公司？李百欣想起上午的確有一筆訂單，是向某家具公司下訂的十萬元訂單。

「爲什麼會轉到我戶頭上啊？」她相當困惑。

「不小心轉錯的，妳就再轉過去就好了，對方知道妳是公司的人，那也是妳在公司的帳號不是嗎？」經理快速交待著，「我現在要出門一趟，妳記得轉。」

李百欣雖然有點小困惑，但她還是趕緊找到家具公司的帳號，把十萬元轉過去，並且去信通知對方，請他們查收後也要給她一個回覆。

再度查看自己在公司的帳戶餘額，僅有開戶時那筆少少的錢，還是這樣順眼啊！

「李百欣？」會計突然出現在外頭，「哪位是李百欣？」

她趕緊站起來，高高的舉起手，「我是！」

禮貌的主動走向門口，會計已經走了進來，遞給她一個信封。

「這是李總交代的，他說不小心轉錯帳戶的手續費補償。」會計姐姐親切的笑著，還給了她兩塊餅乾點心。

「手續費也……」她突然打住了自己的碎唸，多少都是錢，轉帳手續費的確

不是她該出的，積少也會成多嘛！該給還是要給！「謝謝！」

她禮貌的接過點心跟信封回到座位時，才想到手續費應該是零錢啊，但是信封摸起來並沒有任何零錢感？打開信封一看，她登時愣住了。

五百？五百元有需要給到這麼多嗎？

不安的打電話給會計小姐，但會計姐姐安慰她說，這是正常的，因爲麻煩到她了。

「這也太好了吧！」李百欣掩不住心中竊喜，喜孜孜的把五百元放進自己皮夾裡。

如果每次轉錯都有五百可以拿，這等於是她半天的薪水了耶……她突然湧起一種：經理盡量轉錯沒關係的感覺。

心情大好的她拿手機傳訊給一起長大兼鄰居的張國恩：「今天你來接我下班，我請你吃晚餐！」

「這麼好！」對方訊息幾乎秒回，張國恩向來如此。

「對啊，今天有特殊獎金！晚上吃再跟你說……你呢？今天找工作順利嗎？」

「我正準備去面試，感覺是個很不錯的工作咧！沒什麼要求，薪水又不錯！」

張國恩是體育人，唸書普普通通，都是靠著體育成績才能保送進他們學校的；加上他們都未成年，要找打工也不是那麼容易，但他就是不想去飲料店或餐廳打工，老是說想做那種輕鬆錢多的！

「哪有輕鬆又錢多的工作啦！」

「你要小心一點喔，錢多事少的工作都怪怪的！」

「最好啦！妳的工作不是也錢多事少？」

她不悅的嘖了一聲，「那是我會文書處理好嗎！你又不會，認真學習啦！」邊唸邊一字字的打出去，但這封訊息跟著就未讀了，應該是開始面試了。

她這哪有事少啦，每天做的報表很多耶，他們公司看起來小歸小，但業務量可龐大了！公司收單後要再找相關廠商下訂，下訂後還要追蹤進度、收款匯款，各種瑣事可不少。

該擔心的是張國恩啦，頭腦簡單、四肢發達的傢伙，可別應徵到什麼亂七八糟的工作了，哼！

面試者們緊張的揪著衣角，他們站在電梯的中間，但前後都站著看起來不太好惹的人們，每位大哥都是魁梧凶狠，只有面試他們的大哥勉強可以稱得上和善。

「緊張什麼？」貼著側邊的同學突然拍上了一個男孩的背，嚇得他差點尖叫，「有我在怕什麼啦！」

張國恩皺著眉看向國中同學阿千，畢業後大家還是有聯繫，平常有空就會出來玩，但是這次他介紹的工作眞的很怪！

一放寒假，大家便約出去唱歌，結果阿千居然海派的直接把帳單付了，說是打工賺了不少錢，這點小錢就請大家。此舉當然引起了大家的好奇心，就這麼一問一答後，紛紛託他介紹工作。

身邊的錢立妍大概猜得出是什麼工作，所謂富貴險中求，她跟阿千是網路認識的，聯繫上後就有心理準備了。

「如果覺得不適合，是可以閃人的對吧？」錢立妍主動問了，「但我們什麼都不會說。」

面試他們的象哥微微回頭，和善的點點頭。

「今天只是面試啊，不必想這麼多，而且你們也不一定適合我們的要求！」說著，電梯抵達十五樓，象哥在前，示意大家不要太嘈雜，這邊還有其他住戶，然後到了邊間的房子前，按下了密碼鎖。

「麻煩換鞋喔！客廳裡面不能穿鞋進去。」有人交代著，玄關處已經擺放了一整排室內拖，彷彿在迎接著他們。

魚貫進入的數名面試者，突然都愣在了原地，看著其他員工自然的脫去鞋子往裡頭走去，唯獨他們幾個呆站著……因爲這間屋子的陽台上，疊了一牆的「錢磚」！

千元大鈔一捆一捆的，如同磚塊般疊起，就放在角落，而擺放著室內拖下方的「地墊」，竟也是鈔票編成的。

錢立妍最快反應過來，她踏入客廳，便可以發現更離譜的情況，地上、沙發上，眞的是滿坑滿谷的錢散得到處都是，門邊一個垃圾桶裡更是塞滿了散鈔。

「吃中飯了嗎？我們要出去買。」迎面走來幾個年齡與他們相仿的人，直接往那桶子裡抓了幾張鈔票就往外走，「要吃什麼等等訊息。」

張國恩一口氣憋了許久，好不容易終於「哇」了一聲。

阿千再度拍拍同學的背，一臉得意的模樣，「要吃什麼跟我說，這都員工日常福利。」

「好扯！這些都是眞鈔？」錢立妍忍不住一直看著到處都是的成捆鈔票。

「當然是眞的，實在是沒地方放！」象哥彎身隨手把散在沙發上的鈔票旁朝旁邊隨便撥隨便塞，「不好意思，眞的太亂，你們隨便坐。」

面試者們呆呆的坐了下來，依舊目瞪口呆，這與一般住家無異，但錢眞的太多，而且感覺裡面每個房間裡都很忙碌，不時還有人走進走出。

「這是……做什麼的？」洪奕明心裡相當緊張，這就是阿千說的打工：錢多事少離家近。

只見象哥微微一笑，「你們說呢？」

「我想問我們能做什麼？薪水怎麼算？時薪還是案件抽成？」錢立妍非常積極，她幾乎已經瞭解要做什麼了，「但我先說，打電話我不行。」

「妳是……錢立妍吧，看來妳已經很瞭解情況了。」象哥很滿意，因為錢立妍的眼睛打從一進屋後，就閃閃發光，眞不負她的姓氏。

這是最棒的潛力員工，有欲望有需求就會有動力。

洪奕明困惑的看著她，「妳知道這要做什麼嗎？答應得這麼快？」

「少裝了，最好你不知道這是在幹什麼！」錢立妍不客氣的立刻回懟，「哪有什麼輕鬆又高報酬的工作！」

是啊，天底下哪有白吃的午餐？

「洪奕明，我不是隨便找人的，你繼父好賭對吧？欠了一大堆錢，人人都跑到你家去討債。」阿千誠懇的蹲下身子，「你媽很辛苦的在打工賺錢，而且她身體越來越差，又一直被家暴……你應該比誰都需要這份工作吧。」

阿千每句話都直擊他的內心！他跟阿千是透過別的朋友認識的，阿千說得一點都沒錯，他家的狀況眞的非常糟糕，爛賭的繼父與病弱的母親，還有兩個同母異父的弟弟；原本他還能靠獎學金貼補一些，但是今年因為S高有個天才的關係，他損失了兩項大額獎學金，緊接著媽媽又因疲勞過度生病了！

里長說會幫他們盡量申請補助，但是他們家有根本看不到用不著的祖產，無法申請低收入戶……他，的確需要錢。

「所以，這是詐騙嗎？」跟他一起來面試的陌生男孩，突然直截了當的問了。

象哥微怔，雙眼盯著男孩冷冷一抹笑，然後翻看著履歷表。

「……張國恩？你問話真直接！很好，我也乾脆的回答你，對。」象哥倒也不遮掩，隨手就抓起塞在旁邊的一把鈔票，「不然錢怎麼會多成這樣？」

「哇……」事實上張國恩隨便一伸手，也都能抓到一疊鈔票，「真的這麼好賺啊？」

幾個小弟交換著眼神，總覺得這個學生應該是隨時會被請出去。

「當然，但是賺多少錢，取決於你要付出多少代價。」象哥再度指向他，「你缺錢嗎？你想賺多少？」

「缺啊，不缺錢我來這裡幹嘛！我想要買一台電競電腦，我得存夠這筆錢。」

張國恩說得理所當然，「我想要這個寒假就賺起來，打電話太慢了，但其他我願意學。」

邊說，他又低首瞧了座位邊的好幾張千元大鈔，一副想把它們偷塞進口袋的模樣。

「放心，你們都不需要打電話，我們缺的是一線人員，機動性必須很高，而且體力要好。」象哥朝向阿千交代，「你負責解釋清楚規矩，確定了就給他們簽約。」

「好的，象哥！」阿千對象哥恭恭敬敬的，但對他們完全是學長樣。

「那我還有事要忙，後面的都交給阿千了。」象哥站了起身，「吃飽再走，阿千，走之前記得把見面禮都給了。」

象哥走到一旁，隨手抓過幾捆千元鈔票，就丟給了阿千。

見面禮？張國恩不可思議的看著擱在茶几上的錢，免費給嗎？見面禮？

「謝謝！」錢立妍興奮的抓起鈔票，眼睛都直了，「這是見面禮？」

「入職禮，大家都有的。」阿千把鈔票遞給了洪奕明，「阿明，這個至少能補一筆獎學金吧？」

洪奕明實在太心動了，五萬塊啊，這對他們家簡直是及時雨。

「我們負責去領錢嗎？當車手？」他戰戰兢兢的問了。

阿千微微點了頭，領錢、跑腿，或是盯稍，這是現在他們內部絕對缺的車手，騙進來的錢得要快點領走才行。

「話說在前面，一旦簽了約，就不能反悔，也別想出賣我們。」阿千說這段時，其實有點緊張，「絕對不要想當背叛者。」

這點常識人人皆知，詐騙集團的背後一定都是黑道，誰敢惹黑道啊？

「錢給到位，什麼事都不會發生。」錢立妍說得乾脆，「說吧，薪水怎麼算？」

在阿千對大家講解時，門外又陸陸續續走進了許多人，多半都是與他們年齡相去不遠的人，他們從包裡拿出一疊又一疊的鈔票堆到裡頭另一桌子上，專人點收後，現場就從他們領來的錢中，抽出好幾張給他們。

這看得洪奕明羨慕不已，隨便抽的那幾張，他打工得要多久才能賺到？而這些人只是拿著張提款卡，去提款機領錢後送回，就可以賺這麼多？

打電話的詐騙者，動輒幾十萬幾百萬入袋？然後……

「哇！」張國恩扯了扯他的衣服，驚愕的看著現在進門的人們。

整間屋子裡的人都停下了手邊的動作，看著走進來的兩個人，抱著一整個旅行袋進來。抱著錢的男人甚至穿得西裝筆挺，緩緩拉開了旅行袋的拉鍊。

「各位！三百萬！」男人唰地拉開行李袋，裡面是滿滿的鈔票。

「哇——」全場爆起掌聲，氣氛沸騰！

周檢察官拎著三百萬的錢到了點收區，象哥讚許的說著辛苦了，然後讓會計拿三萬塊給他們。

三萬，洪奕明遲疑的雙眼都亮了起來了。

「我簽！我簽！」他突然激動的看向阿千。

阿千開心的笑了起來，大手勾過他的後腦杓，兩個男孩義氣般的以額碰額，一副兄弟我挺你的姿態。

「我也簽！」張國恩趕緊舉手，開什麼玩笑，去領個錢就三萬入袋耶！到底誰看見這麼多錢，不會心動的啦！

象哥與周檢察官低語著，眼尾卻瞄著在茶几這邊簽約的學生們，新生力軍總是源源不絕，基本上踏入這裡的人，眼睛都會迸出燦爛的光芒。

名爲貪婪的光。

「大哥！」門外突然又衝進了人，緊張而踉蹌。

「怎麼回事？」有人攔住了他，「臉色這麼難看！」

「阿冠那組……出狀況了！」

✠

大批警車塞滿了一車半寬的鄉間道路，路旁坐著全身發抖又痛哭流涕的女人，女警溫柔的陪伴著她，試圖緩解她恐懼又心痛的情緒。

穿著深色羽絨衣的女子是這間鐵皮屋屋主的女兒，她一直聯繫不上媽媽，請鄰居去查看，鄰居卻說之前幾天不見她出入已經問過了，但阿嬤表示自己沒事，只是心情不好，想一個人待在家裡靜靜。

由於人家不開門，鄰里也不好意思硬闖，只好作罷。直到門口停了一輛陌生轎車，外牆的鐵門沒關，鄰居不安的進去查看，發現主屋的鐵捲門緊閉，拍門呼喚都沒有回應。

最重要的，是有異樣的臭味傳出。

鄰居一邊打電話給住在外縣市的女兒，同時也報了警，剛好女兒這天回來，所以直接拉開鐵捲門——接著就是尖叫聲迴盪了。

「小心喔！不要把頭弄斷了。」鑑識人員謹慎的說著，他們正小心翼翼的把吊在上頭的屍體取下。

只是輕輕搬動屍體，大量蛆蟲如雨下，啪噠啪噠的往下掉，落在了地上另外兩具比較新鮮的屍體上。

「這兩個剛死而已，死亡時間不到二十四小時。」鑑識人員蹲在屍體邊查看，而他套著袋子的雙腳，卻是踩在一整灘鮮血裡。

警察站在門外，此時此刻鐵捲門已然升起，紗門也推開方便大家進出採集跡證，屋主女兒一拉開鐵捲門就看見地上兩具屍體，以及吊在上頭的母親，也難怪會驚嚇過度了。

「血都流乾了吧，這麼一整片都淹滿客廳了……」拿起手電筒仔細看著屍體從頸子到肩下的一大片裂口，「有凶器嗎？」

「這是撕裂傷，很像是……被熊或是大型動物攻擊後的傷口。」

兩個男性屍體身上都有撕裂傷，一位穿著警察制服，脖頸處被撕裂，是爲致命傷，另一位穿著西裝的男子則是大腿被卸掉，血流乾只是時間的問題罷了！

皺起眉，他突然懂了爲什麼會叫他們來了。

一個平凡阿嬤住的地方，密閉空間，哪裡會有熊或是大型動物？但是……手電筒的光移動到發腫發脹的阿嬤屍體上，阿嬤的雙手，卻染滿了鮮血。

「阿嬤死亡時間？」

「至少三天以上了……五天。」看屍體的腐爛程度，即使現在正値冬季，但天數絕對不是兩天之內。

換言之，前天回答鄰居的那個人……嗯，不會、也不該是阿嬤。

「確定了，阿嬤上週五從銀行取走了大筆現金，當時行員跟警察都有到場，但她說是要放在家裡的。」武警官從外頭走了進來，一臉無奈，「我剛問了女兒，她說阿嬤平時也有習慣把現金放在家裡，只是不確定金額。」

手上正拿著從屍體上取出的「證件」，做得相當粗糙，看來完全就是爲了應付老人家用的，一張警察證件、一張檢察官。

「看起來還沒得手，現場沒有鈔票……」武警官倒是有點困惑，「只是這兩個假警察，是怎麼跑進阿嬤家來的？」

證件備齊，還穿了警局制服、僞裝成檢察官，裝錢的袋子都還壓在身下，這擺明就是要用政府名義欺騙阿嬤，說她的帳戶被詐騙集團盜用成了犯罪戶頭，所以要把錢交給政府保管啊！

問題是，阿嬤已經死亡這麼多天了，這兩個詐騙份子爲什麼會跑來這裡？他們做事向來速戰速決，再晚也不會拖過隔天便會來取錢，這很不對勁啊！

「車子應該是晚上九點後來的，因爲九點前鄰居確定還沒看到車子。」老李看著手上的小本子，「這麼晚還工作，要騙人錢果然很積極，不過——是誰約他們來的？」

「問得好！」武警官搖了搖頭，「更想問，他們是怎麼走進來這裡的？阿嬤就吊在門口，鐵捲門還關著啊！」

看著殯葬業者拉起了屍袋拉鍊，他們不由得看了被抬出去的阿嬤屍體。

這兩個詐騙犯，該不會打電話詐騙到亡靈了吧？

第三章 企劃受阻

聶泓珈離開「百鬼夜行」時，下意識搓了搓手，雞皮疙瘩依然挺立，雖然裡面沒有任何惡意，但她還是難以適應。

「還好嗎？厲小姐說了那都不會害人。」杜書綸自然知道她始終發顫的身子，「就只是打工的亡靈，還有一些精怪而已。」

用而已這兩個字也不精確，天哪！他再往鐵門裡看去，穿著白色和服、臉色死白的美麗女子就站在裡頭對他微笑……雪女啊！傳說中的雪女，剛剛就站在他們面前！

「還是覺得不舒服，雪女很美，厲小姐很可愛，但是……」聶泓珈指的是其他的亡者，因爲死狀悽慘，她總不忍卒睹。

「你們記得怎麼回車站厚？」厲心棠熱情的說道，「到家一定要傳訊息跟我說，下次到首都來，記得多住一晚！」

聶泓珈連忙搖頭，這個複雜的地方，她一點都不想久留！

「沒大人在，我們過夜好像也不太方便。」杜書綸這是實話，爸媽才不會讓他們過夜咧。

尤其上次在林子裡受了重傷、一堆事又交代不清後，杜媽簡直要氣炸了。

「正是因爲你們還小啊，我才擔心你們回去會太晚！」厲心棠的確憂心，「已經傍晚了，你們快點回去！」

「謝謝，今天眞的……謝謝你們！」兩個學生對著大學生模樣的女子有禮貌的鞠躬行禮，搞得厲心棠尷尬不已。

「沒事啦！難得有人來找我們談惡魔，我開心都來不及了！」厲心棠倒是眉開眼笑，「你們記得，放輕鬆，平常心就好了。」

呵呵，杜書綸實在笑不太出來，平常心？一般人平常不會去捅別西卜一刀啊！一般人也不會動不動就撞鬼，或是被鬼纏上啊！

不過厲心棠的笑容突然有點僵硬，她越過他們兩個，朝著他們後方看去。聶泓珈回首，發現馬路對面站了兩三個男人，對上眼後，他們直接走了過來。

「不好意思，同學。」男人們站在了聶泓珈的腳踏車前，「請問妳有沒有撿到一支紅色的手機？」

聶泓珈愣了，「嗄？我？」

「對，紅色的手機殼，上面有盾牌的圖案。」男人看上去是中年人，散發著濃濃菸味，一臉凶神惡煞。

「爲什麼問我？我沒撿到啊。」聶泓珈一臉莫名其妙。

「我朋友的手機掉了，我們找了一圈都沒找到，想說妳剛剛也在那邊，是不是妳撿到了？」男人回頭，隨便指了個方向，「妳剛不是下去我們地下停車場了嗎？」

咦！杜書綸瞬間意識到，他們在說那個蹭店!?

「假的百鬼夜行？」他刻意提高音量，轉頭向厲心棠解釋，「剛剛我們看錯了，轉進寧靜街後看見一間百鬼夜行，因爲是你們店……」

嘖！厲心棠直接嘖了一聲，不客氣的從兩個學生中間穿過而趨前，「就你們，取個類似的店名，占地利之便，愛蹭啊！」

「誰蹭了！說話好聽一點啊！」男人也沒客氣，「我們叫百鬼夜行眾，跟你們店名類似、類似而已是不是？」

「對啊！有規定只有你能用喔！」小弟們紛紛附和。

「是沒規定！不過啊……」厲心棠冷哼一聲，「你們自己小心一點，你們那間眞的快要百鬼夜行了！一堆不乾淨的東西！」

「幹！說什麼啊！」男人竟爆了粗口。

只見厲心棠毫無懼色，湊近了男人，雙眼銳利無比，「你們知道我在說什麼，枉死之魂，遊走人間……」

一時之間，三個男人突然臉色蒼白，不安的面面相覷，卻來沒辦法反駁。

「棠棠，要準備開店了。」

小小的鐵門後，白衣雪女輕聲喚著，天色的確已經暗了下來。

就在聶泓珈他們分神之際，突然一台腳踏車從彎路岔了過來，伴隨著刺耳的煞車聲，就橫在兩個學生跟三個地痞間！

聶泓珈下意識的拉著杜書綸後退，她還以為是什麼東西撲過來的緊張，定神瞧著，是個……特別的男人。

男人有著格外黝黑的的頭髮，前髮幾乎蓋住雙眼，但高挺的鼻梁與蒼白的肌膚，給人一種清冷的優雅感；他不怒而威，先是看了那三個男人，再緩緩看向了他們，一句話都沒說，但那雙深黑的眸子，卻讓聶泓珈不寒而慄。

杜書綸卻覺得有趣的輕挑嘴角，還說了聲：「嗨。」

「這是唐玄霖說的兩顆燙手山芋？」男人越過他們，朝向後面的厲心棠問著。

「我謝謝你說出來喔！」她翻了個白眼，「闕擎，幫我送客，那三個傢伙是爛店的！我先去忙了！」

聽到關鍵字，闕擎回頭給了一記狠狠的白眼，那間什麼「百鬼夜行眾」的爛仿店，陰氣甚重、血腥味處處、糟糕透頂的地方。

身後傳來鐵門關上的聲音，闕擎架好腳踏車，轉頭看向了三個男人，「有事？」

男人退了一步，但小弟退了三步，硬是把大哥推向前。

「那個就……我們有人手機掉了，剛好那個女生擅闖我們停車場，就要問她有沒有看到什麼？」

「我不小心的，誰叫你們要取那麼像的名字？」聶泓珈緊張的握著龍頭，「我下去發現是停車場，晃一圈找不到人後，我就騎上來了啊！對不對？」

後面三個字，是轉向杜書綸問的。

「對啊，我就在馬路對面找我同學，她一下就出來了……該不會是要誣賴我們偷東西吧？」

「不不、沒有！就只是問問……還有沒有看到其他什麼人，可能偷走……」男人說得結巴，意外的他不敢看黑衣男人，「沒有就算了，謝謝喔！」

男人說完拔腿就走，三個人跟逃跑似的越過馬路，跨上機車，疾速消失！

高大男人總算回頭，準確的說出他們的名字，「賭輸人跟珈珈？」

杜書綸沒好氣的扯了嘴角，「唐姐他們爲什麼要亂唸我的名字，我叫杜、書、綸！」

「嗯哼！」這是敷衍式回答。

「爲什麼我們是燙手山芋？」聶泓珈直接問了，挺介意這句話，「唐大姐這麼說我們的？」

「看得見鬼、身陷惡魔肆虐地區，卻又什麼都不會的傢伙。」闕擎解釋得很清楚，「喔，聽說還刺了別西卜一刀。」

噢，別提這個，杜書綸直接扶額，「我爲這件事眞的夜不成眠……」

「何必，放寬心，一般來說，惡魔之王不會那麼小心眼。」說得理所當然，「而且他們眞的要下手，你醒著也沒什麼用。」

杜書綸從指縫間瞄著闕擎，是說唐家姐弟的朋友怎麼都是同一款刻薄啊！

聶泓珈緊張的咬著唇，這個氣質帥哥說得在理，但他們就是會怕啊！「我們住的地方好多惡魔，是因爲惡魔之書的關係嗎？」

「我覺得不全然是書的緣故，畢竟惡魔在人界很久了，有欲望就會有惡魔發展的空間，只是一般惡魔是走誘惑手段，而惡魔之書有點像是外掛。」闕擎用他們熟悉的方式解釋，「我們之前有追查過一陣子，但惡魔之書最終的確消失在S區附近，現在我們的態度採取隨緣，反正人比惡魔可怕多了，愛召喚就讓他們召去吧。」

隨緣？兩個高中生皺起眉，這也太消極了吧？但積極似乎也無法做些什麼有用的事厚？

「可是……就這樣不管那些惡魔？」杜書綸總覺得哪裡不對啊！

「沒有人的惡，惡魔能有什麼發揮？」闕擎再自然不過的聳了肩，「學一些驅鬼用的方式，棠棠應該有給你們一些惡魔武器，至少學會保護自己，沒事就開無視，不要讓他們知道你們看得見……不過，如果遇到有人的體內有惡魔，倒是可以聯繫我。」

他一邊說，一邊拿出名片。

聶泓珈趕緊接過，上面印著：平靜精神療養院。

「咦？那個江偉毅住的地方！」杜書綸即刻想起，之前他們有個赫赫有名的補教名師，備受尊崇，結果卻是個利用老師的權威身分以誘姦女學生的敗類，後來有女孩不堪受辱自殺後成了厲鬼，同時又有一隻色魔作亂，那時把他們家附近的芒草原弄得腥風血雨……

最後，那低等色魔被唐家姐弟封進了那個老師體內，他既然這麼好色，就讓他色到底吧！

老師變成動不動就色慾薰心的變態……更正，他本來就是變態，只是無法再利用「老師」的身分僞裝，而變成一個無時無刻都想著性的變態，最終被關進精神療養院裡。

而那間精神療養院，他記得很清楚，就是平靜精神療養院。

「是的，我的精神療養院專門照顧體內封有惡魔的人。」闕擎大方自我介紹，「我跟唐家那兩個傢伙，也算是一種合作關係吧。」

「之前唐大姐他們都還會幫我們，上次開始就說很忙，還讓我們直接過來……但是我們沒有能力對付惡魔的！」聶泓珈誠懇拜託，「今天您們的確指出了一些路，但我不想再碰上那些事了！有沒有辦法可以讓我……」

「沒辦法。」

沒給聶泓珈說完的機會，闕擎果斷的拒絕了她。

聶泓珈話還梗在喉頭，不可思議的望著，心裡有著複雜難言的情緒，她既恐懼、又悲傷，然後……生氣。

杜書綸瞄了聶泓珈一眼，喔喔，有人不爽了，「因為我們只是高中生，所以……」

「我出生起就看得見那些東西了，也沒幾個放過我。」闕擎聳了聳肩，「每個人都有自己的人生課題，沒有人有義務幫你，請自己去克服。」

「誰的課題是面對厲鬼跟惡魔？」杜書綸情急反問，卻在一瞬間發現自己說錯話了。

眼前的神祕氣質男人、剛剛的厲小姐、「百鬼夜行」裡的各種鬼怪，甚至連唐家姐弟不都是嗎？

實在沒必要覺得自己多獨特又多可憐，他懂、他懂、他懂了！

「冒犯了。」杜書綸大方的道歉，「但我們好歹新手村，之前警方還可以找唐姐他們過來……」

「S區太窮或太小氣了，因為唐恩羽他們錢不夠不會去的！」闕擎回過身子，指向整條街的五光十色。

聶泓珈才發現就在他們聊天的時候，原本安靜漆黑的寧靜街，所有店的招牌不知何時已亮起，色彩斑爛，五光十色，頓時成了首都赫赫有名的夜店街了！

「首都的怨念與鬼更多，但首都的確比較有錢，而且捨得花錢解決事情的人更多，在這邊隨便賺一筆收費都比你們高，我聽說S區還殺價咧！」闕擎兩手一攤，「人家專營驅鬼驅魔的，又不是慈善事業！」

這論點讓兩個高中生錯愕，所以之前汽車旅館屠殺案，或是變態老師事件，都是警方花錢請唐大姐他們去的？

「好了，你們該走了，S區現在不單純，越晚回去你們越不利。」闕擎趕著他們離開，「小心點。」

兩人再三道謝後，騎上腳踏車前往車站，他們回到S區光車程得四個小時，這時間到家都快午夜了，的確得抓緊時間！

原本寂靜的街道，現在人潮開始聚集，去夜店前許多人都在附近餐廳用餐，兩個學生騎著腳踏車前行，回程的方向，剛剛好會再經過那間蹭店。

杜書綸刻意的放慢速度，多看了幾眼，明亮的招牌、昏暗的地下停車場，門口出現的保鑣相當魁梧而且帶著殺氣，他們謹慎的環顧四周，跟特勤保安似的。

而該迎接客人的地下停車場區塊，卻怪異的無任何一盞燈，暗得萬一珈珈再迷路一次，恐怕會直接撞上自動橫桿。

他們找人特地跑來找珈珈問手機的事是假，他們不僅調過監視器，還跟蹤珈珈，甚至等在「百鬼夜行」外面，因為剛剛一出店時，那三個男的早就在對面等待已久，滿地都是菸腳。

為什麼針對珈珈？就因為她下錯了地下室？

或是，她撞見了什麼而不自知？

他有種不太舒服的感覺，惡魔的事突然不再嚴重，總覺得有什麼更糟糕的東西，即將讓他們不安寧。

闕擎的聲音自腦海裡緩緩響起：「沒有人的惡，惡魔能有什麼發揮？」

回到S區時，已經近午夜了，今晚很特別的，是聶泓珈的父親來接他們。

「聶爸！這麼剛好休假嗎？」杜書綸上前，親暱的與之擁抱。

「是啊，明天放假，回來時順路載你們。」聶父看向聶泓珈，溫柔的搓搓她的頭，「怎麼？心情不好？」

聶泓珈無奈的笑了笑，逕自開門上車。

「首都太擠了，搞得人心情很差，我們是在這種鄉下地方待慣了，受不了那種擁擠跟步調！」杜書綸主動幫聶泓珈解釋。

人多負面的東西就多，他們剛剛從首都要坐車回來時，又在車站附近看到一群人在打架，咒罵聲中可以聽出是因爲賭博的金錢糾紛，糟糕的磁場影響聶泓珈，她甚至還在上午那間車站餐廳外面，看見了徘徊在那兒的殘影。

藍色的模糊影子跟早上的男人一樣，拍桌子、咆哮、掃著空無一物的櫃檯，不停的吼著：『明明只差了幾分鐘！』

她第一次看見那種東西，不是亡靈，卻像是婦人欲望的回聲似的，一遍又一遍的在櫃檯前嘶吼。

那個在車站門口搶面紙的殘影也持續在爭奪空氣，除了他們之外還有很多很多，甚至連車廂裡都有；這是首都的特產嗎？她不知道，只希望不是自己除了鬼外，又看到什麼更怪異的東西了。

「你們寒假有找工作嗎？」聶父關切的問，「找單純一點的啊！最近很多詐騙工作，別被騙了。」

「我想去飲料店吧……但是杜書綸要我幫他弄學校的事。」

「飲料店還行，但就是要注意自己的帳戶，最近太多詐騙工作了，專騙學生。」聶父提起這個就煩惱，「年紀輕輕，一時不注意背個前科就麻煩了。」

「聶爸放心，我會幫珈珈把關，而且……妳沒空去打工啦，我們要做的事很多！」杜書綸賣乖這塊也是很強的。

聶泓珈從後照鏡瞄了他一眼，她想賺零用錢啊！

「錢不夠爸給妳，寒假才三週就別出去了，最近的詐騙案件太多，大家都忙得焦頭爛額。」聶爸可謂語重心長，「我才聽說，今天有個老人家因爲錢被騙走而上吊了！」

「用檢察官那套嗎？」

「對，已經查了通話紀錄，才知道她上週就被騙走幾百萬，然後詐騙集團發現她好騙，又再騙第二次。」聶爸嘆了口氣，「老人家一輩子的積蓄喔，這些詐騙集團眞的太無良了！」

「有良心就不會做這種事了！但也太蠢，同一個人騙兩次？他們不怕是陷阱嗎？」聶泓珈好奇的看著父親，「爸，第二次是不是你們設陷的？」

聶父突然臉色有點微妙的看了女兒一眼，眉頭皺起，「感覺是陷阱沒錯，但是設陷阱的好像是……受害者本人。」

「哇，好聰明的老人家！」杜書綸可敬佩了！「發現自己被詐騙了，還能再引對方上勾！」

「嗯，好像是這樣，老人家把錢交出去的當天，就發現自己被騙了，居然當晚又聯繫詐騙集團，說自己手邊還有一筆現金，怕隱瞞的話以後會被懲罰，詐騙集團當然樂意接收。」

這話兩個孩子聽得一愣一愣的，哪個詐騙集團在騙完錢後，還能讓受害者聯繫得上？

「既然能聯繫上詐騙集團，那為什麼不直接報警啊？」聶泓珈提出了疑議。

「而且聶爸你剛不是說……那個老人家上吊了？」杜書綸回想起來覺得哪邊怪怪的。

唉，聶父嘆了口氣，「今天在老人家裡發現三具屍體，老人家已經死亡五天以上了，但另外兩個詐騙集團份子，死亡卻不超過二十四小時，所以現在大家還拼不出正確的時間序。」

上吊死亡多日的老人家與死亡不到二十四小時的詐騙集團？

杜書綸立刻拿出手機，看著封鎖名單裡「武警官」三個字，他不會找了他們一天吧！

聶泓珈臉色蒼白看向父親，「我們S區的武警官有去接手嗎？」

「嗯。」

「不不不！我不管，我已經封鎖他了。」聶泓珈緊張的聲明，倏地回頭看向杜書綸，「你別跟他聯絡喔！」

「我沒有！我也封鎖啊！他們是警察，我們又不是靈媒，而且天底下也不是只有我們看得見對吧！」杜書綸說得可義正詞嚴了，「我也不希望再扯上這種事，傷口還痛著咧！」

嗯哼，聶泓珈點點頭，伸手握住了爸爸的手。

「放心，他們不會強迫妳的。」聶爸溫柔的說著，「爸只是怕妳又捲進去奇怪的案件。」

「我會注意的……我沒騙您，都不是我們去招惹事情，是事情找上來的。」聶泓珈相當無奈，「我一點都不想再遇到那、種、事、情！」

聶父趁空搓了搓寶貝女兒的頭髮，單親的他，總覺得虧欠著女兒，因爲在她最需要他的時候，他都無法陪在她身邊。

後座的杜書綸腦子裡已經百轉千迴，他看著前座的父女情深，思考著剛剛的詭異詐騙案件，總覺得哪邊不對啊。

「聶爸爲什麼會知道這個案子？你不負責S區啊！而且……你不是武裝警察嗎？」

聶泓珈的父親是屬於特別警隊的，專門負責重大案件，例如爆炸、或是窮凶極惡的通緝犯，所以他大部分時間都待在首都，那邊有非常多維安事件要處理。

「我最近被分調到維護某議員的安全，所以聽說了這件事！詐騙集團在各區流竄，判斷最近可能在S區或X區一帶躲藏了。」

最近抓到的車手也特別多，全在騙懵懂無知的人，還有一堆人自願賣出帳戶，詐騙案極速增加。

「知道了，但是……詐騙集團不會想找我們這種學生吧？」聶泓珈總覺得騙他們也太慘，帳戶沒多少錢啊！

況且去飲料店打工的話，應該不會跟詐騙集團扯上什麼關係對吧？

「他們方法很多的，但記住，詐騙幾乎都是利用貪的心態，只要不要貪心，就不易被騙！剩下的就是教育了，那種什麼你帳戶有問題都是假的。」

「最近很夯的是投資吧！」杜書綸也有一定程度的瞭解，嗯，但他們也沒有什麼投資的本錢。

「不只，有時小利益也能吸引到人。」

貪，哪有分大小的？

聶泓珈不由得想到在首都車站餐廳裡看到的爭執，過了時間仍舊堅持大吵大鬧的「特價」，那其實沒多少張的廣告面紙，甚至是買普通艙卻要坐一等艙的人們，好像都眞的是爲了一點蠅頭小利啊！

「貪也沒什麼錯吧！一杯奶茶打九折我就衝了。」杜書綸說得直白，「人都是趨利的啊！像珈珈以後要打工不要選去年那間喔，那間鮮奶茶不純，都加奶精，隔壁用純鮮奶還常特價。」

聶泓珈直想翻白眼，問題是不純的那間時薪比較高啊！說著嘴都跟著饞，只可惜現在飲料店都已經關店了，不然聶爸應該會被迫繞去街上買個宵夜才行。

聶爸不動聲色的從車邊的後照鏡看著後方，有一輛車從車站開始，就一路跟他們「同路」到這裡了。

他沒惹任何人，兩個孩子更不可能，他眞的非常希望只是剛好同路，而不是有意跟蹤。

聶泓珈與杜書綸家住在S區相對偏遠的地方，他們兩家的後院甚至面對著國家保護森林區，車子必經一條荒涼的產業道路，一邊是山壁，另一邊還是一望無際、草比人高的芒草原，說實在的，如果跟到那兒就扯了。

附近的住戶眞的沒幾個，而且大家都認識。

「太晚了！以後不許你們這樣跑去首都了！」看見兒子回來的杜家父母鬆了口氣，「峰哥，謝了！」

「謝什麼啦，我就剛好放假回來順路，省得你們多跑一趟。」聶爸擺擺手，「我後天才要回去報到，明天喝酒？」

杜爸可開心了，兩個男人指著對方，豎起了大姆指。

「晚安！」聶泓珈向著杜家父母道晚安，對杜書綸就隨便一挑眉，「別又把自己弄傷了。」

杜書綸沒好氣的皺眉，謝謝喔，眞是哪壺不開提哪壺！

「反正妳在隔壁！」不管發生什麼事，珈珈都會跑來救他的，是吧！

男孩一臉得意，木梯走到一半卻停了下來，非要目送聶泓珈進家門不可！聶泓珈已經習慣這個模式，逕自進屋去；坐車比練拳還累，她只想快點洗澡後，鑽進被窩裡睡覺。

聶爸腳步沉重的也踩在木梯上，看著女兒進入屋內後，他緩緩轉過身，看向門外的馬路。

隔壁杜家木梯上的杜書綸與他看的是同一個方向，當聶爸轉回身時，突然意會到了什麼。

「書綸……」他瞇起雙眼，「今天去首都，有發生……」

「幸好您今天在。」杜書綸飛快的打斷了聶爸的問題，轉頭就進了屋，「晚安，聶爸！」

好吧，聶爸看著隱約的黃色車燈，那是從遠方投射而來的，或許對方眞的迷路，開車開到這兒，發現再往前就沒有住家了。

或許……唉，聶父只能嘆氣。

今晚可能得睡客廳了。

腳踏車在專用道上狂飆，身後的女孩只能緊緊跟隨，眼看著右邊有一條往上的岔路，前方腳踏車竟龍頭一轉，刹地就往上衝去了。

「杜書綸！你——」聶泓珈緊急煞車，看著他離開專用道，騎上了滿是樹葉落枝的步行山路，「杜書綸！」

後方煞車聲跟著傳來，她回頭看去，最近的也離她有數公尺遠，今天是週末，同學難得約出來看電影吃飯，順便做一些小組作業。

「那是杜書綸嗎？」同學婁承穎在後方喊著，他在搞什麼啊？

「你們先去吃鍋！我去追就好了！」聶泓珈大吼著。

婁承穎也想要追上前，但是說實在的，聶泓珈的運動神經眞的很好，她輕鬆一抬龍頭，就能騎上那三十度的土坡，而且速度一點都不低；後頭跟著趕到的女孩搞不清楚狀況，她只知道有人騎爆快的。

「騎那麼快幹嘛啊？」李百欣煞車停下，「說好在這裡晃一圈慢慢走的，是要比賽逆？」

鈴聲跟著叮叮響起，後頭的張國恩騎著車衝來，李百欣一伸手就逼得他煞車了，「欸，不是要繞公園一圈嗎？」

「杜書綸好像在不爽什麼事，他騎進山裡了，聶泓珈去追他，要我們先去火鍋店。」婁承穎有些不安，「山路都不是平的，他們這樣亂騎……」

「是還好啦，這裡我們腳踏車從小騎到大的，而且……」李百欣略歪了頭，「而且聶泓珈運動神經很好啊！」

「我也很好。」身爲運動健將的張國恩自然的抬起頭。

「你太笨重了。」同樣青梅竹馬的李百欣一點面子都沒給，「我們照騎照走吧，趕得上就會合，不然直接火鍋店見。」

婁承穎很是無奈，難得想說杜書綸騎這麼快，他可以跟聶泓珈多點機會相處的！看著同學算一下人數，發現周凱婷跟小剛沒到。

「周凱婷騎到第一個岔口就累了，她說要買烤香腸坐在那邊等我們返程。」李百欣無奈的笑笑，「我們走吧！」

重新騎上腳踏車，李百欣閃過婁承穎逕往前去！

身爲S區知名的天才，人人都知道那個能保送上大學、卻選擇在家自學的杜書綸，天才的個性彆扭也是常態，只是當他眞的跑來唸一般高中時，還是給大家不小的震撼。

相處過後，才知道他的個性比想像的更爛！

魔王等級跑到新手村來唸書，眞的狂虐所有人，第一名跟獎學金他全包，再認眞都拼不過他，因爲過度聰明、個性又很自傲，懂得不少但講話也很直接，總之就是個全方面都挺惹人討厭的類型。

嗯，婁承穎是有點偏見啦，因爲他不喜歡杜書綸總是使喚聶泓珈的樣子，更討厭爲什麼他們兩個住在隔壁、還兼青梅竹馬。

杜書綸身材纖瘦，剛來時還留著長髮，長得其實很漂亮，他那張秀氣如女孩的臉龐，又很合某些女生的喜好，什麼脆弱感啦、什麼花美男的……婁承穎打從心底裡不喜歡他。

「別看啦！他們不會有事的，杜書綸怪又不是一天兩天的事了，聶泓珈也是怪咖啊！」張國恩使勁拍了他的背一下，這狀似鼓勵的擊背，是差點沒讓他吐血的勁道，不愧是運動員，「GO！」

是啊，從想當透明人到至少願意跟大家出來吃飯聚餐，社恐的聶泓珈現在已經比剛開學時好很多了。

就是不知道……杜書綸今天是在發什麼瘋？

山徑間，兩台越野腳踏車無視著地面的不平，各種彈跳於危險之間，後方腳踏車利用一個較寬廣的平地，迅速一個甩尾，來到了杜書綸身邊！

「杜書綸！你不要逼我把你踢下車喔！」聶泓珈伸出手，準備手動停下他的腳踏車。

面對聶泓珈，他向來識時務者爲俊傑，因爲他知道珈珈絕對會突然握住他的腳踏車讓他飛出去的。

煞車，他雙手緊握著龍頭，依舊非常不滿。

「你這麼氣做什麼？我們一開始就只是幫忙而已啊，眞的辦活動的是學校，羅老師自己進行聯繫也是正常不是嗎？」聶泓珈實在無奈，「我們只是學生，老師不可能讓我們去跟進最後的細節！」

「我幾乎都聯繫完了，所有來賓都是我擬、我邀約的，我連合約都準備好了！她這樣根本是在收割我的努力啊！」杜書綸其實非常生氣，不過口吻卻仍舊平靜。

杜書綸企劃的活動內容，學校在會議中是秒通過的，老師跟主任們都非常欣賞杜書綸的想法、認同他的邀約對象，所以也放手讓他去做，甚至讓二年級的學生會學長們輔助。

杜書綸也樂在其中，現在幾乎都討論完，也在跟進落實了，結果今天……羅老師突然一聲令下，就把杜書綸摘出去了。

從頭到尾羅老師都沒有跟進，說實在的，學生會的學長姐們可能都還比羅老師瞭解目前的狀況！但是只要願意瞭解，常辦活動的老師還是很快就能跟上進度的。

「她是老師，是活動主要負責人。」聶泓珈只能這樣安慰他，「或許她是怕影響到我們的課業。」

杜書綸緩緩的看向她，給了一記白眼。

對，他是天才，怎麼可能會影響到課業？這理由很爛她明白。

「跟學生搶功，我眞的是頭一遭看……既然她是負責人，活動辦好了自然也有面子啊，我們又不會跟她爭升遷！」杜書綸不爽的持續抱怨，「她根本不瞭解大家喜歡看什麼，節目的節奏跟主題都還沒底定，妳不知道我多怕她把我準備好的東西用爛！」

杜書綸終於低吼出聲，搓亂自己一頭半長髮。

聶泓珈其實很想說，她幾乎可以預見結局的不美好，羅老師人很好，但她不見得知道現在學生的喜好，就算請對了來賓，內容上也無法貼合大家所想要的。

「往好處想，至少你已經爲大家找到很棒的陣容了。」聶泓珈握住了他的手腕，「光這點就夠振奮人心了。」

杜書綸當然知道珈珈是在安慰他，對於低調不想被注意的她而言，這樣的結果說不定她還更喜歡！不然就得一直陪在他身邊忙進忙出，很自然的就會成爲焦點，這些都讓她渾身不舒服。

「妳知道我不在意什麼名氣，我只是想把事情做到圓滿。」杜書綸痛苦得緊閉上雙眼，「我居然還是被老師的權威打倒了！」

聶泓珈輕輕笑了起來，「你總該也要受點挫折，才能體會我們正常人的人生！」

「喂！」

或許知道難以回天，杜書綸心情緩了許多，他們牽著腳踏車朝下坡路段走，大概再走個五分鐘後便會抵達小溪，通過石橋後就能接上腳踏車專用道，說不定還能跟李百欣他們會合。

『給我……』

「什麼？」聶泓珈突然看向左邊的杜書綸。

「嗄？」杜書綸皺了眉，「什麼什麼？」

「你要水嗎？還是什麼？我沒聽清楚，給你什麼？」聶泓珈邊問，邊準備抽出水壺。

『給我……』

「我什麼都沒說啊，我自己有帶……」杜書綸還在叭叭說著，卻突然發現聶泓珈的神情有點怪。

她蹙著眉、眼眸低垂，比在唇上示意噤聲的指頭帶著微顫，很努力的想聽清楚，但是風聲與葉聲不小，更別說他們接近了石橋，下方潺潺流水聲根本讓她難以聽清。

杜書綸突然感覺大腿隱隱作痛了，前陣子在樹林裡的遭遇不堪回首，黑暗與恐懼、腐屍與巨大蒼蠅的穿刺，每一個他都不想記得卻又刻骨銘心。

「快走吧！」他當機立斷，催促著聶泓珈離開這裡。

趕快回到腳踏車道上，跟同學會合，約好吃五點半的麻辣火鍋啊！寒冬吃火鍋多好啊！

聶泓珈明白他的意思，緊握著腳踏車疾步往前，順便傳訊息給同學，表示他們在石橋這帶，等等就在第一個岔口的香腸攤旁邊會合。

『那些是我的！』

喝！聶泓珈戛然止步，單手握著的腳踏車因爲失去平衡，往自個兒身體倒來，左側的杜書綸伸手試圖擋下她的腳踏車未果，但看著珈珈僵硬的模樣，就知道大事不妙了。

「無視，記得嗎？那個看不到眼睛的帥哥說的。」杜書綸說的是闕擎，「開精神療養院那個。」

「我沒看到……」聶泓珈咬了咬唇，「是聽見。」

杜書綸用力做了一個深深深呼吸，這聽起來更不舒服啊！是多近的距離？如果聲音是在耳邊響起，那還能不尖叫嗎？

「水聲這麼大，還能……聽見喔……」杜書綸也不敢亂看，這時他會小小的確幸，自己沒那麼敏感。

聶泓珈緊繃著神經，聲音的方向她無法判定，因爲感覺很遠，她又聽得非常清晰……直覺告訴她應該不是人，因爲正如杜書綸說的，他們就在橋上，水聲都這麼大了，可那個聲音還是很清楚。

『給我……快點再給我……』

聶泓珈立即架起腳踏車，扣著石橋邊緣往四周張望，左邊還是右邊？那聲音好急切、好渴望，一直在索求著什麼!?

杜書綸跟著來到她旁邊，很想問珈珈到底在找什麼，但她專注的模樣讓他不想打擾……事實上，在沒有任何好兄弟現身的情況下，他們是不是應該騎車閃人？

『我要……給我……給我啊！』

聲音裡蘊含了強烈的渴望，但是環顧四周，這附近除了他們以外，真的沒看見任何人或是……好兄弟。

珈珈。杜書綸握住了她的手，該走了！

聶泓珈深吸一口氣，喉頭緊窒的嚥了一口口水，對，她在尋找什麼？何必沒事找事做啊！她趕緊點頭，他們要騎上腳踏車，直接快速的離開這裡！

才轉頭的杜書綸卻停了住，眼鏡下的雙眼直勾勾盯著鞋尖，他依舊緊緊握著聶泓珈的手腕，越來越施力。

「書綸？」爲什麼換他怪怪的了？

「我就再看一眼，我怕我看錯。」杜書綸又做了一個深呼吸，飛快的回頭往橋下瞥了眼，一秒轉正了身子，「呼——」

他什麼都不必說，聶泓珈就已經知道有狀況了。

她甩開他的手，攀著石橋石欄往水裡看，眼前所見的確是潺潺溪水，這幾天都下雨，所以水位較高且湍急，而下方有許多石頭，因此水流到這兒都會激起更多的水花與漩渦。

在白色的水花中，有一抹藍色若隱若現。

那是袖子，有一隻手卡在石縫間，伸長了手隨著水流的激盪而漂動著，宛若一種掙扎。

杜書綸剛剛就是瞥見了，他很希望自己是看錯了。

無奈在那隻手的旁邊，還有一雙載浮載沉的腳，看來那個人已經折成了九十度。

『給我，快點給我！那是我的錢！』

第四章 工作開展

好好的火鍋沒吃成，但至少沒有再進警局，只有現場做筆錄而已，做完筆錄聶泓珈跟著杜書綸回家，窩在他家一起看最新的新聞報導。聶爸趁空打了電話過來，他並不關心發現屍體的事，而是她的安全。

「我很好，家裡都沒事。」聶泓珈從廚房邊的後門走出去低語，「最近是怎麼了？爲什麼每天都在問我這件事？我每天都有好好鎖上門窗的。」

杜書綸一邊看著電視，一邊瞄著在後院陽台邊上的女孩，他知道聶爸在擔憂什麼。

因爲從首都回來後，一直有人在盯著他們。

那天晚上聶爸接他們回來時就一路跟來了，只是跟的技巧很爛也沒做功課，他們兩家住的位置周邊是沒有鄰居的，傻傻跟過來只是自露馬腳；但後來倒是變聰明很多，採取遠距觀察，要不是今天跟大家去玩時，他意外在二樓咖啡廳發現熟悉的車輛，還眞的沒料到他們竟跟到今天！

他直覺就是那間假「百鬼夜行」店的人，但是跟蹤他們的人感覺更專業，不像是那天假意來問珈珈有沒有撿到手機的傢伙……問題是，就只是不小心找錯了店，進了地下室，他問過珈珈樓下有什麼特別的事嗎？她也說沒有啊。

既然沒有，爲什麼非得跟著兩個高中生啦!?

「今天在立石溪的遺體，已被確認為今年四十三歲的郭姓男子！他是正星營造的負責人，承辦過S區內多個公共建設，其中不乏S區行政大樓、籃球館、棒球場等等，熱心於政治，在許多活動中都能見到他的身影。」

「居然是那個郭先生！」杜爸爸也相當吃驚。

新聞台播放了立石溪命案，郭子哲算是S區內的名人，由於政商關係相當密切，所以常出現在許多重要場合，公益形象也很佳，之前還免費蓋了幾間社會住宅，低價讓清寒家庭居住。

各式剪綵中他都是常客，很常站在政治人物的身邊，畢竟本身是營造商，動土典禮時中他最愛舉著一個繫著粉紅緞帶的大型金剪刀，據說那是他的幸運符，任何動土典禮都一定要用它。

看著影片裡的紀錄影像，杜書綸覺得腦子彷彿被重擊！

「我爸眞的很怪，這週很煩。」聶泓珈走了進來，「每天都交代我要鎖好門窗，以前可從未有過。」

「吾家有女初長成啊！」杜爸爸笑呵呵的說，「我要是他啊，我也不放心女兒一個人在家啊！」

杜書綸皺著眉看著自己父親，「不放心誰啊？闖她家空門？珈珈一拳就能讓他死。」

「杜書綸！說那什麼話！」杜媽媽不客氣的直接一掌巴頭。

「哎哎哎！」他撫著頭跳了起來，「我又沒說錯！」

抱怨著、委屈著，卻無辜的朝著聶泓珈走去，自然的拉過她的手，再度往後門的地方走去，兩個人還不忘從冰箱拿兩瓶可樂，走出後門、步下木梯，再度來到後院草坪。

他們一路走到離主屋最遠的籬笆旁，這兒有一張小桌子在邊界，一家一半。是他們愛待的地方。

「怎麼了？」她早在瞬間從他的眼神得到了訊息。

「我們今天發現的那具屍體，妳知道是誰嗎？」杜書綸滑著手機，把最新新聞遞給她看。

「我剛有聽到一點點，對他不熟，但……喔喔，這個人真的很常出現在新聞裡耶！」聶泓珈記得很清楚，總是伴隨著政治新聞出現的人，「而且他有一把誇張的粉紅緞帶大型金剪刀。」

「我，見過他。」杜書綸一字一字小聲的說著，「就在那間假的『百鬼夜行』外面。」

咦！聶泓珈握著可樂瓶的手略緊了些，「我怎麼……沒看到？」

「那時妳下去地下停車場了，妳應該是有看見他，妳騎上來時有一台車剛滑下去，記得嗎？那天他就穿著那、件、藍襯衫。」

警方說，死者已死亡多日，屍體早就浮腫，他們去首都是一週前，若是同樣一件衣服的話……那個人上週就已經死了嗎？但屍體是在他們S區啊！

厲小姐口中說的「你們那邊有夠陰的，才是真正的『百鬼夜行』吧」，就是這個意思嗎？

聶泓珈緊握著可樂瓶，慌亂的灌了好幾口，焦急的來回跫步，杜書綸就站在原地靜靜的看著她，珈珈什麼個性他會不知道？

「哎，我覺得那沒什麼的！」聶泓珈終於回到小桌邊，眉頭都皺出了幾道溝，「你知道我真的不想再被注視，別再惹事了。」

她的手開始發抖，她就一個高中生，想要一個平靜的生活怎麼就這麼難？

杜書綸雙手包住她握著瓶子的手，都能感受到她在發抖。

「我在啊，珈珈。」

她抬起頭時，眼眶已經濕濡，恐懼逼迫著她，而杜書綸明白，她的恐懼不是來自於聽見什麼或看到什麼，更不是來自溪底那具在水流或石頭折斷的屍體，而是怕又被注意到。

「我那天下去時，聽見了一些對話，我沒太在意，或是……好，我故意不在意。」聶泓珈痛苦的深呼吸，「有人在講錢、什麼錢到位了都能搞定之類的。」

「只有這樣？」說實話，若真的只有這樣，其實大家大可不必那麼敏感。

「應該是賄賂或政治獻金。」聶泓珈無力的低垂著頭，額頭都靠到了桌子，「提到用生鏽的鋼筋還敢囂張，錢沒到位檢查可不會過，還有誰誰誰等等就來了，除了要給他方便外，也需要他的支持。」

杜書綸握著她的手的力道略緊，「這壓力也太大了吧……妳有看到那個人是誰嗎？」

「沒有，下面超黑的，而且……很陰森，我一下去就知道那邊有不乾淨的東西，都窩在一些角落裡，我就急著想繞出來了。」聶泓珈抬起頭，「我根本不敢亂看，找個車縫鑽出來，一股作氣騎上去。」

「難怪有人會跟著我們，他們覺得妳聽到了，或是知道什麼了。」

「誰跟著我們？」聶泓珈愣住了，「你是說百鬼夜行門口那幾人嗎？他們來問時我有嚇到，但我敷衍過去了啊！」

呵呵，杜書綸乾笑著，珈珈眞的不知道從首都回來後，都一直有人在跟蹤他們。

他們才高一啊，有什麼威脅嗎？

「反正妳就假裝什麼都不知道，那天什麼都沒聽到就好。」杜書綸大腦迅速飛轉，「我來查查看，那個郭先生最近參取的建設有什麼好了！」

「不、要！」聶泓珈連忙阻止，「如果他死因可疑，你還查什麼啦！我們就順其自然，應該沒人會對學生怎麼樣的吧！」

「對啊，只是高中生，哪有什麼威脅性！」杜書綸邊說，邊拿過自己的可樂瓶往屋子裡去，「我就去找一下……」

聶泓珈整個人愣在原地，「杜書綸？」

「我說真的，」他回頭拿可樂敬了聶泓珈一下，「高中生活真的太有趣了！」

「杜、書、綸！」

今天到三樓的詐騙總部時，張國恩發現那滿地滿牆的錢居然都消失了，而且很多文件都被清理掉，他愣愣的走進去，裡面倒是很平靜，沒有一絲慌亂。

「搬家嗎？」他傻傻的問著。

象哥聞言，回頭一笑，「辦公室大掃除嘛！沒事！小李！」

「呃，我姓張。」他尷尬的說著，打工的這麼多，人家不記得也是自然。

才說著，跟他一起應徵的錢立妍與洪奕明神色慌張的走了進來，他們身後跟著老同學阿千！張國恩看著他們從背包裡拿出一包一包的鈔票，再看著象哥分紅，瞧得他心癢難耐！

這薪水眞的很正耶！今年李百欣生日，他想送她偶像的演唱會門票，一票難求是眞，而且還貴到買不起，所以他才想好好利用這次的打工。

「來，一人再領三張卡去領。」阿千負責派分提款卡，「記住，只要兩次密碼有問題就撤，附近有警察的話也不要冒險，越自然越好。」

「知道！」錢立妍輕車熟路的接過提款卡，開心的把剛分到的錢塞進短熱褲的口袋裡，「嘿，你也剛回來啊！」

張國恩乾笑著，說實話，他到現在還沒成功過。

昨天拿了兩張卡出去，全部領不到就算了，還都遇到警察巡邏，只能灰頭土臉的回來；幸好象哥他們人都很好，不但沒有責備，還給了他便當吃，叫他放寬心，不冒險才是長久之策。

「他會負責別塊，跟你們不一樣！」阿千上前，攬住了張國恩的頸子，「一線薪水更高喔！」

「咦？」他跟洪奕明同時圓了眼，「眞的嗎？」

「別咦了，你瘦成這樣沒辦法做他的工作！」阿千不客氣的拍拍洪奕明那乾癟的身體，「快去！領越多賺越多喔！」

「好！」洪奕明雖覺得可惜，但上面交代他做什麼就做什麼。

他已經沒有了應徵時的恐懼，更多的是一種前所未見的積極，因爲每天提出的錢越多，他的薪水也就越好；至於這些是誰的錢？他們的錢被領光後要怎麼辦？就不是他該關心的事了。

又不是他騙人的對吧！是那些人自己貪心或是愚蠢才會被騙的，跟他沒有關係。

看著其他車手不停的拿錢，張國恩覺得有點鬱悶，他真的沒被分派到什麼工作，面試那天還被量身，剩下時間就是幫忙整理桌面、打掃，真的好悶喔！

「我能做什麼啊？」張國恩忍不住問了。

「放心，能發揮你優勢的工作！」阿千手裡拎了一個袋子塞給他，「你等等換身衣服，跟著他們出去……來，這是周檢察官，那位是王刑警。」

說著，從屋裡走出了一個西裝筆挺的男人，另一個則穿著警察制服。張國恩愣愣的望著他們，這、這應該是假的吧？

「你是運動員，身材好，就是便衣，姓黃。」阿千交代著，「萬一有什麼事，你負責保護他們，現場一切都聽周先生的，知道嗎？」

周檢察官敷衍的跟他打聲招呼，轉身就走向象哥，「欸，安不安全啊？西厝仔那邊的事才發生亂七八糟的事情，莫名其妙的！」

「對啊，我在警局的朋友說，他們死狀很慘，身體還被撕開！」假刑警也跟著抱怨，「我們就賺點錢，沒必要賠命吧！」

低著頭的象哥眼神閃過一絲殺氣，但抬起頭時卻又是笑容滿臉，「哎哎，說什麼，那就是個意外！西厝仔那邊可能有野生動物，他們比較不幸而已。」

「對啊，所以現在是白天，而且還配了個後援！」旁邊一個嚼著檳榔的男人偉哥跟著說，「那小子很健壯，有困難他能打架，跑得還快！」

聽他們在唬爛。兩個男人交換著眼神，外面現在都傳開了，他們死了兩個「同事」，死因非常可疑，因爲那個老太婆已經上吊死了好幾天了，但同事還能收到她傳來的訊息？甚至進了她家……

「我看還是不要好了，換人去吧！」假刑警首先打退堂鼓。

「我也不想，賺點小錢不想拿命換。」周先生有了伴，也果斷拒絕，開始脫西裝了。

阿千在旁望著，象哥笑容都已消失，一旁的偉哥的手都默默的放在槍上——

「高風險高報酬吧！錢多一點是不是我們會安心些？」

這句話，讓正在脫衣服的兩人停了下來。

象哥看向了阿千，嚴肅的神情瞬間放軟，勾起了嘴角，「對！有理！一成。」

什麼！兩個男人嚇了一跳，全屋的人都靜了下來，一成耶！如果他們今天騙到那個老頭子五百萬，就有五十萬的現金！

「走！」周檢察官氣勢立出，對著張國恩吆喝。

「這小子體格夠，但臉太嫩了，騙誰啊？」假刑警打量著張國恩，「帽子跟墨鏡要給他配上！」

象哥只是抬個手，裡面就有人機警的趕緊去拿出鴨舌帽跟墨鏡，跑來塞給張國恩。

「到時你都不要說話，一切聽周的。」阿千趕緊再三叮嚀，「帽子跟墨鏡都不要摘，裝酷裝凶就好……想想今天能賺到的，看到錢你們才有薪水，知道嗎？」

張國恩抓著帽子，突然反手扣住阿千，「我也一成嗎？」

阿千一怔，「別鬧了，怎麼可能！但少不了你的，畢竟現在缺人啊！」

Yes！張國恩雙眼亮了起來，依舊充滿鬥志。

「便衣的！走了！」

張國恩趕緊跟上，要是每天都能入帳一萬，那別說演唱會門票跟電競電腦了，能買的東西可多了！

「聽好了，等等我們下車時，你就站在車頭，雙手交疊在前，要做出威嚴的樣子，不管我跟你說什麼，就是點頭就好。」

才剛把空行李袋拉上的張國恩趕緊抬頭，聆聽命令。

「等我們進去後，你就坐進車裡，不要引人注意，車窗留一小縫，仔細注意我們的情況……我記得你會開車對吧？只要看見我們走出來，就立刻發動引擎。」

張國恩困惑的歪了頭，「呃，那我要坐在駕駛座嗎？」

「對，聰明，如果有萬一的話，你還得開車，一切聽指令行事。」周嘆口氣，正首檢查自己的服裝，「我是不希望有意外啦，最好跟以前一樣，錢到手就走。」

「平安平安。」假刑警抽出頸間的護身符拜著，「那兩個的事搞得我都睡不好。」

「就很莫名其妙啊！我們每次拿到錢不是都把卡拔了？那老太婆是怎麼又聯繫到同一批人的？還能再去拿第二次錢？而且人都吊死了，是誰開的門？」

「一定有凶手的，我覺得是老太婆的家人，發現她錢被偷了就再設計……但殺人也太超過了，不就幾百萬的事！」

「不對，是家人的話，你會讓你媽一直吊在上面喔？」周不以為然，「而且重點，老太婆到底聯繫到誰？」

前座兩個男人看著彼此，突然一陣惡寒，兩個人同時雙手合十，喃喃唸著佛祖保祐，平安回來。

「我們只是幫忙拿錢而已，不是我們騙錢的，冤有頭債有主。」假刑警把臂章黏上了手臂，「跑腿費，我們就是跑外送的。」

「對對對，跑外送的！」周整理了頭髮，做了個深呼吸，「走！」

兩個男人同時打開車門，張國恩趕緊把墨鏡戴上，也跟著下了車。

一路上他都插不上話，他也沒看新聞，實在不知道他們在說什麼，但怎麼聽都不太對勁；但他也覺得自己不算詐騙集團吧？因爲他沒有騙那些人的錢啊！他只是去幫老闆提款，或是像現在，陪著上司一起出來而已。

這樣……應該不算是騙人對吧？

他抬頭挺胸的站在車前，看見一個駝背的老爺爺，戴著深藍色的宮廟帽子走出，既緊張又感激涕零的與假刑警他們握手……遠遠的聽見老爺爺不停的道謝，他突然覺得很不舒服，爺爺知道……他的錢即將不見了嗎？

周突然回頭指指他，張國恩立即聽話的頷首，距離遠加上帽子與墨鏡，老人家眼睛也不好，並不容易辨認出他其實是個高中生。

確定他們進屋後，張國恩便聽話的坐回駕駛座，窗戶全部升起，只剩下副駕旁窗子的一小縫，以注意同事們的聲音……

「我真的不算騙人嗎？」張國恩突然陷入自我懷疑，「這不對啊！老爺爺如果養老金就只有那些錢，我們拿走後，他就……」

對，他不是騙老爺爺的人，他只是陪著來拿錢，甚至錢都不會經過他的手，可是，他就是覺得過意不去。

車子停在路邊，旁邊也是山林，老爺爺算是住在半山腰，這一帶其實挺熱鬧的，總是一邊是密集住家，另一邊是山林，雖然不算太偏僻，但橫豎是依山而成的小鎮。

握著方向盤的張國恩惴惴不安，前天大家一起吃火鍋時，就聊起了彼此的打工，李百欣在一間中小企業工作，而他用公司教他的話術，說只是打雜；但婁承穎一問起具體的行業別他又答不出來，百欣那時就很懷疑了，他現在很怕要是下次跟杜書綸聊起天，他會不會立刻就發現了？

他好像做了一個……讓他良心不安的工作啊！

剎剎！怪異的聲音陡然從他正後方傳來，張國恩瞬間僵直了身體，那是他剛剛吃東西的塑膠袋聲嗎？於此同時，一股寒冷從後方開始擴散，然後拉拉鍊的聲音接續響起。

有人正在拉開……他負責的那個行李袋？

拉開拉鍊的速度非常慢，喀噠喀噠的每一聲都是折磨，一點一滴的凌虐著他的精神——車上只有他一個人啊！

他沒敢抬頭看後照鏡，但是聲音是不會騙人的！直豎的汗毛伴隨著公文紙袋的沙沙聲，越站越直，他甚至聽見了「忿怒」。

一團紙球從後方丟了過來，張國恩右手仍握在方向盤上，但抖得厲害的左手已經緩緩的放在了車門把手上。

他不聰明，也很遲頓，但不是傻子，有沒有人進入車裡他會不知道？

『錢……呢……』沙啞渾濁的聲音從後方傳來，來人移動著身子，張國恩甚至可以感受到有股力量攀著椅背，從後座往前探！

一隻右手倏地從兩個座椅中伸出，他看見了手臂內側的刺青——現在是白天啊！

張國恩牙一咬，直接扳開了車門——喀！幾乎就在同一瞬間，車門鎖竟突然降了下去、鎖上了！

天哪！就差零點一秒！張國恩不顧一切的滾出了車外，他驚恐的順手甩上車門，先是往前狂奔，然後回頭再次看向車子！

他們的車子平靜的停在那兒，玻璃紙刻意貼得很黑，所以什麼都瞧不見，糟糕的是，同事走出來了！

假刑警遠遠的看見他，狐疑的瞪著。不悅又緊張的比劃眼睛，張國恩才發現他墨鏡摘下了……可是，墨鏡扔、扔在車上啊！

「您放心好了，政府會替您保管好錢。」周檢察官還在說著，與老爺爺握手道別。

「謝謝！謝謝！」老爺爺駝著背，彎得都要近九十度了。

周檢察官抱著一袋應該是錢的東西，一回身就看見在十公尺開外的張國恩，滿臉怒容的暗示他回來，假刑警走到後座去拉開車門，拿起了剛剛那個被開啓過的行李袋。

沒、沒人？張國恩戰戰兢兢的走回，腳步非常遲緩，他不敢再坐回車內，因爲剛剛那、個，是坐在他的位子上啊！

「黃警官，」假刑警暗示著，滾回來啊臭小子！「要走了。」

張國恩再往前走了幾步，周檢察官已經逕自坐回了駕駛座，假刑警找個藉口跟老爺爺說著，也拉開了副駕駛座的門。

張國恩快哭出來了，他可以自己想辦法回去嗎？腳步如千斤般沉重，看著假刑警關上車門，老爺爺抬起頭來衝著他笑，然後……老人家居然自己從他那邊打開後座的車門，坐了進去。

咦？這什麼情況？張國恩完全被嚇到腦子一片空白，他連連後退，爲什麼那個被騙的老爺爺上了車？

沒有幾秒，駭人的尖叫聲從車子裡傳了出來。

「哇啊——哇——」

最靠近他的當然是駕駛座，周檢察官狼狽的滾了出來，踉蹌的跌地又站起，一臉驚恐莫名。

周檢察官是朝著他跑來的，手上還抱著那袋錢，張國恩兩眼發直，雙腳不自覺的劇烈顫抖，透過沒關上的駕駛座車門，看見了被拖往後座的假刑警！

「走啊！快走——」

周檢察官掠過了他往後跑，而假刑警在車子裡劇烈的掙扎著，整台車都在晃動，直到一隻斷腳從車子裡噴出來時，張國恩才回過了神！

哇——不管車裡有什麼，逃啊！

他轉身就跟著周檢察官往山林裡狂奔，好歹是體育健將，他跑得比周檢察官快多了，加上周檢察官抱著那袋錢不放，絕對拖慢了速度。

「那是什麼？老爺爺也太厲害了吧！」張國恩忍不住哭著出聲！

「不可能！不可能！」周檢察官臉色慘白的回以大吼，「那是鬼啊！鬼——」

所以……有兩個阿飄嗎？跟他們接洽的老爺爺是鬼，那剛剛坐在車子裡那個又是什麼啊!?

哇！張國恩被樹根絆倒，直接往前飛撲，摔得狼狽悽慘，牙齒咬上了唇，鮮血汨汨直流，他痛得掙扎要起身時，卻看見一雙慘白的腳從他旁邊經過。

不要動……不，是不敢動，雙手撐著地面的張國恩僵硬得定格，看著那雙帶著年紀的雙腳經過了自己身邊，卻還一路有東西在滴落……紅色的鮮血，啪噠，竟滴在了他撐在地面的手背上。

「哇！走開！走開！」遠遠的，周檢察官的聲音在哭號。

張國恩悄悄的抬起一點視線，看見老爺爺的背影，走路看似蹣跚，但速度卻極快，他手裡拎著不知道哪個部位，一路滴著鮮血而來。

『錢，我的錢還給我……』老人家的聲音竟也近似哀求，『我的錢啊……』

「不是我騙你的！我只是幫忙拿錢而已！」周檢察官哭得泣不成聲，雙手捧著那袋錢，「我要交回去的，這個……」

張國恩還是沒敢動，但是他抬起了頭，因爲他明顯的感受到那股寒冷不在他身邊，而五公尺外的周檢察官正對著朝他邁進的老人家哭喊著。

那個老人家，下半身是反著的！人朝著周檢察官，但腳尖卻朝著張國恩的方向，腰間血肉模糊，下半身彷彿是硬拼裝上去的，那並不是人啊！

放手啊學長！張國恩緊握著拳，他這麼笨都知道，爺爺想要回他的錢啊！

周檢察官顫抖的雙手捧著那袋錢，往前遞了出去，眼睛盡可能避開老人家的慘狀，以及他手上拿著的那隻斷腿……

老人家沒有伸手，卻只是喃喃：『不夠……這點錢……不夠的……』

「這是我、我剛剛從你手上拿來的，我都沒有動！」周檢察官喊著，緊閉起雙眼、打直了手，「錢還給──」

唰！說時遲那時快，周檢察官突然陷落，整個人自原地掉了下去！

「哇──哇啊啊啊──」

張國恩被嚇得整個人彈跳起來，但他腳軟到跑不了，而是因爲過度驚嚇而往後使勁一彈，硬生生撞上身後的樹！砰！

啊！劇痛傳來，伴隨著頭昏眼花，張國恩雙手捧著後腦杓再度趴在地上，又痛又暈又想吐的感覺讓他完全無法思考，只能緊緊抱著頭在地上發顫。

血從指縫中流下，痛楚卻讓他保持清醒，張國恩忽地回頭看向樹幹，才發現樹上原本有塊凸起，他要慶幸不是什麼尖刺，否則他的頭顱就被刺穿了。

趕緊再往前看，哪有什麼老爺爺！甚至也沒有周檢察官的身影！他爬起來往前查看，剛剛學長站的地方連一點點痕跡都沒留下……甚至連一張鈔票都沒飛出來。

但這不是幻覺的，他知道。

張國恩哽咽的往地上一瞥，除了沿路滴來的血跡外，還有假刑警落在地上那隻被撕下的右腳，鮮血淋淋的證實著——剛剛一切都是真的。

剛要回家的民眾們被擋在了外圍，他們先是不明所以，但看著全副武裝的警察，突然意識到事情不簡單。

警方分別從樓梯與電梯包抄，甚至連窗外的位子都守好了，全部人聚集在門口，手動輸入了密碼。

嗶——門一打開，幹練的警察舉槍衝入。

「警察！不要動！」

門口狹小，但警察均訓練有素的在最短時間內進入，玄關、客廳、房間，有序的分別往各個房間衝了進去！

「沒人！」

「報告！沒人！」

「幹！空的！」

隊長不可思議的衝進了三樓，看著一屋子的物品，硬體設備都還在，甚至還留下一些文件，垃圾跟便當倒是剩得不少，可是卻一個人都沒有！

原本以爲能破獲一個詐騙集團，結果居然人去樓空！

「隊長！」一名警察站在茶几前，神色複雜的指著桌面。

桌面放有兩疊千元鈔，壓在一張Ａ４紙上，紙上有電腦列印，寫著「辛苦了，給警官們喝茶」的字樣！

「他們怎麼知道我們要來？」隊長氣急敗壞的吼了起來！

今天下午有一起詭異命案，那邊現場還在偵察蒐證，重點是目擊者加生還者是一名高中生，他說了自己寒假的打工是在疑似詐騙集團的地方工作，知道密碼與工作地點，樹林裡的命案目前沒有任何媒體報導，他們迅速組織前來攻堅，怎麼會沒人！

「給我查！他們能去哪裡？我們一得到消息不是就叫人監視了？」

「報告！監視組沒有看見可疑人士出入！除非……他們分開走，變成一般民眾？」

「沒看到疑似車手的人，平頭又運動外套的人很少！」這是車手的默契穿著，一堆人喜歡把兩側頭髮推光，穿著有LOGO的運動外套跟緊身牛仔褲，這是警方的重點觀察對象。

「調監控啊！電梯的監控跟大樓的監控都調！」隊長沉下心，「現場的東西全都是證據，不要輕忽，都搬回去！」

路過茶几時，看著那兩疊鈔票，他必須很克制才不會把那兩疊錢揮掉。

行動失敗，警隊士氣大挫，沒有人搞得清楚究竟發生了什麼事。

「監視器角度早移動了，拍不到的，對面的監視器我也破壞了。」抽著電子菸的男人得意的說著。

他正望著自己眼前數個螢幕，以及同時在他監視下的警方。

「幸好我們反應快，周仔沒有回應就先移動了。」象哥嘲弄般的看著監視器裡、氣得搥牆的警方，走到桌邊拿起飲料喝了幾口。

這是間裝備大小與三樓一模一樣的屋子，員工繼續在做自己的工作，電腦手持續在網路上與人聊天，有談戀愛的、有鼓勵投資的，他們在群組裡炫耀著這波投資賺了多少錢，每人桌上都放著腳本，以便見招拆招，要引誘那些妄想一夜致富的人們。

洪奕明跟錢立妍被要求坐在角落不能說話，其他年輕車手也是，他們剛好回來交錢，卻被蒙著眼帶進來，但他們只是沒說破，大家都可以感受到，應該還在同一棟大樓啊。

阿千站在最前方，低垂著頭，緊張得雙手交疊站好。

象哥走到他面前，冷不防地狠狠抽了他一巴掌！

喝！這舉動嚇壞眾人，卻無人敢吭聲，阿千被打得踉蹌，還沒站穩，象哥舉腳就是一踹，直接把他踹飛了。

「對不起！對不起……我不知道他會這樣！」阿千抱頭求饒，其他車手嚇得魂飛魄散。

「看看你介紹來的好同學！沒用！」象哥怒不可遏的不停往阿千身上踹，「事情沒做成一件，還給我報警！」

「對不起對不起……哇……哇……」阿千蜷成一團了，但象哥還沒解氣，瘋狂的往死裡踹。

不過盛怒之下，打個十幾下氣力也快沒了，象哥喘著氣罷手，再度走回桌邊拿起飲料喝著；除了客廳一票年輕人外，其他詐騙集團的老人倒是見怪不怪，也沒人阻止象哥狂揍人的舉動。

「我們也沒什麼損失，就是最近要小心一點而已！」偉哥上前，顯得有點心浮氣躁，「周仔他們出什麼事了，知道了嗎？」

「我他媽懶得知道！」象哥低咒著，「以後這票都不要直接過來交錢了，另外建交付點，別又把我們這個水房搞沒了。」

「好。」偉哥朝手下使了眼色，有幾個人立刻領著洪奕明他們到小房間去，額外交代事情。

警方暫時是找不到他們的，因爲他們只是從三樓移到了六樓，沒有搜察令的前提下，警方無權去搜查住家的。

「現場的事暫時不要做了，不吉利！把人力挪到機房去，反正現在每個人都想發財，幫他們做做美夢！」象哥很快的推進下一個項目，「你！起來！」

喝令之下，阿千滿臉是傷的搖晃起身。

「大哥是愛之深責之切，想想你跟了我們幾年了，你也知道出這種狀況很要不得。」偉哥這才慢悠悠緩頰，「你得做票大的好好彌補。」

阿千點了點頭，戰戰兢兢的看向了象哥。

「我同學就是個體育生，不太聰明，我不覺得他是故意的……」阿千聲如蚊蚋，「我介紹來的，一直都沒什麼大差錯……」

象哥點了根菸，幾個煙圈的思考後，其實還是不太踏實。

「我要知道，究竟發生了什麼事。」

第五章 往生者們

屍體見多了或許會麻痺，但如果你在特殊小組裡，只會更加的「別開生面」。

武警官看著「出土」的屍骨照簡直不敢相信，他看了好幾輪，隨著傳回來的新照片與新影片越來越多，從震驚到不可思議，最後接受現實。

一位被分屍的受害者在車內，四肢與頭顱皆被活生生扯斷，身體也被撕開，死狀一如前些日子，在老婆婆家的詐騙份子一樣，內臟肉塊噴得整台車都是，鑑識人員非常頭大，正逐一拾撿碎屍蒐集。

但最離奇的，是掉進土坑裡的那位。

土坑表層都是腐葉與樹枝，但表土下方五十公分深處有個坑，嚴格說起來是個墓穴，因爲那裡埋了另外一個人。

死者已經完全白骨化，屍身完整，完整到現場的人不知道該怎麼處理……因爲，那位假檢察官被「關」在白骨屍的肋骨裡。

照片裡是一個眼球上吊的男子，臉色蒼白已無生命跡象，他雙手抱著一袋錢，身體被下方的白骨肋骨包裹住的，而白骨雙手也交叉胸前，一起緊緊的護著那袋錢。

「下面那具白骨沒有任何裂隙，法醫說要把那個西裝男弄出來，必須鋸開白骨屍的骨頭。」老李胃都疼了，「有沒有人先告訴我，那個死者是怎麼塞進去的？」

「你可以試試看觀落陰？」武警官由衷給了建議，得到老李一串髒話。

老李才加入特殊小組沒多久，之前固定都有上課，看一堆離奇的命案現場或是紀錄，以爲做好了心理準備；結果都是屁，因爲等眞正親眼所見時，又是另外一回事了。

「武警官，張國恩可以保釋出去了。」下屬過來報告，旋即又去忙碌。

這案子太大，沒想到牽扯到了詐騙集團，但刑事組那邊撲了空，回來又找小孩子出氣，害得他跟刑事那邊槓了起來，他理解沒抓到人的扼腕，但找一個高中生的麻煩大可不必。

現在詐騙集團逃了、又多一具無名屍要找身分，另兩具屍體的身分倒是很容易，前科累累，都是賭徒。

他起身往拘留室走去，他之前就認識張國恩，別說他是S區的體育健將了，先前幾個案子都跟S中有關，見過幾次面。

遠遠的就聽見父母的責備聲，他走進大辦公室，張國恩低著頭什麼都不敢說，淚水拼命的流，其父母氣得也是老淚縱橫，他們怎麼想都沒料到，兒子打工會去詐騙集團工作！

看見許多學生也都在現場，武警官就很欣慰，他們還是很有同學愛的。聶泓珈跟杜書綸早早就到了，杜書綸還勸慰著張家夫妻，告訴他們如果張國恩沒有實質的行爲，應該不會有太嚴重的罪刑。

張國恩後腦杓的傷已經縫合了，輕微腦震盪，記憶沒有受損，把現場看到的全說出來了，幸好他還知道指名要找他，特殊小組專門處理無法解釋的案件，所以對於他的證詞是百分之百接收。

「武警官、武警官！」張媽媽焦急的跑來，「國恩會不會有前科？他什麼都還沒做，也沒領過錢……」

「這得交給法官認定。」這不是他能決定的，「他提供了很棒的情報，我想還是有機會彌補的。」

自動門再開，婁承穎衝了進來，他在餐廳打工才剛下班就趕來了，一進門就看見聶泓珈。

「現在怎樣了？」一眼望過去，都是同班同學，他原本還希望大家只是開玩笑或搞錯了。

「保釋了，等等可以先回家。」聶泓珈朝裡頭使了眼色，這角度瞧不見張國恩，但聽得見他的啜泣聲。

「我就覺得奇怪，那天吃火鍋時他對自己的工作都說得不清不楚！」原來婁承穎早有察覺，「一下說是服務業，一下又說是食品業！」

聶泓珈這時就明白爲什麼爸爸再三叮囑，打工不要亂找了。

自動門突然又開，婁承穎一回身，看到來人暗叫不好。

李百欣身上的制服都還沒換，直接衝進警局，越過了幾個同學，二話不說殺到了張國恩跟前。

「你當什麼詐騙集團啊！」李百欣直接推了張國恩寬廣的肩，「我眞沒想到你是那種人！那都是別人的辛苦錢耶！」

張國恩的父母連制止都來不及，就看見李百欣左右手輪流的朝張國恩身上打去。

「冷靜點，李百欣！冷靜！」還是婁承穎上前拉住她，「張國恩都受傷了妳沒看見嗎？」

「有啊，不然我平時都巴頭的！」李百欣說得振振有詞，「你怎麼可以當詐騙集團啊！」

張國恩委屈的淚水撲簌簌的落下，他現在說什麼都晚了，他已經是大家眼裡的壞人了！

「找工作要小心，詐騙集團會說他們只是幫忙拿錢，沒有騙人，就不算是詐騙……當然，高薪才是讓他們心動的主因。」武警官趁機對張國恩的父母教育，因爲他們完全不知道兒子在做什麼工作，「幫忙拿個東西就有比一般同學多的薪水，只要換衣服站在那邊就有錢拿，有什麼不好？這都是陷阱啊！」

「我眞的沒想到，他還說是朋友介紹的……」張媽媽後悔不已。

「眞的是同學介紹的，是國中同學吧！我們也在找那個學生。」武警官替張國恩說話，孩子沒說謊。

李百欣眞是怒不可遏，張國恩除了學習不擅長外，平時是個很好的人，身爲運動明星小得意了些，但跟犯罪扯不上關係！

「他騙了人家多少錢？能不能還？還要跟對方道歉！」李百欣氣到都哭了出來。

張國恩突地抬頭，臉色瞬間刷白，緊張的看向了武警官。他立即讓其他學生都先回家，同時讓同仁支走父母。

「張先生、張太太，這邊麻煩辦個手續。」警察走來，叫走了張國恩的父母。熟稔的同學都沒離開，武警官趕緊拿出一張紙，「張國恩，我要你確認一下這些公司名稱還有沒有漏的？」

張國恩把之前在三樓看到、聽到過所有公司名稱都告訴警方，因爲屋子裡有各種名片跟公文袋，他把記得的都寫下來了；接過紙張看了一輪，他也努力的回憶是否有遺漏的，這是他贖罪的最好方式。

「永餘公司的餘錯了，是漁夫的漁，不是剩餘的餘。」張國恩把紙遞回去時，指了其中一個錯字，「其他沒有了。」

咦？正怒火中燒的李百欣一怔。

「永漁文具嗎？好，居然是漁夫的漁，又不是賣魚具的。」武警官接過紙，對於張國恩提供的各個公司都要詳細調查，應該都是空殼公司。

「永漁文具？我知道這間公司。」李百欣好奇的上前，「他們不賣魚，賣很多辦公室文具與桌子、列表機什麼的都有。」

這下換武警官愣了，「妳知道這間公司？」

「對，那間公司跟我們公司有業務往來，我們會幫忙代訂印表機，名字太特殊了，我不會記錯。」

武警官未有遲疑，即刻把那張公司名稱表遞給了李百欣，好奇的杜書綸也上前查看，只有聶泓珈一臉凝重的待在角落，一樣是那副希望自己隱形的模樣。

「請把妳知道的都告訴我們，有利於警方調查，那可能是詐騙集團的公司。」武警官客氣的說著。

「沒問題，我甚至還有他們的帳號！我前天才轉了一筆錢給他們。」李百欣邊說，立刻拿起手機，要登入網銀，「我等等截圖給你們。」

杜書綸驚訝的看向她，「妳截圖？妳能進入公司帳戶嗎？哇！工讀生權限好大！」

一般工讀生怎麼可能有這麼大的權限啦！

「咦？不是！不是啦！」李百欣連忙擺手，「那是用我帳戶轉過去的，所以我才有交易紀錄，當然可以截圖！」

這下連周凱婷都驚訝了，「你們公司的交易，爲什麼是用妳帳戶轉帳啊？妳幫公司墊錢嗎？哇！」

又一個哇！周凱婷沒想到李百欣這麼有錢啊，平平高中生，她能幫公司墊貨款耶！

「哎唷！哪有！我經理很煩，他常把錢轉到我帳戶，然後再讓我轉給廠商！我都被拉到幾間銀行去開各種約定帳戶了，一次可以轉到五百萬耶！」李百欣沒好氣的抱怨著，「都是別人的錢好嗎！我錢都沒拿到手就轉出去了。」

杜書綸立即看向武警官，「這樣子李百欣會有罪嗎？」

李百欣錯愕，「我？什麼意思？」

「洗錢啊，同學，妳在幫忙洗錢！」杜書綸說得義正詞嚴，「那間絕對是詐騙集團分公司！」

利用工讀生的帳號轉進轉出，絕對不是問題帳戶，還去開約定帳號，這種乾淨帳戶得來全不費功夫。

「我沒有！」李百欣嚇到了，腦袋一片空白。

武警官立即讓人去找刑偵隊的，看來這裡又是一個受騙的學生。

武警官要求大家不要聲張這件事，千萬不能打草驚蛇。

「我不知道，我有跟經理反應過，但他說都是公司的錢有什麼差……我帳戶也是公司的薪資帳戶……」李百欣這次是因為害怕而哭了，「我沒想那麼多！」

「可是這很怪啊，正常公司都不太可能讓員工轉錢的！妳又不是會計！」連周凱婷都知道這點。

李百欣緊咬著唇，她其實早就知道有問題的對吧？知道這不符合常規，但就是為了每次五百一千的「手續費」，她就睜一隻眼閉一隻眼了！

聶泓珈窩在角落裡，身體一陣又一陣的冷顫，她完全可以感受到有什麼東西在黑暗中發酵，因為眼前圍在一起的同學中，又出現了那抹墨藍色的陰影。

杜書綸走回她身邊，看見她緊繃的臉色、微打顫的唇，狐疑的環顧四周。

「這裡是警局啊，別告訴我這裡也有……」

「我不舒服。」她的聲線很難受。

婁承穎回頭望向他們，也趕緊走了過來，為什麼聶泓珈的臉色好差？

「珈珈怎麼了嗎？妳嘴唇都發白了。」

杜書綸握住了聶泓珈的手臂，直接往門外帶，「走，我們回家。」

「不……等等。」聶泓珈咬了咬唇，很為難的看向杜書綸，然後……他遠遠的望向了正在聯繫事情的武警官。

「喔喔，」杜書綸挑高了眉，露出一抹意味深長的笑容，鬆開了手，「妳做決定。」

那個說不想再捲進事件的珈珈，不想被注意到的珈珈，有另外的想法了？

聶泓珈有時很討厭被一眼看穿，但幸好，能一眼看穿她的只有杜書綸。她緊握雙拳、繃著神經朝武警官走去，在他耳邊低語幾句後，換得武警官驚訝的目光。

然後，她轉過來，朝著杜書綸招了招手。

「怎麼回事？」婁承穎不明所以的拉住杜書綸，「珈珈要幹嘛？」

「她只是想幫點忙而已。」杜書綸笑了起來，瞄向了婁承穎，「沒你的事了，你可以回家了。」

他甩甩手，讓婁承穎鬆開，大方的隨著聶泓珈一起進入了警局內部的辦公室，那不是其他人可以進去的地方。

聶泓珈想知道今天發生什麼事，也想知道上週發生的事情，因爲看似無關緊要的事，都有著一個共同點。

那些墨藍色暗影。

張國恩隨著詐騙份子去取款的那位老爺爺，早在三個月前臥軌身故，老爺爺被詐騙集團騙走了退休金，一旦被騙走就沒有拿回來的機會，孤身一人的老爺爺一時想不開。

火車攔腰碾過，這解釋了爲什麼張國恩看到一個下半身反過來的人。

至於詐騙集團怎麼會打到那位爺爺的電話，甚至還能見面，就很難解釋了。而張國恩在車上遇到的亡靈卻非老人家，他沒敢看，所以不知道是誰，但應該不是屋內正在跟假檢察官交談的老爺爺；而紙袋裡的錢是冥幣，地府專用，張國恩從到尾都沒有經手，所以他壓根兒不知道裡面不是眞鈔。

他只知道假刑警被分屍、假檢察官掉下坑裡，還有那一聲聲的「給我錢、把錢還給我」。

「張國恩說假檢察官把錢遞出去了，但老爺爺說不夠，他人就掉下去了！我說眞的，下面的坑有五十公分厚土壤堅固，一個正常男人是不會掉下去到消失的。」老李搖了搖頭，「而且那個假檢察官身高有一百八。」

五十公分下方一個坑，坑的深度再怎樣也沒一百三十公分，掉到無影無蹤就很扯。

「不夠是什麼意思？錢不是老爺爺親手交給假檢察官的嗎？」杜書綸只覺得這句話很怪，「而且老爺爺也沒接啊……」

他咬著筆，眼尾瞟向了正在看照片的聶泓珈，她眉頭緊皺，看著一張張詭異的照片，還有那被撕開的身軀……只要她夠專心，她甚至覺得那滿地的血都是藍色的。

「找到了！」一直負責聯繫的女警突然出聲，「法醫剛把白骨屍骨頭鋸開，將兩具屍體分離──那個西裝男的口袋裡，塞了兩疊冥紙。」

現場頓時鴉雀無聲，杜書綸都忍不住肅然起敬了，「他在逃命時還有空偷錢啊！」

「可能是接過錢時就拿了！那小子說了假刑警那時發現他站很遠，忙叫他上車，所以是假檢察官抱著錢，他有單獨偷錢的機會。」老李可記得張國恩的證詞，「他偷了錢……天哪！」

老爺爺才說不夠。

「眞是有夠貪的，對老人家來說，之前被騙得體無完膚，這次出來對付他們，還又被偷一次……」武警官總覺得哪裡不對，「但白骨化的那具不是老爺爺吧！」

「不是。」聶泓珈搖了搖頭，「我甚至懷疑三個月前騙老爺爺的會是同組人嗎？」

「隨機嗎？我以為老爺爺只是要報復害他的人！」老李旋即擺擺手，「算了，我也覺得詐騙集團全都該死，找誰都沒差。」

杜書綸心中已經有了一定的想法，試探性的看向聶泓珈，「珈珈，是因為錢嗎？」

她詫異的看向他，點了點頭。

「我也是這麼猜，好像一切都是為錢，除了奶奶跟老爺爺都想拿回錢……」

她指向那具白骨，「這個更強烈，他的手還握著錢咧！」

「這就更弔詭了！說實在的老人家已經離世，他們要回那些錢沒用啊！而且他們還要重演一次被騙……希望從詐騙集團中奪回錢，但他們交付的是冥紙，要怎麼換錢？」老李不理解亡魂的執拗。

「可能有地下匯兌系統吧。」杜書綸涼涼的開著地獄玩笑，旋即被聶泓珈桌下一陣踢，「哎！」

要怎麼換錢？聶泓珈眼睛看得有點累，因為照片裡的東西好像開始在動了，她趕緊把螢幕關掉。

「我覺得事情沒有那麼簡單，那些爺爺奶奶惡意滿滿的，不是一般的……亡者。」聶泓珈小心的說著，「我們可以花一點錢，請專家來處理一下。」

嗯？武警官突然好奇的看向他們，爲什麼這兩個學生好像知道什麼似的？

「呃，這是暗示嗎？」

「我聽說每個地方都有經費可以請人的，唐大姐他們後來不想來就是……」杜書綸嘖了一聲，「我們吝嗇。」

「我們窮！」老李不情願的說著，「他們收費這麼貴，警局的經費有限，這次又沒有影響到……」

「咳！」武警官連忙打斷了老李的連珠炮，有些事不需要對外講啊！「我會盡力！但我想知道『惡意』是什麼意思？那些被騙錢的老人家們，因此爺爺成了厲鬼？」

聶泓珈點了點頭，基本上把一個人活活撕開，這都已經不是一般亡靈會做的了。

「武警官，如果殺人不犯法的話，我想每個被詐騙集團騙錢的人，都會想把對方千刀萬剮吧！更何況是亡者！雖然他們是自我了結的。」杜書綸說得在理，「那些人的確缺乏常識，但在他們想法中，他們是因爲相信警方跟政府才被騙的，不是因爲貪念，那恐怕更不甘願啊！」

這份不甘願，讓他們痛不欲生，下半生頓失所依，一輩子辛苦化爲烏有，如果沒有人陪伴或跨過那個檻，就會有更多上吊或臥軌的人了。

對！聶泓珈這才驚覺，那抹濃墨般的藍色並不是到處都有，所以關鍵在——貪念嗎？

當腳踏車停下時，他們看著紅燈的四十秒，依然沉默。

從警局離開後，聶泓珈與杜書綸都沒有再交談過，他們各自沉思，腦子裡千頭萬緒。

「珈珈，」杜書綸看著遠方，幽幽開口，「一起倒數，說個名字。」

「三、二、一，」聶泓珈主動倒數，然後衝口而出——

「瑪門。」

他們又是異口同聲。

瑪門，貪婪的大惡魔。

從去年至今，他們四周發現了許多惡魔的蹤跡，甚至還有多年以前，有人利用惡魔之書刻意召喚出惡魔，出賣靈魂以交換條件。

貪婪是非常可怕的東西，因爲人人都有貪念，一點點蠅頭小利就能讓人心丕變，再多一點的誘因，殺人放火都有可能。

很快的，溪水裡的浮屍也再度進入他們的腦海中。

「有人在用那本召喚惡魔的書嗎？」

「不可能。」杜書綸搖了搖頭，「我是說……我聽唐哥說過，不是每人都有天份能召喚出來的，得有一定的力量，還得把陣圖畫得精確。」

聶泓珈變得焦心起來，「那就祈求中樂透就好，爲什麼會有這麼多事？」

「人心不足蛇吞象啊！區區中樂透怎麼夠，也會有花完的一天。」杜書綸沉吟著，「我倒覺得是有惡魔在蠱惑人的貪念迸發。」

「這太容易了，小到折扣的貪小便宜，大到殺人搶劫，都可以是貪。」聶泓珈自己都做不到毫無貪戀，「你記得那天在首都，連搶面紙、凹早餐都是貪的一種！」

「是啊，我自己都會了！看來這是個非常非常麻煩的事。」綠燈即將起步，「希望不要影響到我們。」

聶泓珈皺起眉，說什麼話！

看看張國恩、看看李百欣，看看……她回頭，看著後方車陣中的某一輛，會不會還是有人在跟著他們呢？

只怕，他們早就已經在他人貪念中的一環了。

呼，杜書綸厭煩的睜開雙眼，拿起手機查看了時間，半夜兩點多，他怎麼又睡不著啦！

在漆黑的房裡坐了起來，適應一下幾乎伸手不見五指的房間，他的窗簾是特製加厚遮光的，爲的就是讓晚上睡覺時能足夠的黑；他的床靠牆，上面一點就是超大片的玻璃窗，因爲之前被一大堆蒼蠅硬生生衝破……對，眞的是被噁心的蒼蠅撞破玻璃，重新裝設時他又選了隔音效果極強、而且還防偷窺，外面看不進來、他卻能瞧出去的。

挺好笑的，他們住得這麼偏，對面毫無住家，他在防誰偷窺？

正想著，他以膝蓋在床上移動，偷偷掀開窗簾，想偷看樓下會不會有不速之客。

他還是覺得有人跟著珈珈，只是抓不到而已，看著屋前寧靜一片，說不定人家已經放棄了，而且盯著高中生眞的也太閒。

溜到電腦桌前，他有位駭客等級的姐姐，直接託姐姐查查詐騙集團底下那些公司的交易，說不定還能找到更多線索。

他希望張國恩跟李百欣都不要有事，大家就只是去打個工，背前科眞的很虧……但說眞的啦，張國恩不算頭腦簡單，他其實是自欺欺人。

什麼叫幫忙拿錢就不等於詐騙，這橫豎就是共犯啊！詐騙集團有各種手段，需要很多人才能組成一個完整的詐騙，把自己放入其中一環，怎麼可以用藉口讓自己心安？

他不是因爲沒當車手，只是因爲還沒得逞，就被要求去假扮便衣而已，其實早已經是幫兇了！那也是因爲沒騙成所以還有理由……沒騙成還差點把命賠進去，幹詐騙感覺也越來越不容易了。

細微的聲響引起他的注意，他回頭看著自己的房門，樓下好像有聲音？

他的房間在二樓，杜書綸小心翼翼的打開房門，豎耳聽著……外頭一片靜寂，可是今晚莫名的冷。

氣象預報最近可能會下雪，他搓了搓手，抓過熱水瓶下了樓。

在廚房裡裝了熱水，一個人站在漆黑的廚房裡他也不甚恐懼，對他而言現在最讓他擔心的是跟蹤他們的人，原因不明、目的不明，珈珈又一個人待在家裡，他實在……

叮……叮叮……

掛在左上方的鍋子們，輕輕的晃了起來。

正抱著熱水瓶的杜書綸愣了一下，他眼睛緩緩向上看，看著銅鍋輕晃，敲擊著一旁的平底鍋，他家的鍋子都吊掛在上頭一個圓環裡，撥動一個，所有鍋子都會一起動。

嗯，很好，所以是「誰」撥動了？

一股寒冷從他面前掠過，杜書綸可以感受到有東西在移動，他不動聲色的站在原地，他應該要回房間裡去，立即衝上樓去的……但是……

那個東西，似乎正在上樓。

他身上戴了「百鬼夜行」給他的新項鍊，銀製的墜子佐皮繩，墜子其實是看不懂的符號，應該是惡魔文字，這應該多少有赫阻作用吧？

噠……噠……

鼓起勇氣往前走去，他不可能在樓下待一整晚，他會冷死……他能聽見奇怪的聲音往樓上去，這讓他更加緊張，想起自己未閉的房門，可別進他的房間啊！

佯裝無事的走上樓梯，就著地面燈，他看見了莫名浮現在樓梯上的腳印。

濕漉漉的，像是有人踩水後踏上階梯，但那印子很快的又消失……走上二樓，杜書綸沒敢貿然進房，他的房門看起來紋絲不動，但是當他踩上門口的地墊時，水竟從地墊裡滲了出來。

最近，他只遇過一個這麼「水靈」的人。

低首看著水滲出地墊，甚至多到可以浸濕他的腳底板，眼尾往右撇去，那腳印轉而向右邊走廊而去。

因爲他的房門上，掛著唐恩羽給的法器，之前連暴力蒼蠅都會懼怕的護身符，可是……右邊走到底，是爸媽的房間！

杜書綸倏而轉身，但是才剛邁出一步，就在黑暗中瞧見了藍到發亮的襯衫！上下左右什麼都瞧不見，唯獨只看見那件天藍色的襯衫浮在半空中似的，全身濕透而且不停的滴著水。

『你看到我了……』一張慘白的人臉漸漸浮現，對方從黑暗的走廊裡步出。是那個營造商。

杜書綸僵在原地，他不明白爲什麼營造商要到他家來找他？一路上看見他的人還少嗎？爲什麼針對他啊？又不是他推他下河的對吧？

『看到……我的錢了嗎？』對方開口，邊說話邊有一大堆水吐了出來，那些水落上了地，還一路流到腳墊下，杜書綸就覺得想跑！

吐不完的水讓對方的臉跟吹汽球一樣開始發腫，全身跟著急遽的變肥腫，杜書綸深知不妙，他該走的，應該要立刻跑——但是他動不了啊！

誰會看到你的錢啦！杜書綸咬著牙伸手摸向自己的門框，好噁心，拜託不要在他面前炸開，一定不……說時遲那時快，喀嚓一聲，男人身體彷彿遭受什麼重擊似的，直接折了九十度！

不！杜書綸扳著門緣，把自己甩進了房間裡，踉蹌之際還把房門給甩了上！

磅！他的門板跟著被人使勁撞上似的，跌在地上的男孩咬著自己的虎口，驚恐的看著門後掛的書包跟制服還在晃蕩，然後嘩啦嘩啦，唰！是水落地的聲音。

不不不！他連連後退，地面感應光條照著地板與門縫，他發誓外面那些閃閃發光的一定是水，但是……沒有水流進來。

「我……我沒有看到你的錢……」

良久，杜書綸顫抖的對著門外說著。

寒意明顯的瞬間抽離，杜書綸不知道該怎麼形容，現在還是寒冷，但跟剛剛的刺骨感是截然不同的。

對方走了，但是要想的是，爲什麼那個人會跑來找他問錢在哪裡？

第六章

窮鬼與厲鬼

女孩猛灌著一瓶啤酒，一口氣乾掉了半瓶，坐在對面的男孩簡直目瞪口呆。

「心情不好嗎？」洪奕明忍不住發問，錢立妍這幾天真的相當浮躁。

「廢話，現在每天都在等電話，不一定有錢，你不悶啊！」她用手直接抓起炸龍珠往嘴裡塞，「真的被你那個同學害死！」

「誰知道會發生那種事！我同學也受傷了啊！」阿千正挖著鳳螺，「他能活著就蠻厲害的了！」

三樓的總部被警方抄了之後，他們變成都在外面等聯繫，有時是阿千，有時是別人會帶來新的提款卡讓他們提領，連交錢的水房都變成浮動，所以他們必須隨時待命，錢還沒以前多。

「那我們省著花吧？」洪奕明面有難色，「熱炒很貴的！」

他們窩在熱炒攤就是一天，隨便一道菜對洪奕明來說都很貴，不如去速食店，一杯飲料可以混一天。

「公司也沒少付你錢吧？一個熱炒吃不起？」阿千可納悶了，「隨便一天的薪水也很多耶！」

「哪有多！現在又不是每天都工作！而且就剛去那幾天象哥給得爽快而已，後面都馬沒有。」錢立妍冷笑著，嫌錢進得太慢。

「要快，有啊，開五倍，去現場走一線。」阿千挑了眉，換來錢立妍一陣白眼。

現在根本沒人敢去扮什麼檢察官或是警察，連續死了兩批人，而且都是活活被分屍的殘忍手法，欺詐對象還是已經死了很久的老人家，這中間的詭異大家心知肚明，沒人敢在公司內討論，但跑的人不少。

「不過如果照這樣下去，眞的比去飲料店還低薪，有沒有別的工作可以做啊？」洪奕明的確爲錢煩惱。

「我也要，我不想再當車手了。」錢立妍明擺著，「扣掉檢察官那種，什麼我都能幹！」

「我再問問偉哥吧，現在風聲鶴唳的，我們都要小心……看來大家都很缺錢啊！」阿千無奈聳肩。

家家有本難唸的經，洪奕明因爲賭徒繼父的緣故，他現在把錢藏起來，否則讓爸知道他在賺錢，爸絕對不會在乎是當車手所得的不義之財，他只會把錢都拿去再賭而已。

「缺啊，誰不缺錢，錢不是越多越好嗎？」錢立妍點燃電子菸，「我就希望有一天我家可以跟面試那天見到的總部一樣，屋子裡到處都是鈔票，花不完！」

「有機會的。」阿千舉起了酒杯，「我在象哥身邊幹了好幾年了，一開始就是從基層幹起的。」

錢立妍實在太羨慕了，像從那些退休老人手裡拿錢，一眨眼就是幾百萬啊，要是社畜是要工作多久才有？就算她當車手，也是要提款幾千幾萬趟才能賺到的金額啊！

「妳會在意什麼事嗎？就是有什麼對象不碰？」阿千再問了。

「呿！笑話！我才沒那麼有良心！」錢立妍自豪的看向阿千，「只要能拿到錢，我底線很低的！」

而且，她已經做過更嚴重的事了。

「這才對！反正……是他們自願給錢的啊！」阿千滿意的喝著，卻悄悄瞄向了洪奕明。

這對洪奕明而言有點超過了，他知道自己在做的是不法勾當，但是他們的生活真的太難過了，媽媽腎臟已經壞掉了，面臨洗腎跟用藥，而且也無法去工作，爸爸除了賭博什麼都不會，他還有一個弟弟跟一個妹妹。

能應急的獎學金這學期被人奪走，「一塊錢逼死英雄漢」就是這個道理，幾萬元就要讓他們走投無路了！

這時候誰還在乎詐騙犯罪與否，只要能賺到錢，能繳房租、能生活再說。

「你沒辦法？」阿千意味深長的問著洪奕明。

他笑得尷尬，「同事間」不能有任何批評。

「不太習慣，我只是想賺一點錢，至少能應付生活、應付學費……」他回得很婉轉。

他比誰都知道那是辛苦錢，所以不希望騙別人騙太多。

「良心能當飯吃嗎？你也眞傻！」錢立妍毫不客氣的批評，「這世界的資源是固定的，關鍵在誰掌握得多誰就贏。」

她一根根彎下手指，攢緊拳頭，她想要極大化自己握有的東西。

「幹這行不能有什麼良心，你要想想，憑什麼資源在他們手上？爲什麼你卻過得這麼辛苦，那些人吃香喝辣？」阿千跟著勸說，「錢要握在手裡才眞實，人生是自己過的，現在人最無聊了，提什麼同理心，要我們去同理別人？那誰來同理我們？」

「就是，笑話！」錢立妍嘲諷的冷笑，「我窮到不知道下一頓在哪裡時，誰他媽的在跟我同理心？」

「外人都是出一張嘴啦，冷暖飽只有自己知道。」阿千瞥了洪奕明一眼，「我幫你轉投資群好了。」

洪奕明聽著兩人你一言我一語的，一開始本想反駁些什麼，但阿千說得又句句在理。

握在自己手上的才最重要，錢都被爸拿去賭，回來還揍媽時，誰跟他們同理心？

「好，我願意學，只要能賺，我都願意。」洪奕明肯定的說著。

「我都行！冒充乖孫女去討那些老人家歡心都可以，我很強的！」錢立妍依舊是那樣的自信滿滿。

阿千舉起了酒杯，與大家共敬——「敬錢。」

一頭亂髮的男人焦慮的咬著指甲，看著螢幕裡的新聞，報導著離奇命案中意外發現的白骨屍時，他咬得更用力了。

門外傳來開門聲，他緊張的站起，抓起擱在桌上的刀子，藏在身後直勾勾瞪著大門瞧，看著一頭紅髮的女孩開門進屋，手上拎著食物香味四溢。

「不要再咬指甲了，哥！」錢立妍把食物扔在桌上，「我帶了熱炒，你快吃吧。」

男子抖著手把刀拿出來，錢立妍見狀瞪直雙眼，一把搶過了刀。

「發什麼神經啊！你拿刀幹嘛？要砍我嗎？」她一邊吼著，一邊使勁扯下他的手，「不要再咬了，咬到手都流血了！」

「找到了……他們找到了……」男子瞪著電視螢幕，慌亂的抓著頭髮，「啊啊啊啊！」

錢立妍氣急敗壞的使勁將男子推上了沙發，「錢立復！你鎮靜點好嗎？」

錢立復跌坐在沙發上，他蓬頭垢面，鬍碴滿臉，雙眼裡都是血絲，這種狀況他怎麼冷靜？爲什麼有人會跌進那個坑裡？他們挖得很深的，他們明明挖得很深很深的！

「這麼多年都沒人注意到，那邊根本沒什麼人會走，就算走也不可能掉下去！」錢立復喃喃說著，「妳記得的，我們明明……」

「不記得，我們什麼都不知道！」錢立妍咬著牙，二話不說抓起哥哥的長髮，拽著他的頭來到自己面前，「五年前姑姑失蹤，我們報案了，不知道她去哪裡，她就是失蹤人口！」

失蹤……錢立復抬頭看向妹妹，一頭紅髮的立妍永遠是這樣的氣勢萬千，她什麼都不怕，什麼都敢做！

「但是現在警方找到她了啊！」錢立復幾近崩潰，「他們會查出她是誰的！會去找她的死因！是誰埋了她！」

「對啊！那是警方要告訴我們的！」錢立妍坐了下來，揪緊哥哥的衣領提起，「錢立復，誰害死姑姑的我們不知道啊，對我們而言，她就只是失蹤而已！」

「我們……不知道……」錢立復重複唸著，喉頭緊窒。

那鐵鎚敲破頭骨的聲音與觸感，至今午夜夢迴，他都還會夢到啊！

「對，我們不知道。」錢立妍倒是很有自信，「我們沒有留下任何痕跡，浴室早就清理乾淨了，當年我還鋪防水布記得嗎？布早就丟了，我們也跟警方報過失蹤。現在呢，就等警方找到她的眞實身分，再來通知我們。」

他們將二姑姑脫光衣服才埋進去的，所以那個坑裡除了白骨外，沒有任何衣物、證件或是首飾，當年爲了預防太快找到身分，她還把姑姑的下頷骨全打碎，牙齒全部鋸掉了！

除非驗DNA，但驗之前，警方得先找到家人。

「眞的找不到我們嗎？」錢立復還在恐懼。

「找到又怎樣？你振作一點好嗎？花錢時就沒看你在怕的！」錢立妍不爽的鬆開手，「想要錢就要付出代價，那就是代價！」

錢立復雙手不住的顫抖，因爲自從屍體被發現後，他夜夜惡夢，輾轉難眠，總是夢到姑姑用滿是鮮血的手破土而出，從土裡一寸一寸的刨開，爬出來，朝著他們走來。

一邊走一邊喊著：『把錢還給我……』

錢立妍對於這膽小的哥哥頗爲無奈卻也只能愛著，畢竟是她親哥哥，她把便當盒打開，甚至拆好免洗筷遞給了錢立復。

「當初殺得那麼痛快，不要現在被無聊的罪惡感侵蝕好嗎？你不要忘了，那些錢本來就是我們的！」錢立妍沉了眼色，「是二姑姑騙走爸的錢，不分給我們的！那是她的報應！」

錢立復一驚，頓時恍然大悟般的看向她，「對、對啊！我居然都忘記這件事了！」

「哼！」錢立妍起身，往冰箱那兒走去。

他們是被媽媽拋棄的孩子，有記憶以來就是跟爸爸在一起，但是爸爸因爲要工作，所以四常都跟二姑姑一起生活，由二姑姑打理著生活大小事，甚至也幫爸爸處理帳務。

那時其實過得很開心，沒有媽媽也無所謂，爸爸很會賺錢，二姑姑對他們很好。

直到爸爸因爲意外車禍去世，結果才發現爸爸所有的錢都轉到二姑姑那裡去了！只剩下一棟房子，二姑姑說那些財產都是爸爸送給她的，所有紀錄與贈予都是合法的。

他們只是年紀小，不是蠢，哪有做父親的會把所有的積蓄財產都送給特定妹妹？只留下十萬塊給自己孩子？

那時哥已經成年，所以二姑姑也沒有要收養他們，拿著近千萬到處逍遙去。哥哥曾去找姑姑要過錢，姑姑只撂下一句：有意見，告我啊！

她阻止了哥哥的怒火與再糾纏，他們拉開與姑姑的距離，努力打工，只要能夠生活就可以了，她甚至去做了援交，才能補上房貸的虧損；哥哥當年總是抱著她哭，但她不懂，有什麼好哭的，他們兄妹一起，絕對沒有過不去的難關。

直到姑姑提出想低價買這棟房子時，她便明白，人的貪婪是無止境的。她讓哥哥一起演親切的傻子，單純想跟姑姑恢復關係，一邊設計該如何把錢拿回來……綁架囚禁，逼她說出所有錢款去向，各種帳號密碼，最後敲碎了她的頭。

她拿走爸爸的錢，他們也能拿走她的錢。

冰箱裡依舊是啤酒，錢立妍大口喝著，轉身看向餓得狼吞虎嚥的哥哥，她當年沒想到，哥哥後來會變得這麼沒用……有了錢，就好吃懶做了。

「今天有賺到錢嗎？」錢立復看著走來的妹妹問。

「沒有，那命案搞得風聲鶴唳的，我想轉去做別的！」錢立妍坐了下來，「哥，你也去工作啦，我們已經沒錢了！快搞錢進來啊！」

「妳不是在做詐騙嗎，拿別人的錢來花是最快的了。」錢立復挑了眉，「妳又不讓我跟妳一起工作。」

「你有病啊！雞蛋不能放在同一個籃子裡沒聽過嗎？我們要是被一鍋端了怎麼辦？」錢立妍深吸了一口氣，「你去騙別的啦，長這麼好看，找個富婆騙騙啊！」

錢立復皺了眉，這幾年把二姑姑的錢揮霍得差不多了，的確是該找下一個金主！這幾年他不是沒這麼幹過，找過幾個有錢的女人，但很快就被識破，根本沒撈到多少。

「之前那幾個把我的照片到處公開，我現在什麼交友帳號都不能玩了。」錢立復也很無奈，「而且現在的女人都很精明，不是要錢就會給錢的！」

「嗯……說得也是，我想找更有效的辦法。」錢立妍又喝了幾口啤酒，看著新聞裡重複播放的命案新聞，二姑姑的屍體被發現看似是個危機。

但或許，也能讓它變成轉機。

「記得大姑姑嗎？」錢立妍幽幽道出父親還有一個妹妹，「姑丈加上表弟表妹……如果他們都不在了，那遺產跟保險金——」

就只能給還活著的親人了，例如他們兩個。

錢立復瞪圓了雙眼，聽得既激動，但又帶著恐懼。

「妳、妳意思是說，一口氣殺掉……」

「怕什麼，殺一個跟殺十個都一樣，重點是錢啊！大姑他們家境也不差，光保險金我們就能拿多少了！」錢立妍早就盤算過了，「但這次我們一定要好好安排，你給我少在外面裝有錢人，這樣我們才能爽過一輩子！」

「聽起來是很、很讚，但是……」錢立復仍舊不安，「我怕……」

「你怕什麼？」錢立妍指向了螢幕，「你怕一具白骨骷髏頭嗎？怕她怎樣？跳起來找你索命？」

「哇！」錢立復立即扔下筷子，抱頭痛哭，「妳不要說了！不要嚇我啊！」

「嚇個屁啊！一個骷髏來，用踹的都能把她骨架踢散架好嗎！」錢立妍怒極攻心，「你別一副窩囊樣！你他媽的怕鬼？」

「怕啊！爲什麼不怕！錢立妍，我們殺了她啊，我最近天天都夢到她，她如果是來找我們索命的話──」

啪！響亮的一巴掌刮上錢立復的臉頰，疼得他有點錯愕。

「窮比較可怕，還是鬼可怕？」錢立妍惡狠狠的看著他。

……這問題，簡直一語驚醒夢中人。

眞有惡鬼索命那就來吧……錢立復嚥了口口水，但是沒錢的日子，他是萬萬不想再過了。

怪手與機具在學校裡穿梭著，聶泓珈站在遠方看著大禮堂的工程，內心不知怎麼的就是不平靜，每一個巨響或是碰撞，都會讓她心驚膽顫，甚至竄出雞皮疙瘩。

今天學校要求張國恩到校，說明案件，未來學校也要開懲戒會，決定要不要懲處張國恩；他們五班的同學大部分都到了，集體求情，希望學校別讓張國恩被退學或是被記過。

S區不大，張國恩的事其實傳得很快，而且還有各種謠言繪聲繪影，因此已經有很多人認定他就是品性差劣、想走捷徑的惡人，才會去做詐騙；班上也不是全到，沒來的有個人因素，也有眞的認定他有問題的人，不屑與之爲伍。

「李百欣沒來？」婁承穎默默走到聶泓珈身邊。

「她要上班啊，警方讓她持續上班，以收集更多資訊。」利用無辜學生的帳戶洗錢，李百欣知道後卻一點都沒害怕，完全配合警方繼續工作。

能幫忙取證還順便有薪水，何樂而不爲？

「她應該很想來吧？我剛有看到張國恩，他短時間瘦了好大一圈。」婁承穎都跟著心疼起來，「我聽說，就算最後沒罪，如果他以後想用體育成績申請保送，也很難了……」

「對，這是鐵板釘釘的汙點了！」聶泓珈早就預料到這件事，「申請大學會困難重重，因爲他是在知道那是詐騙集團的前提下，還去工作的！」

張國恩自己誠實以告，他原本應徵的就是車手。

可惜了那麼優異的體育成績，當年他原本該進校隊或是國家隊，完全是爲了李百欣才留在S區，再怎樣也是這區的明星球員啊，但現在……一夕之間從高處跌入黑暗，還萬丈深淵了。

婁承穎偷偷瞄著聶泓珈，她依然是那樣寡淡的神情。

「妳……那天又跟武警官他們進去裡面，是有什麼特別的事嗎？」他假裝不經意的問著，「那個屍體很奇怪，是不是又有什麼靈異事件？」

「嗯，不太正常，你最近也要小心一點！」聶泓珈是眞的關心他，「安份的在你的餐廳打工，不要去想什麼一步登天的事，不要貪心，應該就能平平安安。」

婁承穎皺了眉，「不要貪心……又是惡魔嗎？」

「不知道，我們什麼都不能確定，可是S區不會太平就對了！你看看……張國恩、李百欣的事，還有溪裡的屍體。」聶泓珈只能嘆息，「你記得去求平安符，下班早點回家！」

溪裡的屍體啊，那個營造商嗎？的確，要拿到政府的案子、或是要取得哪塊地皮，甚至通過建案都不是那麼簡單的事情！疏通關係向來是重要的一環，尤其，那個人跟政商界都相熟，死因應該也不單純。

笑著笑著，他略帶複雜的笑看著她，「這次是妳主動幫忙呢！」

「咦？」聶泓珈眨了眨眼。

「妳之前說不想被注意，不喜歡管別人的事，希望當個透明人，最好沒人看見妳，也就更不可能去……主動幫忙。」婁承穎看著她的眼神，帶著一種執著，「是妳變了，還是這才是眞正的妳？」

聶泓珈的臉色不變，她別開了視線，她想離開這裡，婁承穎的問題讓她難以……不！是不想面對！

她轉身就走，根本是逃走的，婁承穎連伸手抓住她都來不及。

「開幕典禮我一定到！你放心好了，校長！」

聶泓珈走得太急又不看路，才走沒兩步到了岔路口，直接就撞上了從左邊小路走出來的人們！

啊！她踉蹌向後倒，所幸有人及時拉住了她。

「喔喔，同學，沒事吧？」穿著Polo衣的男人禮貌的拉住了她。

聶泓珈睜圓雙眼，一時之間沒有反應過來。

「聶泓珈，還好嗎？」短髮女老師趕緊拉過她，助她站穩。

那就是禮堂活動的負責人，羅菈琳老師，由於聶泓珈總是跟著杜書綸，老師當然知道她。

當然，校內很少有老師不知道聶泓珈，除了她過度帥氣的外表、特別社恐的個性，重點當是高一開學以來，她就遇到了多次命案以及各種詭異事件。

然後，還是讓S區天才杜書綸願意來唸高中的重要人物。

聶泓珈趕緊後退一大步，歉意的向大家道歉，「對不起，我不是故意的。」

「沒事沒事！」對方大度的說著，「哎呀，好多學生啊，寒期輔導嗎？」

校長順著看過去，果然看見一票學生，婁承穎也趕了過來，「啊，不是，他們是一年級的學生，應該是爲了同學來的！今天有一位特別的同學需要開懲戒會。」

「校長，我們希望學校不要記太重的處分。」聶泓珈趁機表態，「當然張國恩有錯，可是他也有功，至少讓警察知道了一個詐騙集團的位置跟存在。」

「咦？喔！就是那個命案生還者、發現者、兼詐騙集團吹哨者爲一體的同學？」POLO衫男人驚呼出聲。

這Buff聽起來疊很滿耶！聽著聽著，好像就覺得張國恩可能眞的可以將功補過了？

「您是……鐘議員！」婁承穎一眼就認出男人了，「您也知道張國恩的事嗎？我們眞的覺得他太過單純，所以沒想這麼多，不希望他被退學……」

「沒有人說會退他學啊！」校長焦急的否認，「我們也知道事情，但還是要給他、給同學們一個警惕，找工作眞的要非常留意。」

鐘議員啊！聶泓珈終於跟著抬頭，看到了剛剛撞到的男人，她最近又長高了五公分，身高朝著一百八十公分邁進，而眼前這位年逾五十的男人，差不多跟她一樣高。

她知道這個人，鐘柏朗是S區最受歡迎的政治人物，區議員之一，得票率雖非最高，但是擅長使用各種社群，做了什麼事大家都能看見……絕對會想辦法讓你看見。

「把教育擺在前面，懲罰什麼的就輕輕放下吧！孩子受的心理壓力也夠大了。」鐘柏朗語重心長的交代著，又看向聶泓珈，「你們眞有同學愛，居然這麼多人都跑來求情。」

「因爲知道張國恩不是故意的。」婁承穎焦急的幫忙解釋，「宣導很多只是你們感覺，很多工作不一定看得出來，像我們班還有另一個例子，李……」

「如果能把詐騙集團鏟除，也能減少學生被騙吧！騙術眞的防不勝防的！」

聶泓珈突然打斷婁承穎，「騙人打工是一件事，騙走很多人的錢就更可惡了！」

她一邊說一邊後退，趁機戳了婁承穎一下。

傻了嗎？李百欣現在還在自家公司「臥底」啊，現在說出她的工作有問題，風聲萬一傳出去，不管警方能不能真的抓到那間公司的把柄，但在此之前萬一李百欣受到牽連怎麼辦？

「我們很努力在抓詐騙集團的，但真的沒有你們想的容易，像電話跟投資詐騙，多半是網路無國界，他們機房設在國外該怎麼抓？這牽扯太多了！」鐘柏朗語重心長，「那天不是也經過張同學的幫助要去抓人，結果卻還是讓他們跑了。」

機房的事他們懂，但是國內還是有現金交易的啊，像張國恩去應徵的車手，領出現金還是要交到某個地方，這絕對是能抓的！

「預防勝於後面的追捕，只要大家不上當，就能減少損失。」羅老師也跟著幫腔，「你們同學的事學校會好好處理的，大家不要擔心，快回去吧！」

校長繼續領著鐘柏朗一行人往建築工地前去，學校禮堂正在加緊趕工，今天開始建模，準備灌漿，由於大禮堂沒有分什麼樓層，所以一旦擴建後，就是粉刷與地線，以期能在開學後落成。

「再兩週應該是能弄好，剩下就是裝潢，畢竟是舊有基礎的整修，速度很快的。」鐘柏朗滿意的看著眼前施工中的禮堂，接著看向禮堂斜後方的一片草地，

「那裡，明年的現在就是一棟新大樓了吧！」

「呃……呵呵，」校長只能乾笑，「計畫是這樣啦，但錢還差了一點，我們會努力的！」

「錢還不夠嗎？可以申請啊！」鐘柏朗熱情的勸說，「教育的事不能拖，校長，你有狀況跟我說，我能盡量幫你處理。」

他頭一撇，助理即刻上前遞上名片，表示很多事不必想得太複雜，也不要太直，有許多管道都能間接解決問題的。

校長何嘗不知？他擔心的就是這個，校內新建築從來都不是重點，土地才是投資者看中的，學校剩下的那塊地多年來一直有人來談，希望學校能售出一半，興建成一個商辦社區。

「我們的禮堂能準時落成嗎？典禮活動都在聯繫了耶，日期也敲了，要是延期的話就麻煩了！」一群大人身後突然傳來疑問句，這讓羅菈琳立即倒抽一口氣。

回過頭，果然看見一派輕鬆的杜書綸，她原本想著今天這種事情，杜書綸應該不會攪和，剛剛也沒在聶泓珈身邊瞧見他，沒料到他還是來了。

一身輕鬆便服，還是跟其他人不同。

「不會有問題的，放心好了！S區第一高中的大禮堂建設，我們可是很在意的。」鐘柏朗回答得肯定，「所以杜同學儘管聯繫，我也很期待看到各項活動在新禮堂中舉辦呢！」

「呃，杜書綸前期的企劃工作已經結束了，學生的本份還是在唸書，後面的跟進是我負責的……本來就該是我負責。」羅菈琳趕緊接話，「讓學生會跟杜書綸參與，一方面是想瞭解學生眞正要什麼，另一方面也是訓練他們辦活動。」

「哦，羅老師的話我也很放心，老經驗了。」鐘柏朗連連點頭，還對杜書綸比了個讚。

「是喔，順利就好！」杜書綸漫不經心的跟著大人走，「我還在想營造商意外身亡，會不會影響到進度呢！」

一瞬間，一整票大人們鴉雀無聲。

或錯愕，或不解，還有人面無表情但是卻皺起了眉。

「營造商……最近出事的郭子哲嗎？」教學組長只能想到那位在溪水裡被發現的浮水屍，「但我們的施工單位不是長久營造吧？」

一行人就站在施工板前，上頭明明寫著「旺發營造」，而郭子哲是長久營造的負責人啊！

鐘柏朗若有所思的看著杜書綸，他沒作聲只是挑了挑眉，碎碎唸著沒人聽得懂的話語。羅菈琳對這個過度聰明的學生是心生反感的，尤其最近他們見面幾乎都在爭論；這孩子口才一絕，跟老師討論活像在辯論般，常惹得她怒火中燒卻又無可奈何。

「杜書綸，不同公司，別混淆了。」羅菈琳趕緊出聲，「對於郭先生的意外離世我們很遺憾，但這不會影響到我們的施工進度跟典禮活動。」

「不同公司啊……妳確定？」杜書綸扶了扶眼鏡，眼鏡下的雙眸極爲銳利的盯著羅老師，「剛剛最新的新聞出來了，那位營造商被斷定爲他殺了，不是意外。」

「咦？是嗎？」老師們都很驚訝，他們一早就來應付這位區議員，誰有空看新聞啊！

「這個……跟我們的禮堂沒關係吧？」羅菈琳還是很快的趕人了，「總之大家放心，我會讓活動辦得別開生面，謝謝你的寶貴意見。」

杜書綸倒沒有胡攪蠻纏，只是臉上始終掛著均一角度的微笑，對著老師與議員行禮後，轉身離開。

轉身的瞬間，他的笑容消失，外加翻了個白眼。

聶泓珈正悠哉的走向他，內心是無奈大過一切，「去鬧什麼？」

「那個鐘議員知道我叫什麼呢，意不意外？」他瞥了一眼也走來的婁承穎，「還有那幾個大人都暗暗的，身上不太乾淨。」

聶泓珈朝著遠處的師長們望去，的確他們身上都帶著晦暗的黑氣，甚至更多的是那墨藍色的影子穿插其中；站在旁邊的婁承穎不安的皺眉，小心湊近低語，「你們在查什麼嗎？」

杜書綸看著他，只是一笑，「放心，你就好好的工作，正常生活！」

「我能幫忙的！」婁承穎誠懇的自薦，卻是對著聶泓珈說的。

聶泓珈立即搖頭，大家都有正常的日子要過，沒事千萬不要捲進是非！

杜書綸忍著笑，趕緊岔開話題，問他們打算在學校待多久？何時能知道結果？

結果都是未知數，沒人知道懲處是不是今天會有結果，只是班代跟導師都已經進入校務會議，代表班上同學陳情，希望能給張國恩機會。

「你那麼會說話，要不要也幫張國恩求情？」婁承穎認眞的問向杜書綸，誰讓他姍姍來遲。

話都沒講完，聶泓珈立即暗示他別說，因爲杜書綸是不可能幫張國恩說話的。

「該怎樣就怎樣吧，你們爲什麼會想來求情？」杜書綸一點都想不明白，「他是明知道自己幹車手、而答應那份工作的耶！」

這話頓時讓散落的同學團結起來。

「但是他也將功贖罪了啊，不是他的話，警方不會知道詐騙集團就在那個社區裡，而且他也沒真正犯罪吧！」

「詐騙集團也沒抓到人，就算抓到了，被騙錢的人就是已經被騙了！而他們能騙到錢，都是團隊合作。」杜書綸擊了掌，「不管車手、角色扮演或是用訊息騙人，全～部都叫幫凶。」

「但張國恩他是、他是被話術了！」

「嗯哼，過失殺人都還是叫殺人啊，該負責就是要負責！」杜書綸撓了撓頭，「跟你們這些理盲濫情的有點難溝通，反正負多少責就讓學校去處理，但他絕對不是無辜的。」

說完，他朝聶泓珈使了眼色，走人。

聶泓珈低著頭，她不喜歡吵架，不喜歡杜書綸舌戰群雄，不是因為他說錯，正是因為他說得都對，而一般人濫情會讓她受不了那種被圍剿的氛圍。

她低垂著頭，不敢對上任一位同學的眼，急匆匆的跟著杜書綸離開學校，完全沒有要留在現場等待的意思。

婁承穎剛剛有一瞬間想爆炸罵人，但是，他覺得杜書綸有一點說對了——張國恩是知情的，他知道自己要幹什麼，才選擇了那份職業！

為了高薪，選擇昧著良心。

李百欣才是眞的被話術的無辜者。

同學們又開始數落杜書綸，連獎學金的事一起拖出來鞭，他只覺得莞爾，大家氣得半死，卻辯不過他，連獎學金人家也是拿得實至名歸……總不能因爲天賦異稟，就要求他犧牲吧？

只是他很擔心聶泓珈，她的臉色從剛剛開始就非常的難看……婁承穎下意識看向了正在談笑風生的議員與校長老師們，他們究竟在查什麼呢？

才到腳踏車棚，杜書綸幾乎迫不及待的看向聶泓珈。

「那群大人渾濁得要命，你知道黑氣森森到我都起雞皮疙瘩了。」他邊說邊捲起袖子，汗毛現在還立正站好，「我平常看不見的，但是我剛剛……」

「你沒看錯，我剛撞上鐘議員時，他全身都染血……」聶泓珈緊張的深呼吸，「我都沒敢看他一眼，好不容易一抬頭，他肩上都是……那個。」

杜書綸聞言，下意識垂了自己的肩，「妳這樣說，搞得我都覺得肩更沉了。」

聶泓珈憂心忡忡的看著他，欲言又止的微微發顫，這些細微舉動都沒有逃過杜書綸的雙眼，他從疑惑，到詫異，然後在幾秒內做好了心理準備。

「昨晚，那個郭子哲來找我了。」杜書綸屏氣凝神指向自己的肩，「他在這裡嗎？」

聶泓珈搖了搖頭，杜書綸一怔，不在？不在的話，珈珈的表情怎麼這麼難看？

「但你雙肩都是濕的。」在她眼裡，是另一個世界的濕，「一直有水滴上你的身體。」

杜書綸忍不住握緊了腳踏車龍頭，「又不是我幹的……我只是在那間蹭店看見他而已！結果他昨天就來找我問錢在哪裡！」

又是錢。聶泓珈下意識直接左右張望，再次確認這個腳踏車棚只有他們兩個，朝杜書綸身邊站了過去。

「在地下停車場裡……我聽過鐘議員的聲音！」聶泓珈緊張的揪著杜書綸的衣服，「我沒見著人，但剛剛聽見他說話，百分之百是他。」

鐘柏朗與郭子哲，還眞是一點都不令人意外。

「珈珈，妳居然瞞我？」杜書綸一臉受傷的表情，「我就知道一直跟著我們有問題，妳還聽到什麼了？」

哎，她不想講就是不想被捲入啊，只要什麼都不知道，不是就沒事了？

但事實卻不是這樣，她明明就表示不知情，還是有人盯著他們，剛剛那個鐘柏朗看她的眼神也非常不對勁，當然她這種如男生般的模樣不是什麼美人，但議員的眼神是帶著敵意的。

而被拋屍溪裡的郭子哲，也找上了只是看到他的杜書綸了。

她知道郭子哲在找什麼，那是足足兩千萬的龐大金額。

「兩千萬，有命拿也要有命花。」

第七章

一夜暴富

據警方調查進度，赫赫有名的營造商死亡原因成謎，因為他最後出現的地點，是S區的大賣場。

他的車子一直都停在賣場停車場，就沒有再開走，人後來也在某個監控死角消失，無人知道他後來的行蹤，直到在溪裡對折被發現為止。

但事實上，那天他就是出現在首都！

杜書綸就是目擊者，他甚至不明白他開的那輛車是誰的？總是會有其他人看見他才對啊！而今，聶泓珈在陰暗的地下停車場裡聽到的那個聲音如果是鐘柏朗的話……同在首都、還在同一間店出現，足以令人浮想聯篇。

當時腳踏車一滑下去時，聶泓珈就聽見聲音了！先是聽見開門聲、然後一邊對話伴隨著關門聲，言談中嘲笑某人過度貪婪，以為自己已經可以一手遮天了，然後就是那句：兩千萬有命要沒命花。

當時她先被滿是鬼氣森森的停車場嚇得不輕，再聽到那對話就明白，她今天最好什麼都沒聽見……但人家能當議員也是有其本事的，敏銳度非常高，雖然她裝傻到底，但從那日後應該就派人盯著她不放了！

連杜書綸也成了目標，在學校時都直接能喊出杜同學了。

「報警有用嗎？」

「我不想，太麻煩了，而且我們還得解釋去首都幹嘛。」杜書綸的答案令她瞠目結舌，「現在敵不動我不動的狀況，還能算個平衡。」

要報警他早說了，他們都進警局幾次了？

「平衡？你確定？」聶泓珈連忙搖頭，「我爸每天都打來問我有沒有事，他——天哪！爸知道吧！等等……他最近負責議員的安保！」

那天是爸到車站接她回家的，議員一定知道她爸是特勤小組的人！

思及此，聶泓珈更緊張了，這事情會牽連到爸爸嗎？

「眞有趣……」杜書綸忍不住笑了起來，「妳這樣子比之前我們撞鬼還緊張。」

聶泓珈氣得一口氣上不來，「那能比嗎？人害人更可怕的，尤其擁有權力的人，他們可以指派危險任務給我爸、可以逼他離職，或是製造意外……天哪！」

鬼也很可怕，神出鬼沒的嚇人，厲鬼的瘋狂也會嚇得她發抖，可是、可是不知道爲什麼，她覺得人的相害更加防不勝防。

「藍色是瑪門的顏色，我查了厲小姐給我的惡魔文獻，被瑪門誘惑的人身上就會染上那種色，顏色越亮，就是越貪婪的人。」杜書綸牽著腳踏車出了校門，「鐘柏朗的身上……」

「人都是貪婪的，每個人都會……但那種顏色的確不太一樣……」聶泓珈嚥了口口水，「議員、老師們、校長、主任，甚至連羅老師都是……而且都是濃墨重彩。」

「哇喔！連羅老師都是啊！」杜書綸哎呀了聲，「活動負責人，對啊，如果願意的話，她可以動很多手腳耶！」

自言自語個沒完，他原地停下，拿起手機直接撥打了電話。

一旁的聶泓珈默默看著眼前纖細的身影，書綸身上也有那種藍，婁承穎也有，只是大家一般都是全身均勻帶著淺色，但書綸的藍逼近藍黑，而從身體一併嵌在他的影子裡，非常特別。

是人都會有貪念的，她也眞不信沒有人完全沒有貪心，因爲趨利避害本來就是人之常情啊！

「您好，我是S高的杜書綸，在我旁邊是之前跟你們聯繫的聶泓珈。」杜書綸開了擴音，讓聶泓珈靠近些，「我後來沒有再跟進了，但我想——」

「吼，那個杜書綸喔！欸，我真的覺得有點超過啦，你不打來我都想問你了！」對方不客氣的打斷杜書綸的話語，口吻並不佳，「我們的公關品，要全校一人一個是不是扯了點？一千多份？」

杜書綸跟聶泓珈忍不住面面相覷，「嗄？」

「我的限量公仔啊，你們學校說每個學生都一份，我覺得太扯了！你知道一千多份成本是多少嗎？之前就不是這樣說的！」對方連珠炮般的抱怨，「去你們學校才收三萬，這都不夠成本了耶！」

「三……等等，三萬？你跟我說五萬的！」杜書綸向聶泓珈尋求確認，她肯定的點點頭，這位網紅是五萬沒錯。

「你們老師說經費不夠，但真的很希望邀請我去，我想說是學生就算了啊！」

「請問後來跟你聯繫的是誰？是羅老師，還是學生會的……」聶泓珈試探性的想要一個準確答案。

「羅老師啦！一個叫羅什麼菈的……我跟你說，去學校我們都不會計較太多，但不能得寸進尺！」

「我懂，我知道！你先不要答應任何公關品的事，也不要讓任何人知道我們有聯繫，尤其是羅老師，我會盡快給你消息。」杜書綸飛快的做了決定，「欸，眞抱歉，拜託你先不要說喔！」

電話那頭沉默了幾秒，「我知道了！我閉嘴，等你消息！」

掛上電話，湊在手機邊的兩人，突然有一種瞭然於胸的感覺，爲什麼她會在羅老師身上也看見那抹藍了！

「我要去查查郭子哲的營造事業有多大版圖。」

「我去找武警官說這件事。」聶泓珈小心的抽了一口氣，「我們得有個人去看看能不能知道這次所有受邀嘉賓的出席費。」

「學生會長的學長個性有點直，我怕他沒辦法套話。」杜書綸沉吟著，「而且羅老師怎麼可能會說出來！」

「婁承穎說能幫忙的。」聶泓珈挑了挑眉，「他陽光開朗，是那種人見人愛的男生。」

從開學以來，婁承穎就是風雲人物等級了，連學姐都知道一年級有個濃眉大眼的陽光帥哥，加上之前有個辣妹公開到學校來示愛，更是讓全校都知道了一年級有這樣的優質男生。

只是很遺憾，那個辣妹陷入了『暴食』的誘惑，對名牌陷落至走火入魔，甚至不惜爲了一個其實她並不喜歡的名牌包殺人。

「找周凱婷吧！她就在學校打工。」

噢噢，她忘記這件事了，不過她跟周凱婷沒那麼熟哩。

「誰人見人愛？」杜書綸露出不以爲然的神情，「有我清秀嗎？」

聶泓珈一記白眼，直接拿出手機傳訊息——「他又高又帥體格好，你是僞娘。」

「人會長高的，聶泓珈！」哼！杜書綸賭氣般的騎去，聶泓珈只是莞爾，他們只是日常開玩笑，杜書綸不會生氣的。

望著遠去的背影，她可以看見書綸身上也是陰氣森森，她不懂，營造商纏著他做什麼？這不公平！

她想記起第一次看見那奇怪的藍影是什麼時候？之前遇到惡魔或厲鬼都沒有這種狀況啊，別西卜喜歡以蒼蠅爲記號，瑪門愛染色嗎？到底是在哪裡？首都？車站外？

聶泓珈認眞的回憶著，瑪門出現的時間點……電視、新聞，詐騙集團。

穿著白大掛的男人將訊息確認完畢後，將屍袋拉起，推進了所屬的冷凍櫃中，雖然已經是白骨一具，但還是要妥善保存，等待著家屬認領的那刻。

這具屍體太過離奇，肋骨能圈住一個成年男人，他心底明白這絕對不是正常事件，但表面上什麼都不能說，被迫鋸開骨頭取出另一具屍體時，他可是在內心說了八百遍對不起。

「我們正努力的找尋您的家人，請您耐心等候……另外冤有頭債有主，請別傷害我們這裡的人。」

雙手貼在冰櫃上時，法醫誠心的祈願。

他一點都不會覺得做這件事很蠢什麼，這具白骨都能瞬間把一個跌落的成年男子關在肋骨裡了，他已經覺得世界上沒有事是不可能的了！他們能想到的情況，就是白骨的肋骨自動左右張開，將那位成年男性拉到身前躺好，再關上肋骨，活埋而亡。

甚至可能連該男子掉入坑都是被拽下去的。

因爲該男子的四肢都有曾被緊抓住的瘀痕，而且有處瘀痕還顯現出對方的右手無名指短了一截，手印痕跡清清楚楚，而白骨屍的右手無名指偏偏這麼巧，被砍掉了第一指節。

可是警方說，他是自己掉落進距地面五十公分的坑裡，還平躺……唉！他都不敢再細想。

他由衷希望白骨屍可以找到殺害她的凶手，她頭骨頂部被敲到凹裂，而下頷骨以下都失蹤，工具痕跡像是被鋸掉的，非常粗魯，十根指甲均被拔除，還有斷去一截的無名指，每一個跡象都顯示偏向他殺，甚至是虐殺。

就算屍體沒有留下任何線索，但他仍相信天理昭彰。

離開冰櫃區，他還禮貌的朝裡頭鞠躬。

自動感應的燈在他離開後不久暗去，而第十六號冰櫃裡卻開始傳來喀噠喀噠的聲響，彷彿是骨頭正在裡頭移動、撞擊，甚是互敲，直到——唰啦。

拉鍊拉了開。

冰櫃門緩緩開啓，充滿「骨感」的手指一根一根的攀著櫃門邊緣，再推得更開了些……

監控室裡的管理員大氣都不敢喘一下，當冰櫃門整個被推開時，他第一時間選擇起身！

「喂，去抽根菸吧。」他喚著同事。

「現在？」

「對，現在。」

燈火通明、觥籌交錯間，辣妹們拿著麥克風載歌載舞，一旁的男士們喊拳喝酒，整個KTV裡好不熱鬧！

「再喝啊！錢哥哥！」妖嬈的女孩都貼上他身體了，端著酒杯遞上前。

「好！喝！喝！」錢立復開心的看著濃妝艷抹的女孩，妝多濃他不在乎，他只在意等等有沒有戲。

幾個兄弟一起舉杯，他們都是酒肉朋友，但錢立復很享受這種被喊大哥的感覺……有錢就能當大哥，很簡單的。

「錢哥，最近有沒有什麼好生意可以賺的？介紹一下吧！」

「……有！你也真厲害！怎麼我一有新生意你就知道了？」雖然喝茫了，但錢立復還是有所保留，「我確定了跟你說！」

立妍待的詐騙集團規模就不小，應該也很缺人！這兩天提到最賺的是把人拐到國外去做詐騙，送一個人出去可以拿好幾萬啊！如果還能取出器官，嘖嘖，可賺翻了！

這種事要慢慢來，不能急，他賣的就是這些人對他的信任。

「錢哥，靠你了！」大家又一輪乾杯，豪爽的一飲而盡。

別說什麼多年的兄弟，這種場合哪來什麼兄弟？要是讓他們知道他快沒錢了，誰還會喊他大哥？要是開口借錢，鐵定跑得越快！

還不如把他們換成錢，這種生意還挺簡單的。

桌上的手機亮了，他抓過手機踉蹌的朝包廂外走去，立妍的電話不能不接。

「你搞什麼？都幾點了，人呢？」

「我在唱歌，喝酒！」他靠在牆上說著，「晚點回去。」

「錢立復！我在努力工作，你在那邊花我的錢花很爽喔？叫你做的事你搞定了沒？」

「哎，搞定了！妳哥我有什麼事做不好的！」錢立復略顯不耐煩，「立妍，這錢是我們的，少來那邊妳的……」

「現在是靠我工作才有錢花好嗎？你最好不要又在那邊給我裝大哥請客喔！我當詐騙也是很辛苦，現在人沒那麼好騙了！」

「呵呵……呵呵……所以啊……」他懶洋洋的說著，逕自傻笑，「還是直接拿錢比較爽。」

手機那頭沉默幾秒，「你小心點，是想讓全世界都知道嗎？你約幾號？」

「要等表弟放假回來，約兩週後，我們一起……家族聚餐。」錢立復邊說邊訕笑起來，「一起來紀念我們的二姑姑……呵呵……」

他跟錢立妍已經決定，明天就去警局認屍，只要說因爲二姑姑失蹤，他們不想錯過任何一個可能，現在突然有個白骨屍，想要驗驗看是不是二姑姑。

先以那斷掉的無名指特徵認下，再驗DNA，在DNA報告出爐前，就有正當理由跟大姑姑他們一家子聯繫，大家身爲一家人，爲了二姑姑的命案努力奔走，齊聚一堂……然後……呵呵。

所有的財產，都會成爲他的……噢，好吧，他會分立妍一點。

「不要再喝了，你清醒點！你在哪裡？發定位給我，我去接！」

「不要！我還沒喝爽呢！」婉謝，裡面還有妹子在等他，「妳別礙事喔，我晚上有妹。」

錢立妍不爽的掛上了電話，人眞的會墮落，以前勤奮的哥哥自從有錢後，什麼壞習慣都染上了，尤其是好吃懶做！她扔下手機，今天心情一點都不好，花了大半天時間，只差那麼臨門一腳，對方居然不付款還封鎖她，那種功虧一簣的感覺眞的很差！

結果跟她同期的洪奕明卻反而如魚得水，他的群裡今天就有兩個人付了第一筆投資款，他當場就領到紅利獎金了，預計後天還再進行第二輪誘惑，只要讓對方以爲自己投資獲利，爲了領錢出來，他們都會自願付一堆手續費的。

她把現在當成進修期，好好學習一些詐騙技巧，說不定以後自己來做！反正貪心的人很多，陷阱隨便設都有人會跳，不怕沒錢賺。

抓起睡衣打算先進廁所洗澡，外頭突然傳來物品落地聲，鏘。

錢立妍狐疑的放下衣物往客廳走去，發現牆上的照片掉到了地上，那是全家族的合照，掛得很牢啊，怎麼無緣無故掉下來了？

拾起照片時，她還先看了一眼牆壁的釘子，釘子相當穩固，照片後面的紅繩也沒斷啊！她翻過來查看時，卻發現相框的玻璃已經破裂，而且全部都裂在了同一邊……在錢立復身上。

不以爲意的錢立妍才想把照片掛回去時，卻突然意識到哪裡不對勁。

照片裡……少了人？對啊！錢立妍皺著眉仔細看著相片，原本二姑姑的位子空出來了！

「哇！」錢立妍嚇得把相框扔回桌上，「馬的！誰在裝神弄鬼！」

餘音未落，電視啪的自動開了！

「呀！」錢立妍踉蹌後退遠離了電視，螢幕裡出現的是新聞畫面，新聞正報導著白骨屍案，都是之前重複的畫面。

「目前這具可疑白骨的訊息不明，但是死者頭骨碎裂，疑似生前遭受重擊，可能是致死原因，身高一百六十五公分，推測是四十多歲的女性，死亡超過三年以上……」

鏡頭裡遠遠的是鑑識人員扛起擔架的畫面，擔架上是屍袋，均以模糊處理，但是在某個瞬間，鏡頭陡然拉近，模糊效果消失，取而代之的是再清晰不過的畫面——

啪！錢立妍拿起茶几上的遙控器，直接把電視關掉！

「我去你的神經病！」錢立妍咒罵著，「少給我來這套！」

窮跟鬼哪個比較可怕？當然是窮啊！

她碎碎唸著往浴室走去，她才不管剛剛電視怎麼了，或相片怎麼了，她只知道，無論什麼事都不能阻止她拿錢！

錢立復搖搖晃晃的回到包廂，癱坐上沙發，他有氣無力的看著螢幕裡的MV畫面，努力撐起身子，想要拿過桌邊的酒。

「那個……酒給我……」他喊著，喚著辣妹。

沒有人遞酒過來，錢立復這才意識到，包廂裡其實非常安靜。

嗯？他定神一瞧，本該熱鬧的包廂此時安靜無比，他的兄弟、辣妹都不見了，甚至連應該滿桌的食物跟酒都不存在。

取而代之的，是鉗子、菜刀跟一柄帶血的鐵槌。

錢立復狐疑的看著桌上的東西，喝茫的他拿起了鐵槌，槌子上甚至還黏著某片血肉組織跟頭髮……噁！他嚇得把槌子扔回了桌上。

「搞什麼……」錢立復撐著站起，終於覺得不對勁了，「喂，大頭？阿明？」

回應他的，除了自己的回音外，就剩下包廂裡閃爍的藍色燈光了！這不是他的包廂嗎？他走錯了？他趕緊回身要離開，那明明不帶鎖的門卻無論如何都打不開！

不管推或是拉，那扇空心夾板的木門就是紋絲不動。

叩叩。敲門聲響，服務人員的聲音卻傳來，「您好，時間到了，請問買單嗎？」

聲音來自他的正後方，他不穩的回身，斜後方的門開啓，頭戴鴨舌帽的服務人員站在那兒；錢立復是喝多了，但不到傻，那個服務人員的背後是廁所，她從廁所出來？

「買什麼單？我的包廂不是這間！」他指著服務生，想問她爲什麼從廁所出來，但還是作罷，「我要出去，是從妳這邊出去嗎？」

服務人員沒回答，只是把手上的帳單放到了桌上。

無音樂無歌聲的包廂裡死寂一片，而且這間冷氣是調多冷啊？感覺低於十八度吧，都快跟外面一樣凍了！服務人員就站在茶几那頭，一動都不動，尷尬得讓錢立復不得不挪到茶几另一端，一把抓起了帳單。

「一千兩百萬元。」

看到帳單上的數字時，錢立復是一秒清醒的，「搞屁啊！什麼一千兩百萬？要當黑店也要有點標準！」

「你們從我這邊拿走的所有錢，差不多就是一千兩百萬。」服務生抬起頭，口罩上的雙眼冷漠的盯著他。

「我拿妳什麼錢？妳是……」等等，錢立復看著那雙眼睛，爲什麼有點熟悉？

這地方也太詭異了！且先不說這種令人不適的低溫與包廂，這桌上的菜刀跟鐵槌又是怎麼回事？

服務人員突然舉起雙手，手背向著錢立復，然後她的指甲突然……一片一片剝落，露出下方紅色的肉，接著連無名指第一關節都斷掉，落上了茶几。

幹！錢立復狠狠倒抽一口氣，他後退想逃，但因爲太醉了，忘記後方就是沙發，反而這一絆就讓自己跌坐入沙發。

二姑姑？

『敢拿走我的錢，你們兄妹眞的夠狠。』二姑姑緩緩摘下了鴨舌帽，鮮血隨之飛濺，因爲帽下的頭骨是一處深深的凹陷。

「不！不要摘！」錢立復驚恐的喝止了二姑姑摘口罩，因爲她鼻子以下都被立妍又搥又剁又鋸掉了！「二姑姑！對不起，都是立妍的主意，她說那些錢都是妳從我們手中奪走的！」

『那是我的錢——』二姑姑尖叫著咆哮，『是我哥哥、你們爸爸給我的！』

「不可能啊！我爸不可能把所有財產都給妳，卻沒有留給我們！」錢立復抖得厲害，意識突然都醒了，「是妳挪走了那些錢！那是我們的——」

『只要拿到，就是我的了！』

女人高分的尖叫著，一把扯掉自己的口罩——鼻子以下眞的是空洞且殘缺，而且小腦跟腦髓還從後方被鋸開的空洞處滑下來，懸在那兒。

唔唔……他就知道！他跟立妍說過了，二姑姑的屍體會出現絕對不是偶然的！現在，二姑姑回來找他們要錢了！

「那……那我們已經拿到了，錢也就是我們的了啊！」

他強裝勇氣的回吼著，已經撐著起身遠離了茶几旁的二姑姑！

同理可證啊，既然二姑姑可以用技巧騙走哥哥的錢，那麼他們殺了她，住她家、用她的錢也是、也是一樣的道理對吧！

二姑姑拿起了茶几上的菜刀，另一手拿起了鐵搥，看向了錢立復。

當初她從哥哥那邊乾坤大挪移弄走那些錢花了多少心力？原本想著後半輩子不愁吃喝了，萬萬沒想到，這兩個混帳姪輩居然綁架她、虐待她、最後還殺了她！

『那、是、我、的、錢。』

二姑姑怒不可遏的用那幾乎沒有嘴巴的嘴吼著。

錢立復知道正門走不出去了，他轉身狂奔進廁所裡，磅的把門給關起來，他沒辦法思考下一步該怎麼辦，只知道必須通知立妍，他必須……天哪！手怎麼抖得這麼厲害，天哪！

鬼！他見鬼了！二姑姑回來找他們算帳了！

「嗚……嗚……該死！」他無法好好的握住手機，使勁用頭撞著門，「妳已經死透了！我們只是拿回我們的東西而已！」

無能狂怒，他把自己關在了這小小的廁所裡了，他的朋友難道沒發現他不見了嗎？他們會來找他的對吧？

他邊哭邊咬著牙撥通了手機，但此時的錢立妍正在蓮蓬頭下沖澡，手機逕自在桌上發著光。

接電話啊，立妍！妳一定要小心，一定……

一陣惡寒襲來，他甚至嗅到了一種腐爛與泥土的味道，他沒敢回過身，只是緩緩舉起手機，試圖透過手機的倒映，看看他身後有什麼……打開相機、反向鏡頭……

面目全非的一張臉就掛在他肩上！

『那是我的錢！』

二姑姑一刀往錢立復肩頭劈去，鮮血頓時泉湧而出，而二姑姑那出滿血絲的雙眼突然發了光……

呵呵，她的錢在這裡啊……原來在這些小偷的體內啊！

「錢哥怎麼這麼久？」

終於有人意識到錢立復不見了，辣妹主動走出去尋找，照理說就只會在這裡講電話啊？她來回找尋，都沒有瞧見熟悉的身影。

「不好意思，請問有看到我們包廂裡的那個人嗎？就長得有點帥，穿著藍色POLO衣？」她攔下服務人員。

「剛剛在包廂外打電話，但我後來就沒注意了。」

「謝謝……」辣妹決定再到樓下去看看，錢立復那麼有錢的帥哥，好不容易才遇到，她可不想錯過啊！

包廂裡的狐群狗黨們還在唱歌狂歡，討論著不知道錢立復到底做什麼生意的，怎麼能這麼有錢？

「我老覺得不是多乾淨的錢！」

「呿！錢就是錢，誰管它乾淨還是髒！」阿明嘲諷的笑了起來，「再髒我都要，越多越好！」

「哈哈哈！對！越多越好！」

在相隔十三公里遠的殯儀館中，十六號冰櫃裡的屍袋突然鼓了起來，而滿溢的鮮血正滴答滴答，從冰櫃縫裡一點……一點的往下滲。

一落一落的錢像堆積木般，整整齊齊的擺放在桌上，他的面前。

田志勳嚥了口口水，心裡因興奮而激動，這是他贏來的！

他就知道奕明那小子最近怪怪的，趁他不在到他房間翻箱倒篋，這混帳小子還眞的把錢偷藏在衣櫃夾層裡，那足足有三萬塊啊，拿給他翻身不好嗎？他這麼認眞賭還是不是爲了這個家，只要贏了，就會有滿桌的錢了。

「田志勳，來！清點一下，我們照規矩來！」賭場老大拿出借據，「你借多少、利息多少，上面寫得清清楚楚，我現在把你該還的錢都扣掉。」

「扣扣扣！」田志勳大方的說著，因爲他今晚，贏了八百萬！

八百萬聽起來很多，但是當本金帶利息都扣掉後，他居然只剩下兩百萬不到了，可那依然是一筆不小的金額，他還很大方的拿出十萬分給賭場員工當小費，然後開始借袋子裝錢了。

看吧，他今天回去就要讓老婆孩子刮目相看，他是不是說過了？他能一夜致富的！

「叔，恭喜了！」借他袋子的年輕小子湊了過來，「也太厲害了，連贏十六把耶！」

田志勳聽了高興，這小子不但借他袋子還會說話，隨手抽了一千元給年輕小子，「運氣來了，擋都擋不住的！」

「要不要再來一局？」賭場人問著，田志勳連忙搖頭。

他才不傻，見好就收好嗎？雖然他現在很有本錢再賭，但還是先把錢拿回家，好好的掙點面子！他還要拿錢甩到房東臉上，誰叫那些人有房子就了不起似的，動不動就催房租，又不是沒有錢，幾萬塊催得好像沒給房東就會死似的。

「對啊，落袋爲安。」小子也幫忙勸著，「不過叔，運氣這麼好，不好好把握一下有點可惜。」

「把握什麼？」

「運氣啊！」小子漫不經心的說著，「找那種專賭運氣的玩玩，例如：簽牌之類的！」

賭運氣啊！看著手裡這沉甸甸的錢，這的確是靠運氣贏來的，連贏十六把啊！這表示他今天的運氣爆棚，簽牌的確是個好方式！

就挪一點去簽牌，找賠率大的，要是贏了可不得了！

「我來想想簽哪個……」田志勳喃喃自語的。

「會贏一支就贏了，不必想太多！」小子擊了掌，「砰！從有一點錢到暴富！」

一夜暴富。

田志勳望著袋子的錢，雙眼發出了光——不如就全押了吧！

第八章

金錢的誘惑

羅菈琳一直是全校師生都很喜歡的老師，她風趣幽默，和藹可親，有著無上的親和力，與學生沒有太大的距離，除了教授英文外，還身兼活動組組長的職務，因此校內所有活動都由她一手操辦。

靈活、能力強，不說每次活動能完美，但至少都不會有多大缺失，豐富的經驗值讓學校也很信任她！即使是偶爾的犯錯也只是一點小瑕疵，大家都會睜一隻眼閉一隻眼，因爲羅菈琳就是一個這麼好的老師。

像這次的禮堂裝修典禮活動，她也都不吝惜的讓學生參與，從旁給予指導，這不是先例，過去她就常這麼做，培養學生辦活動的能力，未來學生就能自己辦活動，而她就從旁輔助。這樣的教學方式，更讓她受到學生們的喜愛、老師們的讚許。

但是，仔細回溯過去，始終開明親切的羅老師，總是會在關鍵時刻變得「武斷」。

例如，沒有一個人學會邀約上的進退，以及從簽約到匯款、直到活動結束所有事宜，這些都是羅老師負責，這種複雜的事由老師出面理所當然，錢的事更不可能透過學生之手。

道理上是正確的，但即使不讓學生經手，或許也能讓他們瞭解一下流程，這才是一個完整辦活動的過程對吧？

但羅老師不僅會自己認眞做，而且是完全不會透露一丁點兒訊息給參與的學生們。

「有個出單曲的歌手是八十萬，價格開很高，但是因爲他現在正紅，所以學校就還是照樣請他來。」周凱婷看著手機裡的備忘錄，「啦啦隊正妹只要兩萬，整個團隊都會來跳喔！」

周凱婷，與聶泓珈算是泛泛之交，剛開學時兩個人坐得近但也沒什麼交集，不過她是那種很可靠的個性，只要她想做，就一定會做成，還有一種大姐大的氣勢，有時脾氣來時會比較囂張，常跟李百欣兩人一起戰。

李百欣是那種機關槍型的，很容易撿到槍，不爽就開炮，這方面周凱婷穩重了點，但是踩到她底線一樣炸，威力比李百欣還驚人；她寒假直接報學校的工讀，因爲有親人在校內，所以輕易入選，是幫忙探查情報的不二人選。

聶泓珈跟她不熟，也不敢貿然去請求，後來是拜託李百欣出馬，恰巧李百欣也捲入疑似詐騙陷阱，她便跟周凱婷表示覺得學校可能也有人被騙，希望她幫忙調查，一切都是爲了幫她跟張國恩，周凱婷二話不說就答應了。

她花了好幾天，藉著到校的機會進會計室幫忙，除了偷聽外，就是跟會計室混熟，現在校內最大的事就是禮堂與活動，這幾天就足夠她資訊收集完全了。

聶泓珈看著她列出的金額列表，一時之間都不知道該表達什麼，而不知情的周凱婷還繼續發表著。

「所以他們確定會來耶，感覺好棒喔，你們眞厲害！」演出內容都是保密，所以周凱婷算是得到第一手消息，「那接下來要做什麼？殺價嗎？還是……」

「想爲下次做準備，如果二年級我進學生會的話，至少知道價格基準，未來更方便做事。」杜書綸動輒扯謊的本事不管看幾次，都令聶泓珈佩服，「但是羅老師後來都不讓我們插手，想學也沒處學。」

「也是，一般我們也碰不到錢啊，而且……八十萬。」她聽到這金額時可傻了，因爲其實只是個ＫＯＬ啊！「學校也是很掙扎，本來不想要的，聽說是羅老師說服了校長他們呢。」

「噢，眞好。」聶泓珈言不由衷的說著。

「我把資訊轉給你們了，放心好了！我會保密！」周凱婷肯定的保證，揹起了包包，「我得回學校工作了，謝謝你們請的下午茶。」

「不客氣……啊，小心點！」杜書綸客氣的說著。

看著周凱婷興奮的離開，聶泓珈實在說不出話來……八十萬！羅老師居然跟學校報這個價格，明明對方只開三十萬的。

「學校這麼有錢嗎？八十萬都出得起？還有其他的作家、名人……」聶泓珈趕緊查看列表，「我的天哪！這還不只是兩倍起跳！」

「妳還沒算她要的公關品，光公關品就可以要全校每人一份……要公仔做什麼？又不是每個人都喜歡！」杜書綸看著手機螢幕眉頭深蹙，「那個作家的書要了五十本，名人代言的健康食品要了一百份……」

「可以賣吧，那個公仔是限量的，當時只有參與某個活動才會有。」聶泓珈心裡豈一個悶字，「這些都不是大東西，錢也不是貪我的，但我就是……很不爽。」

杜書綸摘下了眼鏡，揉揉酸澀的眼頭，「因爲被背叛吧！」

這麼好的老師，擁有師生信賴的老師，背後竟然幹這種事！低開高報，吃相醜惡，從學校那邊拿錢！仔細去查，會計那邊撥款一定也是先撥到羅老師那邊，才讓羅老師交給那些貴賓。

不合規矩？是，但講人情跟深得大家喜愛與信任的羅老師而言，講規矩就變成太沒信賴了。

「我之前眞的覺得她好好，每次討論還買點心給我們吃，教我們怎麼設計，跟我們一起探討……」聶泓珈忍不住感到一陣噁心，「眞想吐！」

「我如果隨便就能拿個百八十萬，請吃一杯飲料加蛋糕又有什麼？眞的是一片小蛋糕……」杜書綸滿臉寫著厭惡，「眞的有夠貪的人，不用爲人師表去道德綁架她，就算一般人也眞的是令人反胃。」

「我記得大活動都是由她負責，所以考績什麼的都很好，我記得之前聽說過，學校還會給她額外獎金，算是另一種辛苦慰問金。」聶泓珈捏著玻璃杯，「簡直貪得無厭！」

「老師那點薪水她看不上眼吧，獎金最多塞牙縫，妳算算我們這場典禮下來，光是她報給學校的價格，她就可以淨賺……一百三十萬。」杜書綸突然笑出聲，「多誘人啊！這不比上班強？擺在妳面前，妳只要花一點點功夫就能入手，妳拿不拿？」

聶泓珈皺著眉看向滿滿嘲諷的杜書綸，聽著很刺耳，但是好寫實，一百三十萬對還是學生的他們而言真的很大，只要做一點點造假，那些錢就可以歸自己所有……誘惑力眞的太大了！

杜書綸的手移到鍵盤上，他在查網紅的公仔是否有人轉售，這讓聶泓珈想起了校方公布欄上的去年紀事，她趕緊上網調取，依著線索去找尋自己想要的答案。

「每次辦完活動後的區間，都會有來賓相關的產品在網路上便宜售出。」聶泓珈很快的查到去年的校慶，「有的數量不多，但就是有。」

「妳看，保健食品預購，」杜書綸將電腦轉向她，「市價六折。」

即日起預購，目前數量設五十份，出貨日期就落在他們活動之後的下一週。

飲水機、閱讀器、甚至連小烤箱都有，每樣東西都跟當年舉辦校內活動時是重疊的。

「書綸？這個名字你有沒有看過？」聶泓珈點入了前年閱讀器的販售帳號，「喜樂圖書。」

杜書綸即刻查詢預購中的健康食品，賣家帳號是「飛天資訊」！聶泓珈微愣，繼續查找其他商品，她感覺書綸一定知道什麼了。

「哇喔！」告一段落之後，杜書綸突然發自內心的讚嘆起來，「緣分還眞是妙不可言耶！」

「什麼啦！」聶泓珈緊張的拉著他，「我眞覺得我看過喜樂圖書的名字！」

「李百欣的上下游公司名單之一。」杜書綸開始歸納所有賣家訊息，「看來全部都是空殼，就是拿來賣貨的……我讓我姐搜一遍那張表上的公司好了。」

李百欣公司的上下游名單，所以換言之——都是詐騙？

「那不全是……」

「洗錢加銷贓，一條龍啊，有帳戶幹嘛不好好利用，眞厲害。」杜書綸認眞思考，現在感覺一環扣一環，小魚都浮上來了。

張國恩在詐騙集團那邊看到的各個公司名，與李百欣公司來往的上下游公司名重疊，假設羅老師販售公關品的帳號，也剛好是那些公司的話，那這裡面的關係也就太妙了。

「你這樣說得，好像羅老師她也……跟詐騙集團有關？」聶泓珈覺得底限都快消失了。

「這很難說，有可能她只是有個管道銷貨，但是……誰曉得呢？反正她都已經刷新我們的認知了，不在乎多幾項。」杜書綸已經在盤算，該什麼時候揭發這個受人愛戴的好老師了。

聶泓珈卻憂心忡忡的看著他的肩頭，仍舊帶著森森鬼氣，那非現實的水還在那兒滴著。

「郭子哲還跟著你啊！現在整件事都跟錢有關，有沒有可能他也是其中一環？」

「他一定是！他旗下的公司負責建我們的禮堂，而他公司也是詐騙集團那邊的分公司之一，鐘議員跟他在首都碰面，碰面後他就掛了！這連連看每個都能牽上線——」杜書綸下意識往自己肩後看去，「但這幾天我睡得還好，他沒出來找我，而且我房間有唐姐給我的護身符，就是……累了點。」

他騙了她。

沒有一天是睡得安穩的，郭子哲的確沒有任何傷害他的行爲，但夜夜入夢，他每天都重複著去首都的情景：他找不到珈珈，停在馬路對面，看見郭子哲開著一台車進地下停車場，他按了對講機，車子滑下去，然後就跳到他跟珈珈離開「百鬼夜行」，再次騎離寧靜街。

沒有什麼可怕的鏡頭，但就是重複再重複。

這名字起得眞爛，去了一次，就再也沒寧靜可言了。

當然他不會告訴珈珈，他把護身符摘下了，或許因爲感受到郭子哲沒有殺意，也或許是他想知道，郭子哲到底要他看什麼？他就只看見他開車窗、伸手按對講機，連聽都沒聽到他說什麼啊！

「呃……珈珈，」桌邊走來婁承穎，他們跑到他打工的餐廳吃下午茶吃到飽，「那個……有妳的電話。」

聶泓珈錯愕的抬起頭，「蛤？」

「對，我知道很奇怪，但是眞的打來我們店裡找妳。」婁承穎也覺得莫名其妙，但電話剛好是他接的啊！

「是我爸嗎？」聶泓珈下意識的反應，「爸好幾天沒打電話給我了。」

「是嗎？」杜書綸警戒心都竄起來了。

「對方沒說是誰，但我覺得不像聶爸爸，不然他應該會說吧！對方只說要讓珈珈去接電話。」婁承穎很無奈，這電話他轉不轉接都很尷尬。

「好，我去。」臨起身前，她還不忘安撫杜書綸，「沒關係，一通電話而已。」

杜書綸深吸了一口氣，沒關係個頭，上次珈珈在這間餐廳上個廁所，就撞鬼了好嗎！

聶泓珈戰戰兢兢的拿起餐廳櫃檯裡的電話，這種不安感令人窒息，但又不得不面對。

「您好，我是聶泓珈。」

「……」電話那頭出現了沙沙的雜音，「沙沙……嚓……嗚……」

「哈囉？請問哪位？」

「嚓嘩……嚓啊……」不規則的雜音聽了令人心慌，聶泓珈將話筒遠離了耳邊。

「沒人，可能是惡作劇——」

「妳覺得自己值不值兩千萬？」

餘音未落，精確的聲音從話筒裡傳了出來。

喝！聶泓珈立即把話筒遠離自己，當機立斷的掛上電話！力道之大，店長感覺電話差點就要碎了。

「痛、同學……」電話啊……

「抱歉，我太用力了……」聶泓珈臉色蒼白的轉身步回座位，杜書綸一見到她的狀況，也緊張的站了起來。

走！現在就走！

「怎麼回事？珈珈！」婁承穎焦急的上前，一把拉住了聶泓珈，「你們最近好奇怪，到底發生什麼事了？」

「沒什麼……你不要介入。」聶泓珈試著甩開他的手。

「我能幫的，為什麼不相信我……」他一臉委屈，「我很擔心妳啊！」

杜書綸倏地握住他的手腕，直接不客氣的將他拉開，「你不必擔心珈珈，她從來不需要人擔心。」

婁承穎不爽的瞪向杜書綸，這個又自負又驕傲又礙眼的存在，總是喜歡質疑珈珈、不照顧她、說話還特別不客氣！

「怎樣？你要裝什麼男子氣概，說有你在沒問題嗎？」婁承穎體魄健美、高大帥氣，相較於杜書綸的白幼瘦體態，光湊近就能給人壓力。

「說什麼呢？」杜書綸失笑出聲，大方的往聶泓珈身邊靠，「向來是有珈珈在，我就放心！」

他很有自知之明的，他才是被保護的那個吧！

「沒用！還有臉！」婁承穎低咒著。

「性別刻板喔！」杜書綸用嘲弄般的語氣唱著歌，被聶泓珈不悅的拉出餐廳外。

都什麼時候了，這兩個男生在為莫名其妙的事爭執！

離店後，聶泓珈說了電話的事，那個聲音聽了令人全身起雞皮疙瘩。

「是人還是那、個？特地打電話來？」杜書綸聽了也是不安，兩千萬啊，正是珈珈不小心聽到的對話。

『兩千萬！我的兩千萬——』尖叫聲突地自腦海炸出，逼得杜書綸痛苦得掩耳蹲下。

耳膜好痛！他瞬間冷汗直冒，人快倒下了。

聶泓珈早在第一時間就攙住他，跟著蹲在路邊慌張的捧著他的頭，「怎麼了……郭子哲！請你不要再糾纏他了！我們都不是殺害你的人！」

天哪……天……太痛了！杜書綸沒想到聲音從腦內發出會這麼難受！

提到兩千萬那麼激動？他們要向警方檢舉嗎？但是他那天並沒記住車牌號碼，他這樣貿然前去報案的話，只會惹禍上身而已！擺明告訴凶手：哈囉，我是目擊者唷！

鐘柏朗現在都已經盯著珈珈了，就是怕他們知道太多……

下一秒，杜書綸倏地起身，直接往反方向走去，搞得聶泓珈措手不及！她呆站在原地，他們的腳踏車都還停在旁邊咧，但是杜書綸卻疾走而去，怪異得像是被人操控一樣！

聶泓珈焦急的追上，幸好走得不遠，因爲杜書綸轉進了一間彩券店！動作熟練的抽卡、塡好後，直接遞給了店員。

「兩百。」老闆娘說著，正在印彩券。

但杜書綸卻僵硬得像個假人，站在櫃檯前一動不動……趕來的聶泓珈見狀，趕緊幫忙付了錢，而當老闆娘把彩券裝進紅包袋遞出後，卻又是杜書綸主動搶過去。

「杜書綸！」聶泓珈拉住他，「不要逼我打你喔！」

杜書綸的身體在瞬間柔軟，但是卻不穩的朝旁倒去，扶著牆才勉強穩住重心！他全身都被冷汗浸透，恐懼的看向了聶泓珈，還有手上捏著的紅包袋。

「如果我說，這張彩券……可能會中大獎妳信嗎？」他顫抖的說，因爲剛剛他的腦子裡，浮現了清楚的一組數字。

她點點頭，畢竟剛剛杜書綸的狀況就不正常，「他想……用這個付錢讓你幫他做事嗎？」

「我不知道……我比較怕他想利用這個，拿回那兩千萬。」杜書綸緊捏著那紅包，內心正在天人交戰。

留下這個紅包，他覺得一定會有事。

但是把這紅包丟掉？他傻了嗎？這明擺著會中獎的彩券啊！

掙扎了五秒鐘，杜書綸在深呼吸後把紅包放進了自己的口袋裡，一旁的聶泓珈杏眼圓睜，拳頭都跟著握緊了！

「杜、書、綸！你要有命花啊！」這整句都是咬牙切齒的。

「妳覺得現在我們的狀況有比較好嗎？」別看他思考時間短，但他都想過了，「不拿白不拿……」

他驀地湊耳，「如果真的中兩千萬的話怎麼辦？」

這個數字讓聶泓珈都忍不住倒抽一口氣，誰會跟兩千萬過不去？

她最終點了點頭，兩個人折返朝著自己的腳踏車走去。

「分我兩百萬，」聶泓珈試探的問問，「如果真的中獎的話。」

「這我的彩券耶！」

「我付錢的！別，你別拿錢給我，我不收！」聶泓珈眨了眨眼，「就兩百而已！幫我爸買台新車啊！」

「傻了吧妳，要也是分妳一半好嗎？」杜書綸大方的勾過聶泓珈的肩，「稅後喔！」

「真的假的？」女孩開心的眼都亮了，「別別，我兩百萬就好，我很知足的！」

哎呀，要是阿飄眞的能讓他們中兩千萬的話……

呃，等等，無緣無故的……郭子哲會白給他們兩千萬嗎？

彩券行內的客人放回塡卡單，步出了店外，看著五公尺外的學生背影，他們正勾肩搭背，嘻嘻哈哈。

那人面無表情的撥通手機。

「確定那個不男不女的，聽到了兩千萬。」

腳踏車，十輛，七十萬元。

李百欣在心中默唸著，並且把帳號跟公司戶名都背下，熟讀於心；這是新的公司與帳號，她在公司裡均不敢記在手機上，全靠記憶，下班後再記到筆記本裡，萬無一失。

工作第三週，公司流水已經高達三千萬，這週進出她帳號的就有一千多萬，當然不是一個帳戶，近期老板又讓她去多家銀行開約定帳戶，加起來有六個了。

她如日常般工作，也不忘偶爾抱怨一下爲什麼都用她的帳戶轉帳，上司總是會有各種藉口搪塞她，她就繼續裝成小萌新。

在心中不停的默唸，她等等一離開公司就得寫下來。

「李百欣。」

「哇呀——」

冷不防地，經理突然在她耳邊出聲，而且是彎著腰在她肩上的那種距離，嚇得她跳了起來，肩胛骨狠狠的撞擊上經理的下巴。

「啊啊……」經理痛得直接滑跪，手捧著下巴弄到滿臉脹紅。

李百欣肩頭也痛得要死，不停的揉著，「對、對不起……我被嚇到了！」

「……哎哎！」經理好不容易才站起來，下巴感覺都要斷了，「妳這麼專心，都沒聽到我來？」

她搖了搖頭，完全沒聽見，聲音小到她都要懷疑經理是刻意躡手躡腳靠近她的……也或許她是心虛，畢竟她現在有點像是臥底。

「對不起，您還好嗎？」

「啊……沒事算了！我只是想來問妳，是不是開學後就離職了？」

「對！當初入職時就有說，我是寒假工讀……不過謝謝經理給了我很好的學習機會，我在這裡學到很多東西。」李百欣禮貌的行禮。

「哎呀，有點可惜……剩沒幾天就要開學了，那妳把東西都整理一下，我們好交接。」經理話鋒一轉，「妳現在帳戶裡面還有錢嗎？」

帳戶，李百欣下意識的緊張。

「公司的帳戶都有開戶的金額，但給客戶的錢我都轉走了，啊，還有轉給我的獎金。」李百欣謹慎的回答著。

後來經理都沒再給現金了，他會把獎金算進轉帳中，例如給一萬一，讓她轉一萬塊之類的，那一千元就是獎金；雖然後來的獎金沒有那麼多，但是近三星期加起來，她的獎金也有好幾萬啊！

「那好，妳要不要把錢都轉到妳私人帳戶去，這樣交接時也比較乾淨，公司的薪資帳戶都不要有妳的錢。」

那一開始就不要用我的戶頭轉帳啊！李百欣在心裡唸著，但表面還是乖巧的點頭。

「還有一點，這次因爲公司業務複雜的關係，讓妳多辦了那麼多帳號，雖然妳離職了，但公司還是需要這些往來……」經理略顯爲難，「妳看看方不方便，離職後那些帳戶也用不到，留下來讓公司繼續使用？」

咦？李百欣當場愣在原地，「存簿留下來嗎？」

「就都留，妳改個密碼，改那種簡單的12345，沒事！我們沒有要幹嘛，」經理連忙安撫，「就像平常一樣啊，我轉帳進那個戶頭，妳再把錢給廠商啊！」

一樣？一樣個頭啦！如果是之前她可能傻傻的不覺得怎樣就好，但現在明知道這間公司的流水往來有問題，還跟詐騙集團相關，她哪可能給啊！

不過話雖如此，還是要問問警察先生。

「是嗎？但這樣怎麼還是……怪怪的！我想說我離職後，就去註銷那些帳號的！」

「那多麻煩！這樣……如果妳還是員工的話，就沒這個問題了對吧？」經理突然語出驚人，「我們可以辦留職停薪！」

咦？李百欣可愣住了，還有這種操作！

「不是啊，可是我開學後……」

「所以留職停薪，不要辦離職，暑假時妳就再回來打工，我還能直接保留了妳的工作名額！」經理說得理所當然，「手續費固定會打到妳帳號，一個月五千好了，怎麼樣？」

一個月五千……李百欣暗自驚訝，她什麼都不必做，每個月就能有五千塊，而且暑期工讀的工作還能保留住，這條件未免也太好了吧！她都還沒回答，經理就從口袋裡拿出了一個信封袋，遞給她。

「這是獎學金，快開學了，妳唸S高的嘛，那種菁英學校很辛苦的，拿去買開學文具吧！」經理笑得和藹可親，還拍拍她的肩，「妳別想太多，就當作是公司在培養未來優秀員工吧！」

直到經理離開，李百欣都還僵在原地，其他同事說著羨慕跟恭喜的話語，還有人好奇的問獎學金是多少？

多少？李百欣回到座位上慢慢打開，一萬元的支票！期限是開學後！

她忍不住計算起來這短短三週的寒假打工生活，她的收入已經是一般大學畢業生兩個月的薪水，再加上這一萬獎學金，以其未來每個月五千的「手續費」的話……

她望著眼前的支票，忍不住思考著：如果這間公司關了，那她這些錢是不是就拿不到了？

在警方有確切證據前，他們是不會有任何行動的對吧？證據不足就不能動，換句話說……只要拖延時間，她能拿到的錢是不是就能更多呢？至少得撐到支票兌現日，好好的落袋爲安吧！

第九章

致富之道

男孩慌張的在衣櫃裡翻找，他把整個房間都翻了遍，卻找不到他藏錢的盒子！盒子應該在衣櫃的暗格裡，但現在整個盒子都不見了！

「媽，妳有沒有去過我的房間拿東西？」他焦心的衝到廚房問著。

「……沒有啊。」女人沒回頭，正炒著菜，她的手上還有不少瘀青傷痕。

但她知道，丈夫進去過，還拿走了一個盒子。

「我盒子不見了！盒子……」洪奕明其實心裡已經有譜了，「一定是那個混帳拿走的！」

關火，盛菜，女人用顫抖的手將晚餐端上桌，怯生生的看向自己的兒子。

「爸爸拿的，裡面有好多好多錢。」小學的弟弟在客廳寫功課，幽幽的說。

洪奕明倏地回頭，怒從中來卻無法做些什麼，怒氣逼出了他無奈的淚水，為什麼！為什麼他什麼都不能做？他存了這麼久的錢就這樣被拿走了？那個傢伙一定又拿去賭了！

「妳在嗎？」他含著淚問向母親，「妳為什麼不阻止他？那是我的錢，妳知不知道我花了多少心力才能存到那些？」

其實他問這個很沒意義，因為媽媽如果能阻止的話，他們就不會過著這樣慘淡的生活，媽媽也不會動輒被暴力威脅卻不敢離開，甚至還站在那個混帳那邊。

「我沒辦法……你知道的，他欠那麼多錢，他也是先拿去還而已，沒事的。」

母親還在自欺欺人，「不過，你爲什麼會有那麼多錢？你不是只是去打工？可是盒子裡有好幾萬！」

洪奕明當然不可能說出他在詐騙集團打工，他搖著頭，一臉哀莫大於心死的模樣轉回身子，頹然的走回房間。

公司那邊都是給現金，所以他都原封不動的拿回來，應該去開一個新帳戶，每次拿到獎金後，先存在帳戶才對……

身後傳來鑰匙聲，那聲響令洪奕明再度怒從中來，他回頭看著門被推開，那個男人拎著大包小包的東西進了家門。

「奕明！你眞是老子的幸運星！」男人興高采烈的上前，二話不說就勾過他的頸子，親暱的擁著。

洪奕明抗拒的使勁推開他，「放開我！我的錢是不是你偷走了？」

「什麼偷？這個家是我的，家裡的錢自然也是我的！」田志勳被推得踉蹌，心生不快的也推了他一把，「好啦，算我跟你借的！」

田志勳先把好幾袋東西扔在玄關，再提著大包小包進了客廳，「來，小愛，過來看看我給你們買了什麼禮物！」

「把錢還給我！」洪奕明怒吼著，「現在馬上！」

田志勳回頭瞪了他一眼，直接把藍色袋子甩上桌，從裡面拿出了一大疊錢，狠狠的扔向了洪奕明。

「你是在靠𠀋什麼啊！幾萬塊讓你囂張的！要錢老子多得是！」客廳的孩子們廚房的女人看見袋子裡整疊整疊的錢都傻了，女人激動上前，雙腳一跪在那兒一疊一疊的拾撿起鈔票。

「你哪來這麼多錢？你……」高小薇一怔，「你去幹了什麼？」

「託妳那個好兒子的福，用他那筆錢去賭，我連贏十六把！」田志勳彎了腰，摸了摸高小薇的臉頰，「連本帶利把錢還清後，我還有兩百萬，來！禮物！」

田志勳爲孩子買了衣服、玩具跟鞋子，還買了一個名牌包送給了老婆，洪奕明站在後方，滿腦子嗡嗡叫著，只覺得不可思議。

「你……贏了？」他吃力的邁開步伐。

賭了這麼多年，欠了一屁股債，讓親戚們都視他們全家爲洪水猛獸的賭徒繼父——贏了？

「對！死孩子，我眞就靠你那筆錢回的本！」田志勳指指剛剛砸向他的錢，「那些是還你加送你的，利息！」

洪奕明迅速彎身撿起了那好幾疊鈔票，他盒子裡有三萬元，這幾疊少說有十萬，所謂的一夜致富就是這麼個道理嗎？

弟妹們對新玩具歡欣鼓舞，媽媽哭了出來，不知道是喜極而泣，還是因爲今天的繼父難得溫柔，而洪奕明看著那袋鈔票，不由得想起第一次進詐騙公司面試時，那滿屋子的鈔票牆。

「我裝錢時，有個肖年仔跟我說，運氣這麼好應該要賭簽牌，我賭了。」田志勳繼續驕傲的衝著他們笑，「我把我贏的那兩百萬全部給他賭下去了！」

什麼!?洪奕明一瞬間背脊發涼，上前揪住男人的衣領，「你好不容易贏了錢，又全部拿下去賭？」

他都還沒動手，身後一股力量突然衝了過來，拳頭如雨點般在男人身上落下。

「你爲什麼不賭一點就好了！我們還欠房租，也欠了其他人錢……兩百萬可以改善我們多少的生活！」媽媽像是崩潰一樣，「奕明可以好好唸書不必打工、孩子們也能過好生活——」

「幹什麼幹什麼！」田志勳抓住了女人歇斯底里的雙腕，「我贏了！」

咦？洪奕明驚愕得瞪大雙眼。

「我全贏了。一千萬！」田志勳志得意滿的笑著，那笑容都快裂到嘴角的得意，「全在玄關那裡呢！」

天哪！洪奕明扭頭往玄關奔去，幾度踉蹌的差點跌倒，剛剛扔在那兒的好幾袋藍色提袋裡，全是鈔票！

他在公司是看過了鈔票牆，但那是別人的。

現在看著滿滿鋪在地板上的鈔票，洪奕明竟有點接受不了現實，媽媽放聲哭了好一陣子，好不容易才振作起精神，抹了抹淚，跟繼父抽了幾張鈔票後，說想去超市買好料加菜，還要幫老爸買酒。

洪奕明則跪在地上，幫忙把鈔票收拾清點好。

「你那些錢哪來的？」冷不防地，坐在沙發上的田志勳開口問了。

「打工。」

「打什麼工可以賺這麼多？少唬爛我，還發現金……」田志勳冷笑著，一副老子吃得鹽比你走的路多，「一定不是正常工作。」

「客服。」洪奕明並不想讓他知道太多。

「客服咧……講得跟眞的一樣，哼！」田志勳大掌拍了拍兒子的肩，「放心，我不會怪你的，我也不是做什麼正經工作的人啊！有錢就好，做什麼別管！」

洪奕明內心極爲矛盾，在今天之前他有多恨多氣這個賭徒繼父，但是當他帶著一千萬回來時，那些怒火居然都能被抵銷！只要他好好對待家人，不要再去爛賭，將錢存下來，過往的厭惡眞的都能一筆勾銷了。

「爸，你可以不要再去賭了嗎？這些錢夠我們生活了。」洪奕明的語氣和緩了許多。

「應該不會了吧！」田志勳敷衍的說著，他其實知道不該再繼續賭下去，「還有幾天開學？我帶大家出國去！」

「哇！我要去迪士尼樂園！」弟弟跳了起來。

「我也要去！」妹妹趴上了她親生父親的腿。

媽媽一直換男友，弟弟是之前一個叔叔的，妹妹小愛才是田志勳的親生骨肉，不過說實話，這位繼父挺一視同仁的，對每個孩子都不怎麼好，沒有跟誰特別親，他只跟賭博親。

他的生父很早之前就意外死於一場火災，但是他幼年的記憶深刻，他們曾經有很美好的生活，和樂融融，那時沒有這麼困苦……不過意外就是發生了，能力差但美麗的媽媽選擇依賴男人，一個換過一個，直到這個田志勳。

他願意接受重組家庭，但眞的怨恨他的賭博。

看著弟妹們興高采烈的歡呼，媽媽拎著兩大袋的菜回來，喚著他去幫忙，看著一家人的笑容，洪奕明突然有種虛幻感。

手機震動響起，他藉口看訊息躲到房間去，這幾天有個傻子太太正準備進行大投資。

一切如果就此走上正軌，他還要再繼續做這種工作嗎？

樂透彩開獎，杜書綸手上那張沒有他們以爲的兩千萬，不過卻中了兩萬元，在對到獎的那刻，腦子浮現的數字取代了興奮與尖叫，杜書綸覺得頭腦要爆炸般的，拉著聶泓珈直衝彩券店，再買下一張。

「你打算買這麼多？」聶泓珈看他拿了一疊卡。

「我腦子裡就跑出這麼多組數字啊！」杜書綸在卡上面依序畫著數字，「我有種預感，他想讓我們藉此換得兩千萬。」

「爲什麼不一舉讓我們中頭獎就好了？」聶泓珈其實非常不安，「這些數字都是……他說的？」

「自然而然浮現的數字，我也說不上來，但……」他頭也不抬的繼續畫著，直到畫完了，數字卻沒有停過，「怎麼還有……還有好幾組！」

「錢不夠了嗎？」聶泓珈趕緊翻找錢包，「我錢包裡沒錢了！」

他們零用錢都不多，十幾張樂透彩可不少錢啊！「提款卡有帶嗎？」

她瞪圓了雙眼，「杜書綸！」

「我身上只有兩百啊！妳去提啦，下一期週五開，機不可失，越快越好！」

他又再抽過一張卡。

聶泓珈很遲疑，但是今晚中兩萬已經很多了，如果郭子哲眞的能預知樂透彩號碼，每筆都能中個幾萬，眞的是天上掉下來的禮物！

抓著錢包，她立即到隔壁去領錢。

「你是覺得穩贏喔！」一個人突然來到正在畫卡的杜書綸身邊，他下意識把卡蓋住，收到了空白卡底下。

「賭個運氣。」他敷衍的笑笑，瞄了一眼對方，看起來跟他沒差幾歲。

「怎麼看都是學生，買這麼多你爸媽知道嗎？」男孩打量著杜書綸，眼神落在他蓋著的卡上。

「我花自己的零用錢，法律又沒規定購買年紀。」杜書綸一邊說，一邊往左邊挪移，「那邊讓給你。」

「喂，你態度很差耶！」少年居然伸出手，打算抽過杜書綸藏著的卡！

一隻手飛快的擋下了少年的動作，趕回的聶泓珈握住了少年的手腕，直接一個格擋回去，迫使少年踉蹌後退。

「幹什麼？搶劫啊？」她直接塞進杜書綸與少年中間，雙手掄拳。

不高不低的音量恰好引起了老闆的注意，老闆朝這兒走過來，少年低咒幾句後，飛快的離開店裡。

「找麻煩的？」聶泓珈回身看向他，「我也才不在一下下，你就能……」

「冤枉我喔，我只是畫卡而已。」杜書綸很是無辜，他什麼都沒做啊！

前來關切的老闆也問他們有沒有事，接著也提出了一樣的問題，買這麼多張是有錢嗎？

結帳見眞章，杜書綸把獎券分成兩份，與聶泓珈一人保管一半。

假設一張都能中兩萬的話，他們這次買了十六張，最少三十二萬啊……雖然，杜書綸直覺認爲錢只會更多不會少。

他們走出彩券店時，有個人與聶泓珈擦身而過，她突地打了個寒顫，忍不住回頭看去。

剛剛還空蕩蕩的彩券行裡，此時此刻竟塞滿了人，一堆人全在努力的畫著號碼，密密麻麻得到了萬頭攢動的地步……

如果，那些人是還活著的話。

有人頭破血流、有人開腸剖肚、有人明顯是出了車禍、也有人身上數個刀口，現在擠進這間彩券行的個個都是亡魂，但他們的眼神發直，拼了命的在畫卡。

『會中的，一定會中大獎。』

『我來兌獎的，我中了兩億！我中獎了！』

杜書綸皺起眉，今天很難得的，他竟也看見了充塞在彩券行裡的亡魂，「那是……」

『錢呢？我的錢呢？』

「走！走！」聶泓珈拽著杜書綸趕緊離開彩券行。

亡魂纏上在裡頭買彩券的人，不停的喊著：『是你拿走我的錢嗎？』

「我看見了耶，珈珈，剛剛那些……」

「你都看見了，不是他們夠陰，就是因爲你正被跟著。」聶泓珈又打了個寒顫，「我覺得很不對勁，那些亡魂爲什麼會突然出現，而且一直要錢。」

「比追債還可怕！我只是買樂透彩而已！」

「不，不是買……他們是中獎了。」聶泓珈回憶起亡者們的話語，「中獎了卻在找錢，那是錢不見了！」

杜書綸若有所思，「他們都是亡者，不管怎樣都再也用不到錢了對吧？」

可是單就他們的執著度看來，錢用不到，只怕也丟不得。

他們加速離開那兒，因爲彩券行裡的陰氣爆棚，他們只想離這區越遠越好，不要任何……軋，一輛車子突然急煞，就停在路邊，杜書綸看見熟悉的車輛，還有下車的武警官。

「拜託，你們是不是封鎖我了？我怎麼發訊息都沒人理我！」武警官幾近哀求的下了車。

他們兩人不約而同的點了點頭。

「我們不想再捲入奇怪的事，所以……」

「不想……那天主動幫忙的是妳啊，而且封鎖我、跟妳會不會遇到奇怪的事，沒直接關聯啊！」武警官緩了幾口氣，「張國恩出事了！」

「什麼!?」

「不不，應該說是張國恩發現的那具白骨屍出事了，我需要妳幫我看一下！」武警官誠懇拜託。

「我覺得S區不是只有我一個人看得見那個。」聶泓珈皺起眉心，爲什麼這樣大喇喇的找她啊？

「我覺得你們要大方點，可以找專家啊，唐恩羽他們，或……」杜書綸護住聶泓珈，他永遠站在珈珈這邊。

武警官什麼話都沒說，後退一大步，打開了車門。

聶泓珈咬了唇，再重嘆一口氣後，進入了警車裡。

而馬路對面的手機，正拍下一張張聶泓珈與警方交談的照片——那個偷聽的女孩，與警方交涉了！

錢立妍頹然的回到家時已經天亮了，她坐在玄關的椅子上，脫下一隻鞋子後就定格了！她腦袋一片空白，完全不敢相信這個夜晚發生的事情。

行動遲緩的進入家裡，首先映入眼簾的就是稍早被她隨手扔在櫃子上的大家族合照，她顫抖的拿起，照片裡，錢立復被玻璃碎片裂痕貫穿到幾乎看不清臉與身體，正如……哥哥那支離破碎的屍體。

而此時此刻，照片裡的二姑姑又出現在原來的位置，就是當年那個模樣，穿著淺色裙子，輕輕微笑……不，她笑開了顏，鮮血染紅了下巴，五官頓時皺在一起——

『把我的錢還給我！』

「哇啊！」錢立妍嚇得鬆掉了相片，這一次玻璃都被震碎噴出，她驚恐後退，但只有兩秒，她立刻撿起相框，抽出照片，直接往神桌邊衝。

手抖得太厲害，打火機一直點不著香，她抓起神像壓住了照片後，認真的把香案蠟燭都點起，然後虔誠的拜拜默唸！鮮花素果等等就奉上，她只能拜託神佛保佑了。

「把這個惡鬼送走！」她捲起照片，直接以蠟燭點燃。

火燒上了照片，她將照片轉過來，親眼瞧著照片一點點的焚燒，相片裡的二姑姑依舊猙獰，做出狂吼的姿態，而她的頭顱凹陷破碎、鼻子以下是空的，還有那滴血的十指。

她信，她當然信二姑姑的鬼魂回來了！

因爲，她的哥哥被撕裂，斷肢殘臂竟與二姑姑的屍體混在一起！

「是妳先搶奪我家財產的，妳沒資格抱怨！」錢立妍忿忿的瞪著照片裡的二姑姑，「妳本來就該下地獄！」

火舌燒上了二姑姑的部分，錢立妍顫抖著將照片扔進香爐裡，直至其燒成灰燼，然後將手上的香，狠狠插進了殘骸裡。

「冤有頭債有主，我們只是討回我們本有的東西！」她忿忿的咒罵著，「妳不要以爲我會怕妳，我跟我哥不一樣……」

她能殺二姑姑一次，就不在乎殺第二次。

世界上最可怕的事不是鬼、不是會殺人的厲鬼，而是沒有錢！

她調整呼吸後，第一時間回到自己房裡，拿出了抽屜裡的卷宗夾，裡面是她之前爲哥哥買的保險……拿計算機按著，看著上頭增加的數字，恐懼感漸漸消失，她最愛的哥哥，還是留了一大筆給她。

但這不代表大姑姑的計畫就會打住，現在……如果剩她一人的話，能得到的錢就更多了！

「哥，幫我！」她緊緊握著雙拳，「你一定要幫我對付那個貪得無厭的二姑姑！」

她下定決心，進房去洗了把臉、換身衣服後，便去把家裡所有的佛珠跟護身符翻出來戴在身上，等等去買鮮花素果時順便再多求幾個吧！

手機在九點後開始響起，詐騙集團那邊發了新地址，那是今天要去上班的地方，她今天一定要開張，非得找到一個貪心的投資者才可以。

法醫說需要驗屍，她知道一旦哥哥進入DNA系統後，警方很快的就會發現白骨屍與他們的關係，但不要緊，她只要什麼都不清楚、不明白就可以了，如同昨晚她在殯儀館裡哭得歇斯底里，她還是說不知道哥哥發生了什麼。

警方可以慢慢驗，她也不打算辦這麼多次葬禮，可以一起打包處理的事，何必麻煩呢？

拿起手機，她撥打了電話。

「喂，我是立妍……」她一秒切換成哽咽的哭聲，「大姑姑！出事了！」

今天是學校公佈張國恩懲處的日子，他沒有被記任何警告、也不會被退學，安全的度過學校那關，學校只讓他寫篇悔過書，必須深刻檢討自己錯在哪裡，至於其他的事就得照法律走，他未來的體育保送之路也確定中斷了。

但至少能繼續唸書，也不必轉學，開學後應該會遭受到全校指指點點，也可能會遇到霸凌，但只要還留在學校，跟李百欣一起上學，他就不害怕。

學校跟所有老師溝通，希望老師能讓班上同學不要刻意去霸凌張國恩，行差踏錯在所難免，也就只是不小心被騙去詐騙集團工作，不要刻意妖魔化同學，有錯能改才是重點。

張國恩家附近一直有警方看守，畢竟他洩露了詐騙集團的位置與機密，照理說應該會有人來找他麻煩，但事發至今……倒是相安無事。不過警方正全力在找介紹他工作的國中同學阿千，只是那傢伙消息靈通，早就躲起來了。

李百欣特地請假陪著張國恩一起到校，兩個人走出會議室時，張國恩直接失聲痛哭，哭倒在李百欣懷裡。

「好甜喔！」周凱婷一臉羨慕，「他們這種青梅竹馬最好磕。」

呃……話說到一半她自己都覺得尷尬，緩緩轉向站在一旁的聶泓珈跟杜書綸，這兩個也青梅無馬，但畫風不太一樣。

「青梅竹馬最多就一起長大而已，不一定會發展成情侶吧！畢竟太瞭解了。」右手邊的婁承穎淡淡的說著。

不過聶泓珈跟杜書綸完全沒聽進去，他們今天陪張國恩只是順便，主要的目的是等等要去找羅老師「聊聊」。

張國恩紅著眼睛走來，看見熟悉的同學們又是一陣鼻酸，「謝謝你們今天……來……」

「沒事，沒事就好。」婁承穎立即上前給了一個大擁抱，「確定都沒有任何記點了嗎？」

「確定，只要寫個悔過書。」李百欣心頭的大石也算放下，「其他的事就只能順其自然了。」

「沒關係啦，還是可以認眞唸書，你應該也想跟李百欣唸同一所大學吧？」周凱婷也在鼓勵，只是張國恩聽了更悲摧了。

他唸書很笨的，怎麼能跟李百欣上同一所大學呢？

其他同學們或自告奮勇當他家教，或是介紹補習班的，雖然大家都有預感張國恩未來的路多有阻礙，不過都還是盡全力的安慰著他……事情既已發生，眞的只能走一步看一步了。

「有問題別問我，我沒辦法教太基礎的東西。」接收到張國恩的眼神時，杜書綸直接拒絕，態度很差，不過大家並不意外。

事情告一段落，李百欣早就跟婁承穎預約了他工作的餐廳幫張國恩慶祝度過第一關。婁承穎還刻意請假兩小時過來的，非常有同學愛，他跟杜書綸某方面眞的是相反的。

「李百欣，妳工作還好嗎？」聶泓珈趁機拉了拉李百欣，「有什麼新消息？」

李百欣看著他們，略微緊張，「沒什麼新鮮事，我就是做我的工作……有狀況我都會跟警方說的。」

「有新的廠商跟公司名稱？」杜書綸比較關心這點，越多名字，越能搜查。

李百欣頓了一秒，搖了搖頭。

「妳小心點！」聶泓珈低語，這件事本來就不讓班上其他同學知曉，「就剩幾天了，我覺得他們應該會徹底利用妳的帳戶。」

「嗯，放心。」李百欣閃避了聶泓珈的眼神，轉身勾住張國恩，「走吧，我們去吃好料！」

「我跟杜書綸就不去了，我們還有……活動的事要跟羅老師討論。」聶泓珈淡然說著，眼神瞟向辦公室裡。

婁承穎聞言，掩不住強烈失落，聶泓珈又不來？

「大家不是說好要幫張國恩過霉運嗎？妳又不來喔？」他眞的無敵失望，爲什麼聶泓珈老是要跟杜書綸黏在一起啊！「活動的事不是杜書綸負責的嗎？不是，他好像已經不能再繼續跟進了不是嗎？」

「誰說的？珈珈是我的幫手，我一個人哪能做這麼多事！」杜書綸說得理所當然，直接勾住聶泓珈的頸子，「大事我決定，小事她處理！」

婁承穎不爽的撇了嘴角，搞得珈珈像秘書一樣，杜書綸最會使喚她了！

同學們歡天喜地的陸續要下樓，張國恩卻突然緩下腳步，抽回了李百欣勾著的手，讓她先走。

「國恩？」李百欣回首，萬分狐疑。

「一樓等我，我有事得跟他們說。」傻呼呼的張國恩，難得神情嚴肅。

所以她不再多說什麼，拽著也好奇的婁承穎跟周凱婷先離開。

二樓的杜書綸做好準備，正要前往羅老師辦公室前，被折反的張國恩嚇了一跳。

「怎麼了？我跟珈珈是眞的有事。」

「那個……我想說那天發生的事情。」張國恩湊近了杜書綸，說得很小聲，「我感覺那些被騙的爺爺奶奶非常非常非常的生氣。」

噢，或者不只是爺爺奶奶，但凡被騙的人都不爽吧！

「你看見什麼了嗎？」聶泓珈發現他異常嚴肅。

「一開始是後座有聲音，那個不是奶奶的聲音，像是個男人，他把手伸前時，右手臂內側有刺青……像是照片，都是人臉。我跟警察說過了，他們一下就知道我在說誰，是一個黑道的，但已經死於火災，是很多年前的事。」張國恩嚥了口口水，「可是他在車上時，說的是『誰敢拿走我的錢！』」

聶泓珈一時說不上話，居然不是、不是老奶奶，她以為是之前那個上吊老奶奶。

「所以是那個……眞・好兄弟，殺了你同事？」出現了新的角色，杜書綸有點頭疼。

「對，爺爺是坐進了車裡，但動手的是那個男人！而且那個好兄弟扯斷假刑警手時，還一邊狂喜喊著：『好多錢，這都是我的錢！』」張國恩很難形容那個畫面，「我、我當時是嚇得要死，看見一隻斷手噴出來，嚇就逃了！」

什麼意思？杜書綸一頭霧水，邊活活撕開人的屍體，可、可以換錢嗎？

「然後那具白骨屍……假檢察官不是掉下去的，是被抓下去的，這個你們應該知道了，但是……他掉下去後，附近全都是人的說話聲，各式各樣！全部都在講錢，有人拿了他們的錢、或是把錢拿回來，然後——我也看見之前新聞說的，那個上吊的老奶奶。」

事實上不只是老奶奶，他們去取錢的老爺爺也都在那裡，他們是在林子的另外一邊，像是遠遠的看著他當時發生的事似的，然後轉身就走了。

「多少人？」聶泓珈緊張的問。

「好多，至少十幾個吧……他們沒有害我，只是看著我就離開了。」張國恩很是緊張，「這麼多天了，我很怕市區是不是又出什麼事，那感覺就像是一群被騙錢的人在討錢一樣。」

「如果眞的這麼單純就好了，所有被詐騙集團騙的人，都去找詐騙集團負責。」聶泓珈咬了咬唇，她最後沒把白骨屍的新案件告訴張國恩。

昨天武警官急著找她就是這件事，但她都不必認屍，光在殯儀館外，她就看見了渾身被陰氣纏滿的紅髮女孩，據說是死者的妹妹，遠在數公里之外唱歌的人，居然突然間成了屍塊，還憑空出現在白骨屍的屍袋中。

這兩者絕對有關係啊。

「妳說得才叫單純，要找詐騙集團算帳你還得先變好兄弟啊？」杜書綸超級無奈，「這事表面跟錢有關，但實則是貪！不排除是偷錢或是錢丟了而已，絕對有貪婪的成份塞在裡頭。」

張國恩其實不太懂，他只是跟著聶泓珈他們一起撞鬼過，覺得他們應該知道這件事。

「這些你都有跟武警官說了就好，你快去吃飯吧！好好慶祝一下！」聶泓珈讓張國恩趕緊走，這些事對他而言太複雜了。

「你們小心，如果有需要幫忙，只管找我！」張國恩到這時了，還是很義氣相挺。

「會的。」聶泓珈安慰的說道。

有珈珈哪還需要張國恩！雖然他也是運動健將，但是珈珈靈活多……嗯？杜書綸突然一愣。

「喂，張國恩！」他叫住了他，「你為什麼會覺得看到那些好兄弟，就表示S區會有狀況？」

「啊？因為他們全部都往市區走啊！」

第十章

大貪小汗

THEY WERE MONSTERS, BOTH IN BODY AND HEART. THE SEVEN DEMONIC BEINGS OF IMMENSE POWER AND PRESENCE.

聶泓珈把詳細的表格遞給羅菈琳時，她還有點困惑，只是不耐煩的情緒凌駕一切，她已經受不了這天才學生一直纏著她不放。

「杜書綸，我到底該說得多清楚你才會放棄？」一向和顏悅色的羅老師都笑不出來了，「你前期工作已經結束了，做得眞的很好！但接下來的事就是學校負責了！不管是你或是學生會，學生都不需要、也不能觸碰金錢事務！」

聶泓珈再度敲了敲擱在羅菈琳面前的紙，提醒她看一眼。

「別吵！你們遞再多東西我都不會看的，事情就已經……」羅菈琳唸著，低頭看見那張紙後，聲音漸漸消失。

那是一張列出邀約對象、實際報價金額，與羅老師向學校報的金額，一目瞭然的比對。

羅菈琳內心震驚不已，但她並沒有表現出來，不愧是大人。

「老師，妳知道其實世界上有電話跟訊息這種東西嗎？我們是可以跟受邀嘉賓聯繫的。」杜書綸彈了指，聶泓珈遞上第二份公關品要求數量，「要這麼多公關品，這次活動都會發給我們嗎？」

羅菈琳明顯的喉頭緊窒，擠出了微笑，「當然，那個ＫＯＬ是你們最喜歡的，所以我才想讓全校學生都拿到限量版禮物……至於這張表，我不知道這是什麼？」

「我們都已經跟這次邀約的名人聯繫過了，他們報出的價格，跟妳報給學校的價差太多了……停，別浪費時間找藉口了，羅老師，這是會計室那邊的資料。」聶泓珈懶得聽老師辯解，「我們還能往回追溯，看看以前妳辦的活動中，報價是不是都是AB價、AB合約、AB帳戶……」

羅老師的表情沉了下去，隱隱的透出了不悅，「你們是去偷看學校資料？否則怎麼會有這些？」

「羅老師，我是杜書綸，我能做到的事比妳想像的多很多。」杜書綸自負的聳了聳肩，「妳也可以耍老師權威，或是死不認帳，反正寒假教職員沒放假，今天更因爲張國恩的事情校長也在，我們可以直接去會計那邊對帳！GO！」

「等一下！」羅菈琳緊張的叫住了眞的轉身要走的他們。

杜書綸滿意的回身，「是不是，好好談話多好！」

羅菈琳的臉色都變了，平常那親切和善的雙眸都被凌厲取代，「你們要做什麼？沒有直接去舉報我，就表示有話想要談。」

「我想知道妳銷贓的管道。」杜書綸刻意頓了一下，「我是說轉賣公關品的管道。」

羅菈琳當然知道他是故意說銷贓的，擺明就是要嘲諷她，而且也讓她知道，他們知道的比她認爲的還多。

「你們要知道這個做什麼?」

「這不是妳該關心的吧!我們就是想知道,這麼厲害,能接妳每次多要的東西。」聶泓珈說起話來也不客氣。

「欸!珈珈!」杜書綸竟突然阻止了她,「妳這種說法,會讓我們親切的羅老師不安心的!老師,說實話,我們需要那個管道。」

咦?羅菈琳狐疑的看向他們,「你們需要……做……」

「噓——」杜書綸比了個噓,「我們不揭發妳,妳告訴我們好路子,就這樣,其他井水不犯河水,什麼都別問。」

羅菈琳陷入了沉思,這兩個學生到底存的什麼心,無緣無故追查她,現在又要她的管道……她如果說了,豈不擺明自己提供證據?

「給了你也沒用,對方不會跟你合作的,不如……」羅菈琳突然又露出了那種平易近人的表情,「我們八二分,我額外所得分百分之二十給你們。」

「我們只是學生,用不了這麼多錢的。」杜書綸一副不在意的模樣。

「先給一百萬,一百萬當我的誠意。」羅菈琳直接打斷了杜書綸的話,「典禮結束後,包括未來,我們每次活動都分帳。」

一百萬。

這三個字直接在他們腦子裡炸開似的,聶泓珈這輩子都還沒看過那麼多錢!

羅老師隨便一出手就是一百萬！

「說實話我很欣賞你們的能力，以後我們合作不是更好？未來每個企劃你都能參與。」羅菈琳再加強了力度。

聶泓珈有點緊張，羅老師知道自己在跟誰說話嗎？她在跟兩個高一的學生談這種檯面下的合作！這感覺眞的糟透了！

「我……老師薪水不多我知道，但獎金應該也不少了，眞的需要這麼貪嗎？」

珈珈！杜書綸來不及阻止，果然羅菈琳的眼神瞬間變得很不客氣。

「錢誰會嫌少的！這種事不是只有我在做，每個學校、每個層級大家都在做，這是公開的祕密，只是賺多賺少各憑本事罷了，不必拿高道德來束縛我。」羅菈琳竟冷笑一抹，「我都會做這種事了，我還跟你扯道德？你們都來談了，現在裝清高？」

眼看著聶泓珈還想反駁，杜書綸趕緊接口，「對！我完全理解！誰會嫌錢少啊，又不是傻子！」

杜書綸？聶泓珈不可思議的看向他，這才接受到他的暗示信號。

「……我……但是我……」她要怎麼凹啊？

「別怕，我在呢！」杜書綸走到聶泓珈身邊，摟了摟她，「羅老師，珈珈只是害怕被發現而已，但是我相信——羅老師做了這麼多年，應該各方面都打點得很好了吧！」

羅菈琳眼神深沉的打量杜書綸，她並沒有打算相信這兩個學生，但他們查出來的東西，的確讓她不敢直接對槓，也不能冒險；這點油水上面誰不知道，給主任跟校長的錢她也從未短缺過，她只怕杜書綸他們鬧上網。

都只是小孩子，她還能搞不定嗎？

「那麼……說定了？」

杜書綸也不客氣，直接伸手，「七三，一百萬現在給我。」

「一百萬不是隨時有的，等我幾天，我直接給你現金。」羅菈琳睨著他們，「生意談好就不要搞小動作，什麼錄音錄影告訴家長……」

「不會的！我們幹嘛跟錢過不去！」杜書綸做了個立誓的動作。

聶泓珈沒應聲，她腦子亂七八糟又氣得要命，說好的揭發，怎麼變成同流合汙了？

「好！以後就是合作關係了，有活動你也要幫著企劃與……利益最大化。」羅菈琳扔出點甜頭與讚賞，杜書綸自是滿嘴答應。

但聶泓珈的抵觸明眼人都看得出來，杜書綸同時朝著羅菈琳暗示，珈珈他會負責的，畢竟她向來聽他的，全校都知道。

摟著聶泓珈離開辦公室前，他還把他印好的證據都交給了羅老師，在他們一出門，羅菈琳就把東西送進了碎紙機裡，再收好碎紙，晚上找機會燒掉。

「現在是怎樣？你爲了一百萬要配合她嗎？」一下樓聶泓珈就發難了。

「珈珈，豈止是一百萬，這以後有多少錢耶！」杜書綸溫聲的舉例，「禮堂建成後的工程、冷氣，還有角落新大樓的建設，建成後的設備採買，那才可怕！」

「可是……」

「說不定我們高中畢業前，就能成爲千萬、甚至億元富翁了。」杜書綸輕輕握著她的雙臂，「聶爸也不必在第一線工作，我們甚至有錢出國唸書！別傻了，這是用最簡單的方式，賺最多的錢。」

爸爸不必再那麼辛苦的工作，雖是公職，但第一線也的確不安全；出國唸書也曾是美夢之一，但夢之所以是夢，就是因爲沒有足夠的經濟得以支撐。

她跟杜家都不是富裕的家庭，在S區這種偏鄉中的小鎮，能有多富有？但撇除她，書綸是眞的可以去闖世界的人。

「但這筆錢我用得不舒服！」她痛苦的皺眉，「昨天你把錢都拿去買樂透時也這麼說！所以我們只要樂透中了，這筆錢就可以……」

「錢沒有人在嫌多的！而且……樂透會不會中還不一定啊！」杜書綸嚴正的告誡著，「如果樂透全沒了，至少我們這邊是穩的！」

一百萬現金，連賭都不必賭，聶泓珈實在很難否認這個誘惑太迷人，可是她就是渾身不自在！

「這是錯的！」她咬著牙。

「哪裡錯？我們沒有對不起誰啊！我們不偷不騙不搶不拐？」杜書綸繼續搬出大道理，「而且現在那些錢是羅老師動的手腳，她把錢送給我們，從頭到尾都不甘我們的事。」

他們既沒謊報、也沒搞各種ＡＢ帳、ＡＢ單據，純粹的就是羅老師自動送錢，最多算贈予！

聶泓珈掙扎著，被杜書綸帶著離開，事實上好像眞的是這樣，他們只是接受錢的贈予，也沒有詐騙任何人，或是偷取東西……這樣想一想，一切似乎理所當然了點。

「我們都知道這算不義之財！」她悶悶的說，「的確學生的權益沒有受損，但我就是覺得不應該。」

杜書綸摟著她肩頭的力量略重了些，輕輕附耳，「珈珈，妳尾巴快露出來了。」

喝！聶泓珈立刻彈離他的臂彎間，眼神幾乎是一秒迸出殺氣，全身緊繃，連雙拳都不自覺的握了緊。

「看看，現在是全露出來囉！」杜書綸用調侃的神色回擊她的怒火，「說好的透明人？低調？不管事？遺世獨立呢？」

「杜書綸！」聶泓珈差點要吼出來了，「我……我只是……」

「妳不必跟我爭，我尊重妳的想法，只是提醒妳稍微回想一下——以前的聶泓珈會怎麼做？做了之後，她得到了什麼？」

得到了什麼？

一瞬間，聶泓珈彷彿看到了眼前滿滿的人，每個人都指著她怒吼謾罵，她千夫所指，是人人喊打的過街老鼠。

過去自以爲是的正義，她把自己推入了深淵。

痛苦的深呼吸後是身體反抗的顫抖，杜書綸見狀上前立刻抱住了她，聶泓珈咬牙忍著，她眞的差點就忘了……忘記自己發誓要成爲透明人的！

「都聽你的。」語氣從忿怒轉爲虛弱，只需要一秒鐘。

杜書綸努力的伸長手，才能摸摸聶泓珈的頭，「走吧！」

站在二樓女兒牆向下望著遠去的學生，羅菈琳拿起手機，撥打著電話同時回到了辦公室裡。

「我今天被威脅了，有學生發現我在學校做的假帳、回扣，還問我要銷貨管道……」羅菈琳一五一十的告知了電話那頭的人。

「學生怎麼會知道這麼多？這時不搬出老師的權威？」

「沒用，對方是天才，那種過度聰明又很棘手的學生！但我用一百萬先壓下來了，也說了未來會分錢！」羅菈琳有點焦躁，「但我不相信他們，我想請鐘先生出面幫忙。」

「事情扯到他做什麼？」

「因爲那天，鐘先生有特意問過我那兩個學生的訊息——他也在查他們。」

「……聶泓珈跟杜書綸？」

第十一章 不義之財

洪奕明去買了便宜的襯衫跟褲子，讓自己看起來像個上班族，雖然依舊遮不去年輕的臉龐，但他十七歲了，只要在髮型與眼鏡上做點功夫，就能有一種比較成熟的感覺，萬一對方問起來，只要說自己剛畢業又娃娃臉就行了。

今天要收一位投資者的錢，六十萬現金，他在便利商店等待著貴婦的到來，自己的手機則跳出了媽媽的訊息：「今天回家前跟我說，託你買東西。」他迅速的回應「好」，大概又是要買什麼甜點吧！

這幾天家裡氣氛異常溫暖，田志勳眞的在找出國行程，而且還主動做起家事。媽媽每天都煮好吃的飯菜，田志勳雖然沒出門去賭，不過開始瘋狂網購就是了。

但沒有爭吵、沒有歐打，幸福得跟一場夢似的。

象哥說得沒錯，錢與幸福是息息相關的，他們只是把幸福從那些貪婪的人手上，拿過來而已。

一個有點邋遢的女人進入視線，她揹著一個已經用到脫皮的購物袋，灰白的頭髮隨意一紮，顯得相當紊亂，脂粉未施，皮膚黯沉乾黃，連衣服都不太合身的陳舊。

但是，她卻直接走向了洪奕明。

「艾利克嗎？」女人看見穿著整齊的洪奕明，突然有點尷尬的抹了抹自己的亂髮。

「呃，是蘇太太？」洪奕明趕緊站起來，他有點傻眼。

他以爲是貴婦太太，但萬萬沒想到是這樣的人。

「是，您好……」她尷尬的將手在衣服上抹了抹才伸手，「你好年輕啊，我以爲……」

「沒，我剛畢業沒多久。」洪奕明與之交握時，可以感受到手的粗糙，「您先請坐。」

蘇太太坐了下來，死死的抱著眼前的購物袋，那裡面就是現金，她加入了投資群組，看著大家紛紛回報大賺感到心動，此後聯繫便非常積極！那些說賺錢的當然都是假帳號，爲的就是請君入甕啊！

洪奕明拿出備好的文件夾，跟蘇太太解釋了投資的流程與管道，還有他們如何替她操盤，他們都受過訓，知道該怎麼講這本文件，如何見招拆招的回答問題，最重要的是要拿到錢。

這是第一筆，如果順利加上對方夠貪的話，有人可以拿到五次以上，對方才發現上當受騙。

「好了，其實我不太懂這些，但我相信你們。」蘇太太聽完後只覺得一個頭兩個大，「我看大家都有好幾倍的獲利，請你幫我，我非常需要錢！」

「喔……好，放心好了，我們幾乎都能賺的，交給我們專業的沒問題。」洪奕明完全按照所學的應對，「所以您的獲益目標是？」

這個問題，是想知道這個人有多急、以及她手上有多少錢。

「當然越多越好啊，但我現在只想救急，如果能先賺兩倍就好了……這時間要多久？」蘇太太急切的問。

越急的人就越貪，這是偉哥教的。

「您想多快？獲益越高，取決於您投入的金額！」

「可是……我只有這些了。」蘇太太突然沮喪的低下頭，看著手裡抱著的購物袋，「但是錢可以滾錢對吧？只要賺了，就能夠再投入，賺更多回來……」

只有這些？之前聯繫過，今天蘇太太要投六十萬，她竟然真的只有六十萬啊！

「沒關係，您說得對，我們要有信心！」洪奕明絕對是正向鼓勵，「錢可以滾錢，倍數增長！」

「好好好！這就是我需要的！」蘇太太將那袋錢舉起，卻突然遲疑了。

洪奕明也很緊張，這是他第一次單獨面對客戶，店裡店外都有人在監看沒錯，但這可是他首次獨當一面啊，千萬別搞到有人來救場！

蘇太太皺起眉，幾度掙扎後，終於把錢推給了洪奕明。

「就交給你了！萬事拜託！」

洪奕明接過購物袋，袋子脫屑嚴重，袋子裡的塑膠均已塑化，但是裡面那一疊疊的現金，依舊閃閃發光。

「好的。」洪奕明把錢袋收下，還煞有其事的讓蘇太太簽了一張收執聯，代表他們公司確定收到了這筆錢。

事實上，等蘇太太反應過來時，他這位艾力克就已經消失得無影無蹤了，單據等同於廢紙一張。

才簽完，蘇太太冷不防地握住了洪奕明的手。

「我真的都依靠你了！我孩子的治療費用就都靠這筆投資了！」

咦？洪奕明愣了住，笑容凝結，「治、治療？」

「對，我孩子才十歲，但是卻得了神經細胞癌症，那些新藥真的很貴，我們已經花光了積蓄，房子也抵押了……永遠都不夠。」蘇太太握得更用力了，「如果投資真的跟你們說的一樣會翻倍，那我孩子就有希望了！」

哎呀，這個您放心，我們操盤之下，不會有人賠的！

這是他應該要說的詞，可是洪奕明卻突然說不出口了，他嘴角因緊張而抽搐，看著蘇太太那宛若抓到救命稻草的神色，他說不出來！

因爲這筆錢不但不會翻倍，更會奪走她孩子未來的治療！

天哪！洪奕明臉色刷白，身子也開始無法自制的顫抖起來，他的內心正在進行強大的抗拒，直讓他想吐！

「啊，我得走了，我是抽空出來的！」蘇太太驀地鬆手，趕緊起身，所以完全沒有注意到洪奕明的異狀。

「啊！要走了嗎？」洪奕明措手不及，一般他們的確會讓對象先走，都以等等還有其他投資者爲藉口。

「對，我在前面麵攤打工，快中午了人會很多！」蘇太太揹好了包，把收據都塞進包裡，「再聯繫！眞的一切拜託了！」

蘇太太深深一鞠躬，匆匆轉身離開了便利商店。

洪奕明下意識的也站起來送客，但那些台詞他一句都沒辦法說出口，喉嚨被什麼東西梗住了，再也發不出聲音。

向右邊的落地窗看去，蘇太太騎上機車，還不忘跟洪奕明揮手道別，扭了方向往前騎去。

「多少啊？」角落突然走來一個穿著體育服、頭髮推成阿志頭的傢伙。

洪奕明趕緊抓住了袋子，錢的事可不能假手他人，過去曾有專人「水手」會把錢交回去，但現在因爲大缺人，所以要由他直接交回水房。

「這麼緊張喔！切！」對方嘲笑著他，他入行比他早很多，「好啦！下一個換我了，我這單隨便都一百萬，你可以先滾了。」

洪奕明也不喜歡跟這些人打交道，他收拾好東西後離開便利商店，先用公司配的手機回報錢已拿到，等待的公司發送水房地址。

「恭喜耶！自己搞定！」今天在外頭望風的是阿千，「水房在哪？」

「還沒發。」洪奕明應該要笑，但是他笑不出來，「那個太太想賺錢，是因爲……小孩生病……」

阿千點了根菸，挑眉瞅著他，「幹嘛？你同情她喔？」

短短幾個字的語氣讓洪奕明感到警鈴大作，他被質疑了耶！他趕緊搖搖頭，「沒，我只是想說怎麼這麼蠢，最好有投資穩贏的啦！」

「想用一點點錢就穩賺個幾倍，不好好循正道都叫貪，管他什麼理由，反正死的又不是你家人。」阿千冷笑著，滿滿嘲弄，「別管那些人，你只要知道完成工作，就有錢可以拿就好了。」

「說得也是，我們何必可憐別人，那誰來可憐可憐我？」洪奕明背誦著象哥教的話。

但是……但是……

「你要有興趣可以試試看去一線啦！現在那塊超缺人的，我昨天聽象哥講啊，假扮一次至少一萬！」阿千好康逗相報，「X區那邊也有一堆有錢老頭子！」

「……為什麼這麼缺？」洪奕明尷尬的問，「是因為一直出事吧？」

阿千當他傻嗎？他已經聽到好幾撥人在講了，別說是假裝檢察官跟警察的人有去無回，聽說陸續也有車手出事了！

傳聞中「被提款機吃掉」的消息一直在流竄，新聞似乎被刻意壓下，只知道最近意外頻仍，但什麼意外都沒寫清楚的那些新聞，他就覺得有問題。

「高風險高報酬嘛！」阿千還能這樣談笑風生，「出一趟一萬，去哪裡找這種薪水？」

「那你待在這裡幹嘛？」洪奕明尷尬的問，阿千幹嘛不去？

「我不一樣，我是跟著偉哥的！我得幫他處理很多事……管理你們之類的！」阿千說得理所當然，只換來洪奕明的白眼。

這小子，年紀比他小吧？他記得那個粗壯的抓耙仔才高一，阿千跟他是同學，不就最多十六？

「你那個國中同學的事都還沒擺平咧，別忘了是誰找抓耙仔進來的！」洪奕明也是模仿偉哥的口吻，「你有沒有去警告他閉嘴？」

「嗯，隨便！他不會礙事的。」阿千瞇起眼笑得開心，「與其花那個時間找他、自曝行蹤，我還不如多找幾個貪心的傻子！」

手機終於傳來水房地址，洪奕明接到訊息即刻要行動，當他把錢放進機車座墊裡，座墊喀的一聲鎖上時，他仍舊覺得異常沉重，阿千的勸慰沒有效果。

「小心啊！」阿千雙手插在口袋裡，自以爲帥的站著，「好好把錢送回去，別想那些有的沒的！」

洪奕明下意識的閃躲了阿千的雙眼，阿千說那些話是什麼意思？難道察覺到他不自在了嗎？

發動機車，他心裡眞的梗著，連呼吸都困難，交錢的方向剛好跟蘇太太前往的方向一致，沒有五分鐘，他就在路邊一間絡繹不絕的麵攤裡，看見了忙進忙出的蘇太太。

這筆錢，他不該拿的。

心裡有個聲音這樣說，但是他現在退無可退，如果他沒有把錢交回去的話，詐騙集團怎麼可能這麼容易放過他？

他同情蘇太太，那也沒人來同情他啊！

不對！看著前方的十字路口，導航顯示著左轉、左拐……把這一切忘掉，他不能把別人的問題歸在自己身上！

扳動方向燈的瞬間，一隻手倏地從後座穿過他腋下往前，抓著龍頭狠狠的往右一喬！

叭——

後方的駕駛們氣急敗壞的按了喇叭，咒罵聲直接爆出，死三寶方向燈打左邊，結果機車切右？

洪奕明僵在原地，他撐著機車卡在內線道，趕緊跟後面的車主們道歉，下車用牽的把車子牽到路邊。

冷汗涔涔滴落，他呆呆望著剛剛突然出現的手……看著自己空無一人的後座。

那隻手的小臂內側，有著熟悉的刺青，上面刻了三個人的肖像。

「……爸？」

✠

女人焦心的看著手機，為什麼不接電話啊？洪奕明！

「怎麼了？」男人睡到中午起床，睡眼惺忪的走出，「中午吃什麼？」

女人拿了杯冰豆漿給他，「奕明沒接電話啊！他平時不會這樣的！」

「他不是在打工？工作時接什麼電話啊！」田志勳大口喝著，回頭看了眼客廳，今天家裡特別安靜，「孩子呢？」

「到隔壁玩了！」

「蛤？又隔壁，姓宋的喔！妳要不要乾脆住到他們家去？動不動就去他家玩、不然就是他過來幫忙扛水還幫忙打掃的！」田志勳不爽的抱怨著，「去帶回來啦！小孩還小，他們要是說出我帶一堆鈔票回來的事怎麼辦？」

「那是人家願意幫我，要不是你之前都不在，我需要找人幫忙嗎？」高小薇轉過身背對了他人，帶著脾氣的抽過砧板，重重的在上頭切切剁剁。

「是喔，我還得去謝謝他是嗎？」田志勳萬分不爽，因為隔壁的鄰居是個男的，雖然是有女朋友啦，但是每次只要回家，就聽見孩子開口閉口宋叔叔的，聽了就煩。

高小薇回首，「不然呢？你不知道他幫了我多大的忙！」

「怎樣？妳還敢頂嘴！」田志勳不爽的上前，「男人不會無緣無故對人好的啦，他對妳一定有目的啦！」

高小薇不想理他，逕自切著菜，咚咚咚。

田志勳見狀更是一肚子火，他直接進了廚房，「妳耍什麼脾氣，妳敢無視——啊妳是在切什麼？我們中午要吃空氣喔！」

他這才發現，老婆砧板上空無一物，什麼都沒有！

就在這一秒，他突然覺得全身酥軟，氣力被抽光一樣，整個人腳軟，一瞬間就倒上了地。

他無力的趴在地上，連伸手要抓女人的腳都做不到。

「你是該謝謝他，幫你養孩子，還幫你照顧老婆。」高小薇把刀放下，居高臨下的睥睨著他，「這是你欠我的，混帳。」

什……什麼……趴在地上的田志勳連口水都無法克制，他就只能這樣癱著，意識卻極為清楚；看著老婆把冰箱裡的菜跟肉拿出來，隨手扔在流理台上，然後跨過他，往房間裡去。

她把所有的現鈔再分開裝妥，分了好幾袋，然後往門口堆。

「成功了嗎？」玄關那兒傳來男人的聲音。

「孩子呢？」

「在速食店玩，我女友幫我顧著……就這些嗎？」

「對，你快去處理！等等我去接孩子！」高小薇激動的握住男人的手，「我們先過去，你……」

「我行李已經在車站了，我明天到，再跟她提分手。」

賤貨！她果然真的跟隔壁的那個男人有一腿！搞劈腿啊，還把他贏的錢都送人了！田志勳即使氣得怒不可遏，但是他動不了！他就是動彈不得！

說話聲終於停了，高小薇走了回來，她凝視著趴在地上的男人，安靜了好幾秒後，她突然開始自摔！

她自己以頭撞桌、撞牆，甚至撞上流理台邊角，讓自己受傷流血，然後推開餐桌，撞掉廚房所有的物品，直到她把油往下倒……油直接淋上田志勳的身體，順著往前流去，他們的租屋處很小很擠，田志勳現在也才注意到，餐廳跟客廳何時堆滿了待回收的紙箱？全是助燃物啊！

「孩子我會好好照顧的，你放心。」高小薇蹲了下來，熟練的把打火機塞進他右手裡，但她手裡還有另一個打火機，「被燒死前就會先被嗆死，你放心，應該很快。」

田志勳忿恨的雙眼瞪著她，氣到咬緊牙關卻無能爲力。

「你憑什麼這樣看我？你這種爛貨，跟了你我眞是倒楣，家暴還沒用，要不是我沒地方去，我早就想離婚了！唉，不過我沒想到你居然能賭贏這麼多錢，你這輩子總算做了一件像樣的事！」

唔唔……死女人！死女人！田志勳覺得自己拼盡全身氣力，但卻只能動一點點。

「別傻了，那個藥很有效的，放心，做這件事我很有經驗。」高小薇冷笑著，握住了男人的手，準備點火。

她一定會受傷，但這是必要的犧牲，畢竟一千萬啊……一點燒傷不算什麼的。

「媽！媽——」磅砰！門突然被打開，男孩慌張的衝了進來！「我們快點離開，我們——」

洪奕明剛從玄關轉進來，就見一屋凌亂，牆上桌上都有鮮血飛濺，然後是……

「不要動！不要過來！」高小薇倏地站起，趕緊阻止洪奕明再前進，「你爲什麼會現在回來？」

「……這是……怎麼回事？」洪奕明越過母親，看見桌下趴著的田志動，「他又打妳了？」

高小薇整個人都慌了，奕明不該這時回來的！而且他回家前應該要打電話給她，這樣她就能叫他去買東西，支開他……因爲計畫中，他應該是接到家裡發生火災的消息，直接去醫院找她的！

「不是！你別動……退後！奕明！」高小薇厲聲吼著，「你快點離開這裡！去哪裡都行……去……」

天哪！他這時回來，警方如果問他發生什麼事，那他就是目擊者了啊！

「唔……」地上的田志動努力逸出聲音。

冷靜下來的洪奕明也觀察到了混亂的廚房，受傷狼狽的母親，動彈不得的繼父，還有母親手上的打火機……他原路退後返回，冷靜的關上家門，突然衝進了房間裡——錢不見了！

「錢呢？在宋叔叔那邊？」

孩子什麼都知道！高小薇不知道該怎麼辦，她悲傷絕望的看著他，「奕明，有了那筆錢，我們就能好好過日子了！不必被打，也不必……」

「那拿錢就好，爲什麼要……你想燒死他嗎？」洪奕明蹙起眉，他覺得他看出怎麼回事了！

「只拿錢走的話，他不會放過我們的。」高小薇異常的決絕，「必須把一切麻煩的事都解決掉。」

她當然不會提到，在田志勳身上買的保險。

洪奕明想起幼年時期的那場火災，那年他很小，但是他……似乎記得生父的咆哮。

「爸爸也是這樣死的嗎？」洪奕明突然幽幽的問向了母親，「那時他中了樂透……三十萬。」

只有三十萬。

高小薇拿著打火機的手在顫抖，淚水滑落，緩步的往前走，「孩子，聽話，等這一切結束後，媽媽一定會告訴你原因！先離開好嗎？」

咿……關上的大門突然間緩緩打開，洪奕明感受到一股惡寒，戰戰兢兢的往左看去，看見大門的門把居然自動往下扳，然後——

「我把錢還給了蘇太太！」

洪奕明激動的深呼吸，莫名其妙的迸出這一句後，竟轉身就往門口衝了出去。

他把錢還給了蘇太太！

他把錢放在車站的置物櫃裡，傳訊息給蘇太太密碼，告訴她一切都是詐騙，絕對不要相信任何投資、不要把錢給任何人，立刻馬上去把錢領回家！

他沒辦法拿不屬於自己的錢！

「奕明？」母親喚著，但已經聽見了關門聲！

沒關係的，冷靜，她再等個幾分鐘，就說孩子是出去要求救，就這幾秒的時間，田志勳不小心點燃火苗，火勢便一發不可收拾。

她只要等待就……扎人的視線襲來，高小薇不安的回過頭，卻在客廳看見了根本不可能出現的人！

「哇——」她嚇得直接往後退，差點因絆到地上的田志勳而跌倒！

高壯的男人就站在廚房門口，他的右臂內側與左上臂都有刺青，右臂內部的圖案是三張人臉，那是用照片去刺出的圖案，一家三口，幸福的全家福。

只有他以爲的，幸福。

「你是……走開！不可能！」高小薇用力搥了自己的頭，她以爲是幻覺！那個男人已經死了！被她燒死了啊！十年前她就用了一樣的辦法，只是當年沒有藥物，她先用鍋子把男人敲暈，再放火燒房子的……因爲屍體被大火燒乾，所以沒有留下什麼可疑的跡證。

樂透的三十萬，只是促使她下手的原因，最大的主因是他身上的保險。用火不當，連保險公司都沒有找到紕漏，她順利的獲得一大筆保險金，只是……她下一個男人又把她的錢騙光了。

『我的錢……』男人一步一步的朝她走來，他的身體開始冒出了火光。

「你的什麼……錢！我不知道！你已經死了！已經死了！」爲什麼會有這種事！而且現在是中午，大白天的爲什麼會活見鬼！

『那都是我的錢！』男人的身體開始竄出了火苗，他的臉與皮膚開始灼燒，女人甚至可以聞到皮膚燒焦的氣味。

趴在地上的田志勳也看見了！

他嚇得屁滾尿流，他是親眼看著那東西憑空出現的，現在他視線看到的雙腳逐漸焦炭化，然後他還在走路、他是朝著他們走來的！

「那是我的！你已經死了！保險金跟樂透都是我的！」高小薇抓起刀子，蠢到想用刀子抵擋。

轟！高小薇手上拿著的打火機突然自燃，嚇得她鬆開了手。

打火機落到了田志勳身上，澆滿油的身體與地板，一秒鐘火燄竄燒！

「哇啊啊！」田志勳痛苦的慘叫著，即使到這地步，他還是動彈不得！

而高小薇也沒逃過火燄，她沒有立即退到後面，就在田志勳附近，所以火苗直接向上延燒，捲上了她的裙子！

「呀啊啊！」她慌張的原地跳著，好燙、好燙！她想往門的方向跑出去，但是……

那個男人攔住了她！

他已經完全焦炭化，可怕得如同僵硬的木乃伊般，但是卻依舊能輕而易舉的圈住她！

「不不——不要！」高小薇驚恐的尖叫著，看著家裡的火勢延燒，滿是易燃物的屋子幾乎在幾秒內就陷入火海！

好痛！她的皮膚、她的身體、她的臉，都被火燄燒烤著……因爲她的前前前前夫，正用那數百度高溫的身體抱著她！

『我沒有中樂透……』他貼著她的臉，『那是我偷來的……』

咦咦？

『他說，妳把我的錢藏在身上了……』

「我沒──呀──」男人啪剎地撕開了她的頸子，鮮血噴了出來。

啊啊啊……男人雙眼散發著光芒，他看到了，從這惡毒女人體內噴出來的錢，滿滿的都是錢啊！

『我的錢啊！』亡靈將碳化的手，直接從高小薇撕開的傷口戳進了她的體內。

「哇啊──呀──」再淒厲的慘叫聲，也沒人聽得見。

錢，全是錢，從這個女人體內挖出來的，全是他的錢。

消防車刺耳的聲音令人痛苦，洪奕明站在街的對面，看著自己小小的租屋處被火燄吞噬，這裡是密集的住屋，火勢大到襲捲了一旁的住戶，消防員盡全力拉著水線搶救，但一時半會兒是靠近不了的。

他沒有等到媽媽。

他如同行屍走肉般，離開了慌亂的火災現場，徒步走向了一公里左右的速食店，弟弟妹妹都在那邊玩，宋叔叔正看著他們。

「哥哥！」

剛進入速食店，小孩爭先恐後的從球池裡跑出來，撲向了最喜歡的哥哥。

洪奕明蹲下身體，緊緊抱住了兩個幼年的弟妹，他環顧四周……宋叔叔根本不在，呵！

他的手機傳來訊息，他趕緊查看，他希望是媽媽，宋叔叔也好，不過……是陌生號碼。

「謝謝你，我拿到錢了。」

太好了，太好了！眼淚就這麼飆出了眼眶，至少今天……還是有一件好事對吧？

幼小的孩童們不明白發生了什麼事，他們只是偎在洪奕明的左右兩肩，一人選一邊靠著，模仿著母親輕輕拍著哥哥。

「沒事，痛痛難過飛走嚕～痛痛難過飛走嚕～」

洪奕明驀地緊緊擁住了弟弟與妹妹，埋在孩子的背上痛哭失聲。

沒事，不會有事的！就算只剩他一個人，他也會好好的保護他們的！

就算花點時間贖罪也沒關係，他只想要心安理得，能夠好好的睡上一覺。

店員親切的過來詢問他有沒有事，他搖了搖頭，抹去了滿臉的淚水，他記得速食店的附近……是了！回過頭，他看向街對角的警局。

那或許是個能讓他睡著的好地方。

第十二章

貪得無厭

女孩細細的折著紙蓮花，抬首看向靈堂的照片，哥哥帥氣的照片就在那兒，彷彿是在對著她笑一樣。

折好紙蓮花，她輕輕的放在了一旁的籃子裡，看著手機遞來的訊息，忍不住泛起了笑容；她站起身，走到桌前點燃香，朝著亡者行了禮。

「哥，你會幫我的對吧？我未來就靠這筆了。」錢立妍將香插進香爐裡時，外頭傳來了呼喚聲。

「立妍？」

她抹了抹淚，回身看著外頭走來的人。

她找了間偏遠的地方，租了塊地設置靈堂，理由是因爲這裡荒涼但景色好，這是錢立復生前最愛的地方，爲了哥哥當然要辦在這兒。

大姑姑全家都到了，剛見面時彼此都還很生疏，因爲這些年大家都沒有聯繫，因爲大姑姑一直覺得妹妹的失蹤，跟錢立妍他們兄妹有關聯——尤其他們後來堂而皇之的住進妹妹家。

只是她什麼都做不了，她沒資格趕走他們，也沒資格動用妹妹的帳戶，偏偏，這兩個孩子都有妹妹的帳號密碼，能任意提取妹妹的存款使用。

這些年來她都不願與他們聯繫，但是……沒想到立復死了。

大姑姑有著一兒一女，都是國中生年紀，他們根本就不認識錢立妍，記憶都停在童年階段，甚是模糊，但因爲表哥過世，便一起來弔唁。

上過香後，錢立妍端出了水果與飲料擱上桌，請大家喝點，然後繼續坐回桌邊折紙蓮花；她哭紅的雙眼代表了一切，錢漫娟記得，他們兄妹感情一向很好。

「妳要節哀，立妍。」客套話還是要說，男人其實不太懂老婆家的各種複雜家事。

「謝謝姑丈。」錢立妍吸了吸鼻子，突然又悲從中來。

唉，錢漫娟也到了桌邊，拿起一張紙開始折蓮花，「爲什麼這麼突然？發生什麼事了？」

「我也不知道，他那天跟朋友去唱歌，就被殺死在ＫＴＶ裡……」錢立妍嗚咽說著，「他的屍體還在警方那邊，他們說要解剖後，才能追查凶手。」

「怎麼這樣……唉，我記憶中的立復，是個很溫柔的孩子，他總是保護妳。」

錢漫娟沒有忘記過去他們努力生活的樣子，大哥早逝，留下這兩個孩也是辛苦。他們家也不富有，無力去承擔大哥的孩子，加上當時妹妹與大哥更好，也一直說她會照顧他們兄妹的，誰知道……她隱約也知道妹妹有問題，光看立錢立妍生活的困難，猜想妹妹可能對大哥的錢動了手腳。

但是，現實的說，因爲沒有損及她的利益，她眞的無暇去關心姪子姪女的事情，她有自己的小家庭要顧，各種貸款壓力逼得他們喘不過氣，所以也就撒手不管了。

想著反正立復成年了，有能力照顧立妍就好……

「他是……」曾經是。

自從她出主意把二姑姑殺掉後，哥哥就變了。

有時人的個性不是一定的，哥哥的善良勤奮、知足常樂，是建立在沒有享受過的前提之下。

當他有了錢，享受過金錢的魅力之後，一切原形畢露，由奢入儉難這句眞的太經典了。

好吃懶做，喜歡裝有錢人到處請客、把妹，胡亂投資當冤大頭，桃色糾紛多得不可勝數，二姑姑的錢最多都是被他揮霍光的……好吧，她也要負點責，畢竟不必工作又能花錢的日子誰不想要？

「他有跟誰發生什麼糾紛嗎？」錢漫娟再關切的問。

錢立妍搖了搖頭，「其實我不清楚他在外面的事，不過有件事我想……我想先跟大姑姑說。」

聽著她哽咽的聲調，讓錢漫娟也不由得心疼起這個孩子。

錢立妍瞥了眼坐在客廳的姑丈跟表弟表妹，主動起身到桌邊，將水果跟飲料都遞給他們。

「吃點吧，這我早上買到的，很好吃的水果。」她順手拿了一顆蘋果回來，遞給錢漫娟，「姑姑，吃點。」

「啊……謝謝！」錢漫娟有點不好意思的接過，都在手上了，不吃也怪怪的，還是咬了下去。

很好。

水果她都泡過藥了，水裡自然也有，味道不重，但等等都吃下肚後就能有效果了。

「妳剛要跟我說什麼？」

「您有看到最近的新聞嗎？警方在山林間找到一具白骨的屍體？」

錢漫娟點了點頭，她有注意到，但也意會到錢立妍想說什麼。

「不可能！那不是她會去的地方！」

「我……」

鏘！錢立妍才開口，後方突然傳來巨大的玻璃碎裂聲，所有人都嚇到面面相覷，錢立妍暗暗握拳，只能起身去查看。

她走進靈堂後的小房間，裡頭隱隱約約的站著一個人……她壓制著恐懼，她必須讓勇氣凌駕於一切，啪的打開燈。

燈亮的瞬間，彷彿眞的有個人影在那兒，但是定神一瞧，其實什麼人都沒有……但是牆上的鏡子，破了。

「二姑姑，不要妨礙我。」錢立妍低語著，「妳已經死了，趕快去投胎！」

她走了進去，站在裂開的鏡裡。

因爲鏡子的裂痕，倒映出她的模樣也跟著扭曲，她看起來既猙獰又醜陋，彷彿那才是眞正的她。

而在外頭的錢漫娟才要再咬下蘋果時，靈堂上的香突然啪的斷了。

咦？因爲錢漫娟正面對著桌子，所以她擱下蘋果趕緊起身查看，發現香詭異的直接攔腰斷掉，根本還沒燒完……

『姐姐。』

錢漫娟倏地回身，看向了門口的方向，她激動的行爲讓丈夫也覺得奇怪，「怎麼了嗎？阿娟？」

還沒說完，一個人影突然間經過了靈堂門口……長長的半頭馬尾，跟她差不多的身高，那熟悉的身形！

「漫妮？」錢漫娟驚訝的喊著，直接追了出去。

「阿娟！」丈夫嚇了一跳，趕緊拉著孩子一塊跟了出去。

走出來的錢立妍愣了住，她看著整間靈堂裡空無一人，人呢？

「大姑姑？姑丈？」語氣從詢問到慌張，「喂，姑姑！去哪兒了!?」

該死，他們該不會發現什麼，所以跑了吧？還是大姑姑至今對她仍有疑心？錢立妍趕緊檢查水果跟水，大姑姑桌上是咬了一口的蘋果，水都還沒喝，表弟表妹跟姑丈吃了不少水果，水也喝了些……還是有希望的。

開車的是姑丈，如果中途藥效發作，出車禍也未可知啊……這裡地處偏僻又是山路，原本是爲了解決他們可以無人知曉，但他們要是出事的話不一定會被人發現。

「沒關係的，冷靜。」錢立妍做著深呼吸，「一次不成還有下次，不急。」之前對付二姑姑時，也不是一次就成功的，她與哥哥沙盤推演好幾次，還失敗過數次才成功的。

爲了龐大的遺產，多花點時間也是應該的。

磅！又一聲巨響嚇得錢立妍失聲尖叫，她就站在靈堂門口，回過身一一梭巡，發現掉下來的東西居然是哥哥的遺照。

她心跳得其實很快，說完全不怕根本是騙人的，只是比起鬼，她更怕沒錢而已。攢緊手心的往前，不知道爲什麼，此時此刻這白幔處處的靈堂突然給了她陰森感。

她將照片拾起扶好，好好擺正。

「怎麼連香都斷了？」來到靈堂前，錢立妍才發現剛剛燃的香斷了，趕緊再點燃數根後插上，「二姑姑，妳不要太過分，妳都帶走哥了，還想怎樣？」

唰地一陣風居然由外吹進，噠、噠、噠、噠，剛插上去的三支香再度折斷。

錢立妍顫了一下身子，她心生恐懼的後退，靈堂白幔隨風飄動，她卻益發只覺得毛骨悚然！

抓過了桌上的包包，決定奪門而出。

咿——說時遲那時快，剛剛在旁邊的凳子，居然憑空自右方直接「自動拖曳」到入口，擋住了錢立妍的去向，甚至差點害她絆倒。

親眼看著椅子自動挪移的錢立妍臉色刷白，一時冷汗直冒。

「妳想幹嘛！」錢立妍用大吼鞏固自己的勇氣！「錢漫妮！」

『那是我的錢吧？』

熟悉的聲音自後方響起，錢立妍整個人都傻了。

那是哥哥的聲音！

她戰戰兢兢的回身，靈堂裡的白幔因莫名的陰風吹拂而垂了下來，飄得到處都是，許多蠟燭不知何時已經熄滅，殘餘的燭光照著靈堂陰森慘淡……而在那些白帳後方，站著個隱約的人形。

「別鬧……」錢立妍一口氣差點上不來，「哥？」

『妳想拿我的錢去哪裡？』充滿怒氣的聲音迴盪在靈堂裡，兩旁的花籃竟同時咚咚咚的往前撲了地！

不！錢立妍扭頭就往外衝去，但白色的布幔倏地由後飛至，直接捲住了她的腳、她的身體，以及她的頸子——哇啊啊！

她被卡住了！錢立妍歇斯底里的想解開纏著自己的布，卻只是越慌越解不開，越……啪！靈堂裡的燈光突地全數暗去，刺骨的寒冷瞬間襲來。

「哥……哥……你別鬧！害你的是二姑姑！」錢立妍哭喊著，「我是錢立妍啊，是你的妹妹！」

頸上的布條一收，硬生生扯著錢立妍向後，她瞪大雙眼看著人影衝破布條，那個沒有下頷、頭被敲凹的女人，怒不可遏的朝她撲了過來！

而後方，竟是那個支離破碎的男人，她的哥哥。

『所以，妳要把我、們的錢拿去哪裡——』

錢漫妮刺穿了錢立妍的身體，鮮血湧出，但前後兩個亡靈的雙眼都發出了光芒。

『在這裡啊……原來我們的錢都在這裡啊！』

杜書綸的活動企劃「失而復得」，再度回到學校幫助羅老師跟進，他才回來兩天，就直接把所有邀約嘉賓的檔期、時間敲定，連羅老師要的AB合約及帳款都準備妥當。

老實說，要不是他難以拿捏，羅菈琳還眞的喜歡跟這樣的聰明學生合作。

「剩下就是內容了，這個需要再討論，然後再跟您說，還要學校允許吧！」杜書綸審視著信件，「黃腔完全不行嗎？」

「沾一點邊還行，杜書綸，你們才十六！」羅菈琳沒好氣的說著，「有問題的腳本一上去，教務組長那邊就過不了了！」

「最好大家都那麼單純啦！」他喃喃唸著，直接遞出兩本卷宗夾，「藍色是交上去的，黃色是自己留的……還是妳不要？」

羅菈琳生氣的瞪圓雙眼，「這是在留證據嗎？杜同學？」

「總要知道盈餘啊！好，我自己留著。」杜書綸聳了聳肩，把黃色卷宗放進了旁邊聶泓珈的包包裡。

羅菈琳打開藍色卷宗，裡面每一份合約跟報價單都寫得清清楚楚，實在很難想像是個高中生做的！瞥了一眼袋子，聶泓珈消失一陣子了。

「聶同學呢？」

「她去拿外送了，我們點了午餐，我有幫老師點一杯飲料喔！」杜書綸伸了伸懶腰。

「謝謝。」羅菈琳這兩字喊得不太情願。

杜書綸看著正在翻閱檔案的羅老師，突然爆出一句，「老師，妳跟郭子哲多熟？」

捏著卷宗的羅菈琳微愣了一下，遲疑了兩秒才從卷宗裡抬頭，「誰？」

「好幾間營造公司的負責人，都是郭子哲的親人，整修禮堂的旺喜建設，負責人是他的表弟，但禮堂整修的事也是妳負責的對吧？」杜書綸一臉爲難，「別那樣看我，網路上都查得到的，費時間的只是找這些人之間的關係而已，例如……郭子哲的長久建設，最大股東是個六十九歲的人，但查一下發現他好像是鐘議員的……」

「杜書綸！」羅菈琳放下了卷宗，「你到底想幹什麼？」

「我在訓練找資料的能力。」杜書綸站了起來，「我去幫珈珈拿食物。」

羅菈琳簡直想摔東西，他們自然都相關，但沒人會做到有直接關係這麼明顯，杜書綸去深挖這個做什麼？

她扔下卷宗，抓起手機就離開了辦公室，她必須將這件事往上傳！他們得自保！

杜書綸根本沒去找聶泓珈，他是選擇走出二樓羅老師的辦公室，到轉角邊去偷看，原本希望可以聽見她在裡面尖叫，或是打電話的聲音，結果很遺憾的，人走了！唉！

靠在二樓走廊往遠處望，好不容易看見了聶泓珈的身影，只是她的身邊，還多了一個人。

他們的外送其實是想找同學小剛，因爲他在一間炸物店工作，但訊息是發在群組裡，婁承穎就自告奮勇的幫忙帶過來了，順便，他也有事要跟聶泓珈說。

「李百欣眞的又這樣說？」聶泓珈忍不住停下腳步，手裡抱著炸雞桶。

「不覺得怪怪的嗎？剩兩天要開學了，她的公司完全沒動作？」婁承穎說得煞有其事，「我轉述喔，只是轉述張國恩的話，他認爲李百欣可能也陷入某種利益陷阱。」

「她一開始就有講了，每次轉帳都會給她手續費，錢還不少，我們都知道啊！」聶泓珈其實也覺得不正常，「但警方如果沒覺得怎樣，就算了！」

「會不會給更多呢？她在公司總共開了六間銀行帳號耶，我老覺得有這樣棒的戶頭，對方不會輕易放棄，要是我啊，還希望她開更多！」

婁承穎言之有理，但聶泓珈現在沒心思顧及其他，李百欣的事跟她的公司，就交給警方吧。

「張國恩狀況還好嗎？」

「不出門，還在懊悔，現在他得慢慢熬過去，過兩天開學後情況恐怕只會更糟。」婁承穎擔心的是開學後，他們班又要成爲「風雲班級」，導師胃又要更疼了。

霸凌與嘲笑應該會接踵而至，這是沒辦法避免的了，只怕張國恩撐不過去。

「橫豎得面對吧。」聶泓珈眼神飄渺，除了自己，誰都無法幫忙解決。

婁承穎是幫忙提著一整袋飲料的，他偷瞄著聶泓珈帥氣剛毅的側臉，幾度欲言又止。

「你們在查詐騙集團嗎？還是查羅老師？」

咦！聶泓珈驚愕的看向他，「爲什麼……你幹嘛這樣問？」

「命案、詐騙集團、白骨屍，妳知道昨天警方突擊之前同一棟大樓，這次抓到詐騙集團嗎？就是之前張國恩報的地址的樓上！」婁承穎一臉無奈，「然後今天你們莫名其妙又開始回到羅老師那邊工作了……這些事情看似不相關，但後面都有關聯，我還有腦子的好嗎！珈珈！」

「噓——你別管這麼多！這事情也不是我們主動要管的，是事情找上我們！」

聶泓珈急著想把他手上的食物拿過來，「好了你回去吧！我自己拿進去！」

「我可以幫忙啊！」婁承穎低語著，「詐騙集團是黑道耶，你們這樣惹……」

「就說不是我們主動的！你要做的就是正常上班，什麼都別談論，遇到任何事不要有貪念……啊，拜託晚上下班走亮一點的路！」聶泓珈認眞搶著飲料袋子，「現在晚上不安全。」

不安全，這三個字只怕蘊含的不是治安問題，而是——那令人更膽寒的存在。

「跟那些被殺掉的詐騙份子有關係對吧？」婁承穎戰戰兢兢的問著。

「珈珈！」

遠遠的，杜書綸邊喊邊跑了過來，聶泓珈趁著婁承穎閃神，一把將袋子搶過來，朝他使了眼色。

走！快走！可別讓羅老師認爲他也是知情者之一！

「你還兼職外送喔！」奔至的杜書綸一臉假詫異，「是不是太拼了點？」

「我幫小剛拿過來的！」婁承穎皮笑肉不笑的應著。

杜書綸主動接過沉重的飲料，給了一個假笑，「那謝謝了！再見。」

聶泓珈認眞的凝視著婁承穎，希望他把剛剛的話聽進去，轉身跟著杜書綸一起離開。

婁承穎凝視著他們的背影，撇了撇嘴，悶悶的哼了一聲。

回辦公室路上，聶泓珈簡單的告訴了杜書綸關於李百欣的反常情況，他卻有些心不在焉，回答得很敷衍。

「杜書綸……杜書綸！」聶泓珈直接在他眼前擊掌，「醒醒啊你！」

「啊？」杜書綸回了神，才發現他的飲料已插好吸管，薯條炸雞都已經好整以暇的擺好，時間都不知道過去多久了。

「啊什麼？你在想什麼？都沒在聽我講話！」聶泓珈不太高興的抱怨著。

杜書綸凝視著聶泓珈，然後環顧四周，這裡只有他們兩個。

「珈珈，有件事想跟妳說。」他鄭重其事，「我不想要跟羅老師拿一百萬了。」

什麼？

在羅菈琳辦公室後方，其實還有個迷你休息室，門邊就是書櫃，沒仔細看一般人不易察覺！她剛剛就回來了，不想跟杜書綸照面，便躲了進來！

不要錢好啊！她喜孜孜的貼著門偷聽。

「好啊！我本來就不贊成你拿——」

「我們中獎了。」杜書綸往前幾寸，認眞的說。

聶泓珈愣住了，狐疑的蹙眉，「什麼？」

「我們那天買的樂透，中了頭獎。」杜書綸從口袋裡拿出了那個紅包袋，

「一億。」

車子緩緩滑進了地下停車場，司機先打開大燈，閃爍了三下後，將燈全數關閉，引擎熄火。幾秒後，從黑暗中跑出了人影，匆匆忙忙上了車。

「怎麼回事？你們居然敢來找我？」車上穿著POLO衫的人忍著怒火。

「你還敢說！你不是說要罩我們嗎？警方為什麼突然來抄我們？完全事先沒通知！」象哥氣急敗壞吼著，「你該不會想過河拆橋吧？」

「議員先生，你不要以為把我們抓了我們不會說出你！」偉哥出言警告。

「等等……我真的不知道！這次他們出動得很快，我完全不知道！但我不是讓人及時通知你了，不然你們現在人能在這兒？」

是啊，他們最終還是逃出來了。

就差那麼一點點，剛好阿千那小子邀抽菸，偉哥跟他到窗邊去抽菸，卻看見了迅速行動的警方再度進入他們的社區，那陣仗根本不是路過而已！他們沒辦法救所有人，他只能帶著象哥先跑！

他們把當天的錢帶上，分別躲到十一樓跟八樓的備用套房，直到警方攻堅六樓，把所有人都帶走後，他們再假裝一般住戶離開了社區。

有幾個小子跑了，阿千當然第一時間就離開了，但其他人均被捕獲，早晚會把他們的模樣供出來，他們必須馬上離開這裡。

「為什麼警方會突然攻堅？為什麼會知道我們在六樓？」偉哥一直在想這件事，「三樓事件後，除了水手外，都沒人會過來我們的窩點啊！」

「我聽說有人檢舉，說出了同一棟大樓的事……這不重要了！」鐘柏朗感到頭疼，「被抓的人裡，有多少人知道我們的關係。」

「有兩、三個……所以我跟阿偉必須立即躲起來！」象哥挑了眉，「議員，你得幫我們。」

「錢呢？」鐘柏朗關心的是大把大把的鈔票。

「現金沒辦法全帶走，但這兩天的都安穩的在我們手上……至於其他，當然是在帳戶裡了！議員，只要保證我們的安全，該你的是不會少的。」

鐘柏朗望著這兩個人，一邊惋惜被警方攻監時的損失，一邊想著這兩個人身上不知道有多少資金啊！

「我會，少用那種態度威脅我！」鐘柏朗不悅的出言警告，「別忘了你們是罪犯！」

「你別忘了我們幫你解決多少事，包括郭子哲。」象哥冷冷笑著，「大家都一條船上的，船沉了大家都活不了。」

郭子哲，哼，那個獅子大開口的蠢貨。

「我會安排船讓你們出去，不過離開前，再幫我處理一件事。」鐘柏朗看著助理遞來的訊息，「唉，現在學生都這麼精嗎？」

偉哥立即蹙眉，「S高那個天才嗎？」

鐘柏朗詫異的看向他，「你知道？」

「他已經查到羅老師背後跟我們有關，不管是銷貨管道或是我們成立的公司，甚至都知道郭子哲的空殼分公司！」偉哥嘖了一聲，「我甚至懷疑警察攻堅這波，跟他們也有關係的！」

「這很難說，他們跟裡面那個姓武的警察很熟，我讓人接觸過姓武的，很頑固的傢伙。」鐘柏朗沉吟著，「你這樣說是有理的，這次措手不及，一個主因是姓武的主導，另一個我聽說正是一個學生舉發的。」

學生，又是學生。

「所以要我們處理學生嗎？高中生？」象哥有點遲疑，「我不想向孩子下手。」

「那不是普通孩子，是威脅！我們會面那天，一個看見郭子哲、一個溜進停車場，聽見我們講話了！」鐘柏朗冷冷的看著他們，「這兩個學生還裝傻，其實什麼都知道，越裝傻就越不能留。」

原本只是想觀察，但是就他們與警方的密切接觸、隱瞞在停車場聽到的事，再加上深入的調查，都只是在在證明他們不能留。

象哥遲疑著，他是沒想到學生會捲入這麼大的事，郭子哲的確是他扔進溪裡的，但是並沒有被任何人看見啊。

「不能讓人知道我跟郭子哲那天有見面，不然他的死早晚會查到我身上！」鐘柏朗說出了重點，「警察那邊我能處理，但那兩個孩子得消失。」

他當天的確在首都，但沒有去過寧靜街，這個不在場證明不能讓兩個屁孩給戳破！女孩的父親是之前派到他身邊的特勤小組警察，他已經用了權力暫時將他調到通訊不良的地方，至於S區的其他警察嘛……他打幾通電話就能解決的。

助理將照片發了過去，偉哥見過照片上的學生，因爲之前羅老師就發給他過。

「小小年紀就愛管閒事，唉。」象哥搖了搖頭。

「都跟羅老師要求分錢了，哪是普通小孩了！」偉哥已經有盤算，「他們不是跟羅老師要一百萬嗎？約個時間，今晚給他們，就約學校吧！」

偉哥一邊說，一邊傳了訊息出去。

「那船的事我來處理，等我通知。」鐘柏朗給了承諾，象哥與偉哥匆匆的下了車，再度潛伏進黑暗中。

黑色座車再度亮起車燈，緩緩駛離了停車場，蹲在角落的兩人確定他們離開後，決定坐上電梯，混進賣場裡再離去。

而偉哥感受著手機震動，接收羅老師傳來的消息，不由得瞪大雙眼。

「象哥！你看！」偉哥立即拉住兄弟，將手機遞了上前。

羅菈琳傳來的緊急消息：「那兩個高中生，中了這期樂透頭獎。」

一億。

第十三章

索命討錢

喝！聶泓珈一個顫抖，雞皮疙瘩瞬間爬滿全身，她戛然止步於黑暗中，不安的環顧四周。

走在前方的杜書綸跟著停下，謹慎的張望，他們人還在學校裡，冬天天暗得早，而且因爲沒有學生，很多地方都不開燈，現在只剩大門跟禮堂施工處方有光源，現在他們走在漆黑的教室一樓走廊，反而很陰森。

「我不想待在這裡！」聶泓珈轉身想走，「我們該回去了！我感覺有、有……」

她覺得特別陰冷，不是因爲只有三度的夜晚，而是因爲有那、個。

「珈珈！」杜書綸趕緊把她拉回來，「羅老師就在那邊，看到沒有？她的車停在工地前。」

「不是說不拿那一百萬了嗎？」聶泓珈不停的打著寒顫，學校裡有東西啊！那種陰森詭譎的氣氛從四面八方湧來，而且數量恐怕不少！

「我們現在不能不拿。」杜書綸低語著，「我想了一下午，如果我們突然不拿，他們會更不放心，而且——要用什麼理由？」

難道要說他們中了頭獎，所以不必拿那兩百萬了嗎？

聶泓珈立刻在腦中想像了各種可能，不拿錢的話羅老師只會懷疑他們；但給錢的話老師絕對不甘願；但說出自己中了頭獎的話，有一種拜託請來找我麻煩的意思，畢竟大家中獎都很低調的啊！

用不著惡魔，只要一億元，就可以讓人性扭曲，險惡盡出。

「我懂了！我沒想這麼多！」聶泓珈點了點頭，他們必須佯裝無事發生，去拿那一百萬。

她提心吊膽，因爲就算去拿這一百萬，事情也不會比較輕鬆。

「手指虎帶著嗎？」杜書綸與她閒步往前。

「我不想打人，戴那個打架我手也會痛！」她抱怨著。

「這是爲了最壞的狀況準備的，我也有準備武器啊！」杜書綸一邊說，一邊拍著包包。

希望不要啊！

施工工地前的空地上，紅色的車裡走下了熟悉的羅老師，羅菈琳朝他們招了招手，杜書綸便加快腳步離開了走廊範圍，朝著操場那兒去。

幾乎就在他們離開陰暗走廊後，許多人影默默的自黑暗中、或空教室中走出，無聲無息的堵住了從操場可離開學校的所有出入口。

羅菈琳身穿著簡單的綠色連身裙，一臉和藹到令聶泓珈覺得發毛。

「來啦！你們要怎麼帶一百萬回去？」

「一疊十萬，不過十疊而已，包包塞一下就好了。」杜書綸較靠近羅菈琳，邊說邊卸下背包。

羅菈琳走到了車子後車廂，看起來錢是放在那兒，而杜書綸看著她的房車，因著工地外的燈光，他看過去只見一片漆黑，但有種熟悉感……那天郭子哲開車滑進地下室時，後座好像不是空的？

「小心！」

一陣驚叫突然傳來，杜書綸被強勁的力道推向後，緊接著一股風從面前掃過，他什麼都沒來得及看清楚，只看到聶泓珈在他身前，撲向了羅菈琳！

「哇！」羅菈琳狼狽踉蹌，倒在了自己敞開的後車廂裡，而她的手上，抓著一柄鐵鍬！

聶泓珈略張雙臂，反手推著杜書綸後退。

「你發什麼呆？」這句帶著責備，喔喔，珈珈生氣了！

他剛真的恍神了，而且也沒料到羅老師會突然從後車廂中拿出鐵鍬來攻擊他，這老師也太慈愛了吧！

羅菈琳吃力的從後車廂裡爬出站穩，右手的鐵鍬仍舊緊握著不放，她沒想到聶泓珈反應會那麼快，距離明明這麼的近，她一拿出來只要回頭一甩，就一定可以直擊杜書綸的！

聶泓珈的確很高大健壯，但她反應也真的出人意料！

「妳也太不講武德了吧，羅老師！」杜書綸看著那柄鐵鍬才後怕，「妳不打算給錢是吧！」

「做夢吧！不是錢的問題，而是你們知道太多了！」羅菈琳嘆了口氣，突然往後一瞥，「出來吧！」

誰？什麼出來？聶泓珈整個人都緊繃起來，看見工地的探照燈突然亮起，而從工地內竟走出了十數個人！

她嚇得直接來到杜書綸身邊，全是男人，個個看上去都絕非善類！

他們手裡不是拿球棒、就是拿工地裡的鋼筋，杜書綸完全愣住，這陣仗也太大了吧！

「老師……羅老師，等一下，不給錢就不給，我們不必搞成這樣吧！」杜書綸趕緊緩頰，「我們是您的學生耶！」

象哥一步上前，仔細的打量的他們，「還眞的是屁孩啊！」

「難纏的屁孩，那個長得秀氣、很瘦的就是杜書綸，後面那個高壯短髮的是聶泓珈。」羅菈琳還在介紹。

「學生只要知道考試就好了，我想我們不必在這時交朋友！」杜書綸試探性的說著，一邊碎步後退。

聶泓珈狠狠捏了他背上的皮，別鬧啊！都什麼時候了！他們應該要逃吧！回頭找著該從哪棟離開時，卻看見後方黑暗的教室建築裡，竟然也站了人！

一股惡寒湧上，她覺得大事不妙！

「後面，杜書綸！我們被包圍了！」她附耳說著，都快哭了！這麼多人是要玩眞的嗎？

杜書綸逼自己冷靜的環顧一圈，這氛圍比上次被惡鬼與惡魔包圍還令人膽寒——羅老師找的幫手，該不會正是詐騙集團吧？

「報警，找武警官！」杜書綸不敢張開口型說著。

聶泓珈拿出手機後直接撥報警，這不需解鎖功能，在黑暗中她亮起的手機相當明顯，但周遭卻沒有人上前阻止……因爲，撥不出去。

「學校裡的訊號被切斷了，你們打不出去的，我們怎麼可能不做預防？」偉哥笑孩子的天眞，「我說學生好好唸書不好嗎？你查這麼多事根本自尋死路！」

「這我沒辦法，是你們先的好嗎？」杜書綸試圖拖延時間，「從首都開始跟蹤我們的，是我們愛民如子的鐘議員吧？」

幹！象哥直接咒罵出聲，「這小子還眞有種，直接講！」

「我怕什麼！你們都出動這麼多人了，應該沒打算讓我好過吧？」杜書綸聳了聳肩，「詐騙集團、鐘柏朗、羅老師，這可以說是多方合作嗎？」

「閉嘴吧你！」偉哥嘖了一聲，「馬的！你是爲什麼會知道這麼多？」

彎腰躲在他背後的聶泓珈拼了命打電話跟傳訊息，但真的完全沒有訊號，被切斷了！

「傳不出去！」聶泓珈直接轉身，與杜書綸背對背，她怕後面逐漸圍上來的人。

「杜書綸，先把錢交出來，還有商量的餘地。」羅菈琳比較在意他口袋裡的紅包。

咦？聶泓珈跟杜書綸同時一怔，「什麼錢？今天是我們來拿錢耶！」

「都什麼時候了還在護錢嗎？你中樂透彩了對吧！」羅菈琳朝著杜書綸走來。

「妳爲什麼會知道？」杜書綸倒抽了一口氣，下意識將手貼在自己的胸口。在外套裡側口袋嗎？羅菈琳突然加快腳步，大步向前，同時側邊也跑來了人，看樣子打算用搶的了。

「這是我的錢！」杜書綸彎身護住自己胸口，「你們這麼多人要怎麼分啊？」

「那不是你該關心的了！」眼看著羅菈琳就要動手拉過杜書綸，他急忙往後跑，可是四周都是人啊！

「我們中了一億元樂透彩！」聶泓珈突然大叫起來。

這瞬間，整個操場上的人都靜了下來，而各種不同的藍色開始染上他們的身體……是了，聶泓珈看向了顏色最濃郁的方向，繼續喊著。

「這麼多錢，你覺得他們會分給你們嗎？老師跟那兩個大哥是不是會獨吞？拿一、兩萬敷衍你們？」

杜書綸暗暗哇了一聲，他知道珈珈想做什麼了！

嘎嘎，悽厲的烏鴉叫聲突然自空中傳來，一大片烏鴉騰空飛過，杜書綸迅速的算著在場的人數，扣掉前面兩個大哥級的人物跟羅老師，十六人。

「放過我們，一人十萬！」杜書綸也朗聲宣告，「絕對比那些人給的高！」

「不要聽他騙，他們才不會給，這個學生非常聰明，你們窩點被端掉都是他造成的，是最卑鄙奸詐的人！」羅菈琳趕緊出聲，「他明明是天才還申請獎學金，擠占正常學生的名額，幾千塊都要的人，怎麼可能會給你們十萬！」

等一下！杜書綸完全無辜，他們窩點被端掉是昨天那個新聞嗎？這跟他沒有關係啊，他真的不知道張國恩舉報詐騙集團窩點後，他們往樓上逃耶！

「他沒有！」聶泓珈慌張的對著包圍他們的人喊著，「我們看新聞才知道的！我們只知道議員跟詐騙集團有關係……」

哎，她在講什麼啊！越講越糟了！

烏鴉停在了附近的樹上，數量多到讓杜書綸忍不住多瞥了幾眼，現在附近每一棵樹上都停了烏鴉，活像看戲似的啊！

「珈珈，有好兄弟逼近嗎？」杜書綸忍不住低語。

「什麼？」聶泓珈打了個寒顫，現在狀況還不夠糟嗎？再加上亡靈……亡靈的話……

忽地一股風吹了過來，捲起了沙土迷了好些人的眼，聶泓珈一個冷顫，汗毛直豎，冰冷一路自背脊涼到腳底板。

「偉哥！沒問題了！」左後方快步走來一個人影，「電源跟訊號都切斷，我連警衛都換成我們的人了！」

一個男孩從黑暗走到了工地的燈光下，聲音一如他的人般年輕，杜書綸定神瞧著，那個怎麼看都差不多跟他們一樣大而已吧！

「幹得好！阿千！多虧你還能找到這麼多人。」偉哥深表讚許，「我們一定會照顧你的！你聯絡力喜的人了嗎？」

阿千？這不是張國恩的國中同學嗎？聽說介紹他去詐騙集團的那個！

「聯絡了，他們會開幾台貨車到學校旁的路口假裝車禍，把路給堵住，這樣學校裡面發生的事情就沒人知道了。」阿千得意的笑了起來，一臉我辦事你們放心的樣子，「等等要撤退也便利。」

他回頭看向在中間的兩個待宰羔羊，喔喔，就他們喔！

「很好！」雖然阿千年紀尚小，但腦子的確靈光，這次在警方攻堅前發現端倪，最大限度下救了他們、也保住了錢！這也是因為即使他之前找了那個張國恩進來後出差錯，象哥也沒有對他下殺手的原因。

「等一下！他們能分我們十萬，你們呢？」突然間，黑暗中有人提出了疑問，「他身上有一億的樂透彩耶！」

「對啊！我們在這邊忙進忙出，可以得到什麼？」

聶泓珈反手抓住了杜書綸的袖子，她在發抖，那帥氣剛毅的臉上帶著恐懼，淚水滑了下來。

「他們來了……」她緊張到嗚咽，「都來了！」

杜書綸緩緩回頭看向聶泓珈，將她撈到身邊抱著，就在同一時間，一滴水滴進他的後頸項，逼得他打了個哆嗦。

他懂了！誰來了！

「管他這麼多，樂透彩又沒記名！」某個角度突然爆出了吼聲，「誰拿到就誰的！」

咦？能這樣說嗎？

「站住！那是我們的！」象哥隨即咆哮，「誰敢拿、我絕對不會放過他！」

走啊！杜書綸拉過聶泓珈突圍，了不起也才十六人，根本無法密密麻麻的包圍他們，所以他們輕而易舉的穿過了某個空隙，朝著教室建築那邊奔去！

「珈珈，看得到郭子哲嗎？他是不是在我背上？」杜書綸邊跑邊嚷著。

「你……你的背上泛著藍色的水！」他們跑進建築物後，直接往二樓奔。

一上二樓，杜書綸先推開了沿路的教室門，然後他們卻進入了轉彎後的教室，選離窗戶最遠的位子底下躲藏，沒有光源又昏暗，除非他們每一間都查找；再將手機拿出來關掉聲音與螢幕亮度，避免意外曝露自己的位置。

杜書綸從位置下伸長手，讓聶泓珈緊緊握住。

「亡靈都到了對吧？」

聶泓珈戰戰兢兢的點著頭，「滿地……滿地都是藍色的……我還看到一個藍色的骷髏，朝這邊走來。」

「骷髏？這聽起來是死亡很久的亡者。」杜書綸頓了一頓，「那具白骨屍？」

聶泓珈點了點頭，她一直沒提，張國恩出事那天，武警官給她看照片時，她就發現那具白骨泛著藍光。

外頭手電筒燈光大作，人聲鼎沸，因爲他們自己切斷電源的關係，所以無法打開教室裡的燈，恰好給了他們躲藏的機會。

「杜書綸，你把樂透彩放到一個地方讓他們搶，他們有了錢就不會找我們了！」聶泓珈焦心不已，「我們可以翻牆出去，他們沒空理我們的！」

「議員不會放過我們的。」杜書綸撫著後頸，「郭子哲去蹭店那天，他車後座還坐了另一個人。」

「誰?」

「我不知道，隔熱紙太黑瞧不見，但問題是——現在警方都不知道他人在首都，所有線索只有我知道。」

但是他一直沒有說，這或許就是郭子哲跟著他的主因。

只要他跟警方說郭子哲人在首都、車型顏色、甚至車上還有另一人等等的線索，警方或許就能再揪出更大串的人。

「可是……會說的！等我們出去一定說！」聶泓珈對著空氣喊著，「郭子哲先生，現在我們不一定能離開這裡！」

不管是護身符、法器，甚至是「百鬼夜行」給的惡魔武器都沒有用！因為現在要殺他們的，是人！

「在哪裡?有人看到他們往哪邊跑嗎?」

外頭突然傳來吼聲，他們兩個倏地收手，把自己縮在課桌下！窄小空間對於纖細骨架的杜書綸不是問題，但對高壯的聶泓珈就很吃力了，她努力用雙手圈著雙腳，因為她抖得厲害。

被惡鬼追殺、看見一坑的腐爛屍體，甚至把刀刺進別西卜的身體裡時，她都沒有這麼害怕過！她剛剛就注意到了，工地的混凝土車一直在運作，今天要灌漿，羅老師他們是不是打算把她跟杜書綸丟進去，用水泥封上?

噠。

一隻青紫色的腳，突然踏上了地，就在他們兩張課桌椅中間。兩個縮在桌下面對面的學生瞬間全身石化，看著那隻腳上皮開肉綻，人皮外翻，裡面的肉都跟著外顯，而且腳是濕的……

那隻腳濕漉漉的不停滴水，然後是右腳著地，他像是從哪裡「下來」一樣，踩上了地，接著旋過腳踝，往教室外移動。

郭子哲離開了。

杜書綸大氣都不敢喘一下，他將自己埋在雙膝間，不能發出聲音，不管自己抖得再厲害，呼吸再急促，都絕對不行……

『我的錢呢……』

森幽的聲音，緩緩飄了過來，那個渾身是水、把自己折成跟迴紋針般的男人，吃力的伸出了手，朝向教室前門走去。

「在這裡！」在教室門外的男人聽到了，高舉起球棒推開了門，「他們——」

咦？

只有一半身高的人站在教室門裡，骨頭甚至穿出了身體，穿著藍色的襯衫，全身都在滴水，彷彿剛淋了大雨出……不！重點是如果一個人長這樣，根本不可能是活人！

『我的兩千萬！』

說時遲那時快，郭子哲突然往前一撲，衝向了舉著球棒的男人！

身影從教室裡飛射而出，趕來的其他詐騙成員紛紛呆愣，他們看著同伴被某個人推撞出來，頭直接撞上女兒牆上的花盆，頓時血流如注！

啊啊……趴在詐騙成員身上的郭子哲看見了他從額角那裡流出的血，雙眼發出了光。

『我的錢啊！我的——』

他一把撕開了詐騙成員的頭皮！

「哇啊啊——」

慘叫聲從外頭傳來，聶泓珈戰戰兢兢的抬眼，與聶杜書綸四目相交。

她剛說了，那、個，都來了。

說來眞有點諷刺，杜書綸自嘲般的抹去眼角滲出的淚，那些不甘的鬼，好像救了他們。

杜書綸拉著聶泓珈壓低身體，從該教室後門溜出去時，外頭已經是腥風血雨了；有張國恩口中的老爺爺或老奶奶，正抓著詐騙成員的頭往地上敲，敲爛了頭顱後，開心的徒手伸入，攪起對方腦子裡的東西，然後欣慰的看著滿手的腦組織，還笑著自言自語：『我的錢啊！』

他根本邁不開步伐，驚嚇得傻在原地，另一頭是不認識的男性亡靈拿著詐騙成員原本的武器，已經狠狠的打死了對方，現在正在撕扯身體……很認真的在拆解一個人，並且珍惜的撈著滿地鮮血跟內臟。

『哎唷，都在這裡啊，眞的都在這裡！』男人哭著，把那些鮮血淋漓的內臟往懷裡揣。

黑暗中雖然看不見鮮紅，但一個人被撕成那樣本來就不可能活著，有夠噁心就算了，他們還不停的掏挖著內臟……血？錢？這是另一種地下匯兌系統嗎？

「他們覺得那是錢嗎？」他比手語，連氣音都不敢出的指著亡者，反正珈珈會懂。

聶泓珈趴在地上，她正在尋找縫隙，前方是郭子哲，後面是另一位狂暴亡者，他們想離開走廊必須穿過他們。

在她眼裡，現在整條走廊，其他間教室內外，都是一個「潑墨畫」進行式。各種不同的藍色墨水漫天飛舞，就像現在被郭子哲自腰部扯開的屍體旁，是一片淺藍色，牆上點點藍光，或密集或分散；後面那個用球棒打死詐騙成員的，則是兩面牆的寶藍色飛濺。

右前方轉彎處的教室外頭，老人家們下手沒那麼快，所以他們那邊的上色方式都是集中在一點的大片範圍。

聶泓珈撐起身體，換她拉著杜書綸重新退回教室，繞到前門，從郭子哲的亡魂身後猛然左轉，逃之夭夭。

「哇啊啊！」

「象哥！那邊鬧鬼！」

一樓也是兵荒馬亂，他們卡在一樓半的地方，不敢貿然下樓。

「全部都是藍色，那些亡靈的顏色不比詐騙成員淺，有的顏色超濃還帶螢光，應該是非常非常想要錢的！」聶泓珈說話都結巴了，目前最淺的只有老人家們，他們應該只想要回自己被詐騙的錢。

「上！這邊！老不死的！上次只給我兩百萬還敢報警！我沒忘記你！」

群毆聲頓時傳來，聶泓珈嚇得緊握住杜書綸的手，聽起來，詐騙成員還敢反打被他們害死的亡者嗎？

「深呼吸，深、深呼吸。」杜書綸自己都喘不過氣了，「我們趁他們在亂，直接穿過化學樓出去。」

聶泓珈喉頭緊窒，可是、可是剛剛那個阿千說了，警衛都是他們的人了……

不過如果人不多的話，或許她還能對付。

聽著此起彼落的慘叫聲，杜書綸與聶泓珈貼著牆走下一樓，但他們才一左轉，聶泓珈就看到了藍到發光的骨架！

「不——退！」她嚇得尖叫，戛然止步，立即推著杜書綸後退！

沒有燈光杜書綸瞧不見，但是那具沒有下巴的骷髏卻直接朝他們走了過來！

『一億是嗎？』女人的聲音傳入他們腦中，杜書綸簡直瞠目結舌！

「那是張國恩發現的那具嗎？」

「她超級貪！」聶泓珈迫使杜書綸轉身，「不要回頭，就是跑！」

人都已經死了，現在居然連他們身上的一億元都要！

只是他們才往前跑沒兩公尺，狠狠一記攻擊直接從杜書綸右側襲來，他根本都沒防範，直接被打倒在地。

「杜書綸！」後面的聶泓珈氣急敗壞的撲上前，抓住對方的球棒，結果後腦杓緊跟著被狠K，「啊！」

倒在地上的杜書綸頭暈眼花，他什麼都沒搞清楚，就感受到有一個人上前，粗暴的扯開他的外套，人壓在他身上，翻找著他的口袋。

「樂透彩在哪裡？死小孩！樂透彩呢？」他的衣領被拎起，又往地上敲去，「說話！」

嘔！杜書綸只覺得想吐，頭很暈好痛，額角感覺有血流下。

「呃啊！」又一個撞擊聲。

下一秒，坐在他身上的人突然消失，又接著一秒，是另一個人扯著他的外套，伸手往裡頭探，真的對他「上下其手」。

這……這裡……杜書綸顫抖的手試圖往褲子口袋去，對方立即打掉他的手，粗魯的伸入他褲子口袋——摸到了！

掏出一只紅包袋，沒來得及抽起裡面的樂透彩，剛剛被打的另一名詐騙成員已經又回撲上前了！

「給我！」

「幹！這我的！我先拿到的！」

趴在地上的聶泓珈短暫昏迷後又清醒，後腦杓痛得要命，視線模糊的看見地上的球棒，還有再前方一點正在互毆的人們，然後是……左前方某間教室外，貼著牆的杜書綸。

她突然有種矛盾的想法，上次那些對杜書綸恨之入骨的優等生們，想著是怎麼虐殺他，還有一個玩弄的過程，而現在這些無冤無仇、他們根本不認識的人們，一出手都是往死裡打的……

她都不知道誰比較令她害怕了！

前方壯碩的男人很快占了上風，幾個亂拳打得身下的人無法招架，乾脆的搶走紅包袋，眼看著他就要起身，藍色螢光的腳掌突然從聶泓珈眼前跨過，直接湊了上前！

聶泓珈是瞬間僵硬的，她只差一寸就要碰到那根球棒了，現在完全不敢動彈，眼尾瞄著牆邊的杜書綸，別動啊書綸！

奪到紅包的男人欣喜若狂的一躍而起，右手還高舉著心心念念的一億元，但下一秒身子一個震顫，他立即僵化。

因爲身後一股寒意逼近，錢漫妮正面打開了她的根根肋骨，倏地裹住了男人的胸膛，蓋回的肋骨，根根插進男人的胸膛裡。

「啊……」措手不及的冰冷與疼痛同時襲來，男人因爲事情發生得太快一時間還沒辦法反應。

他眼尾看著長長的骷髏手骨伸前，探向他右手上的紅包。

「哇啊——哇啊！幹！」剛被打到鼻青臉腫的男人剛回神，躺在地上的他，就看見一具行走的骷髏貼在高壯男人的身後，將其「納入懷中」。

他嚇得挪身向後，然後……咬牙跳起，一把搶過了男人的紅包！

「啊……」高壯男人痛不欲生的喊著，「我的……啊啊！」

錢漫妮的肋骨包裹著男人更緊了，她打算把男人整個人壓碎，揉進自己那窄小的胸腔中似的，高壯男人開始渾身因痛苦顫抖，原本挺拔的身材開始被壓縮，然後骨頭碎裂的聲音開始劈啪的傳出。

啪！胸膛塌陷，早轉醒的杜書綸第一次親眼見到塌下去的瞬間。

錢漫妮抹了把男人身上流出的血，頭顱歪了一歪，『好少……』

電光石火間，錢漫妮不悅的雙手同時刺進高壯男人的胸口，活體將其血肉帶肋骨的各往左右掀開！

『藏在這兒啊！』

「呀——」剛衝過來的詐騙成員趕巧遇到這幕，全部嚇傻！

他們閃避著所有有阿飄的地方，原本也想從化學樓側邊逃脫，一到這兒就撞見錢漫妮的「撈錢」場面，才發現他們根本無路可逃！

只剩下工地那個方向了啊！

「幹！我看到阿忠拿走樂透彩了！」

「在那邊！阿忠！分出來啊！」

聶泓珈悄然的握住了球棒，已小心跪起身，被濺得滿身血的杜書綸也已經由起身子，隨時做好躍起就衝的準備。

『這麼多錢藏著做什麼……嘻……都是我的，只要拿到，就是我的錢了！』

走！杜書綸冷不防地扶牆而起，頭也不回的就往操場的另一端狂奔而去，聶泓珈也跟著動作，現場藍漆處處，她看得更加清楚，她跳過了破碎的屍體，以及「撈錢」的亡者們，終於離開了黑暗的教室樓走廊下，重新奔回操場，也往大禮堂施工的方向衝去。

禮堂後面就是圍牆，認眞翻牆還是能出去的對吧！

「象哥——啊啊啊——」教學樓某層樓上傳來了淒厲的慘叫聲，「有鬼！那些被騙的都——哇啊啊！」

這聲長嘯幾乎在操場周遭傳遍，總算讓工地前的象哥意會過來了。

因爲在此之前，他們什麼都沒聽見、什麼都沒看見，覺得平靜得詭異，甚至無線電還聯繫不到人！

「鬼？什麼鬼？」偉哥質問著，冷汗卻流了下來，「該不會……象哥，是不是那、個!?」

「閉嘴！怎麼會有那種東西？我們幹詐騙的信那個？」

「不是啊！大哥，之前阿冠他們死因就很奇怪，而且後來很多組都騙到早就騙過的人，本來就很詭異啊！」偉哥終於把恐懼宣洩而出，「那些被騙的幾乎都死了，怎麼可能會聯繫得到！」

新聞沒有報的事，他們都知道，因爲那些假檢察官、假刑警都是他們派出去的啊！這兩週幾乎到了一個有去無回的地步，全部都在荒廢的屋子裡被分屍，而且還都是被撕裂開的。

每一間交易地點的廢棄屋子，都是他們早先詐騙過的老人家住所，而那些被騙的傻子不是意外就是自殺，均已身故，屋子才會荒廢。

這本來就非常詭異，但象哥卻不許他們說，也不能讓成員知道，但這根本用常理無法解釋啊！

「閉嘴！不要講了，越講——」

「呀——」

餘音未落，更淒厲的慘叫聲傳來，接著是朝他們跑來的眾多成員！

「是怎樣！」象哥看清楚衝來的人，個個狼狽身上帶傷見血的，他下意識的後退！

「啊啊我就說了啊！不乾淨！」偉哥扭頭就往後衝，「我只是工作而已，我不是首腦！」

一旁的羅菈琳完全愣住，她聽不懂他們在說什麼，更不懂那些突然的慘叫聲是怎麼回事，因爲她並沒有涉入詐騙集團的業務，她只是一個貪婪的學校老師而已！

「杜書綸跟聶泓珈呢？」她只關心這件事。

象哥跟偉哥都沒理她，直接跑進了禮堂建築工地裡，其他的詐騙成員紛紛衝來，臉色慘白的找地方躲藏或想找地方躲，還有人直接搶了她的車，一屁股坐進去發動引擎。

「我的車！喂！」羅菈琳根本追不上，事情為什麼失控成這樣？

他們今晚應該是無聲無息的拿到一億元樂透彩，然後無聲無息的埋掉兩個學生才對啊！

到底在搞什麼啊！羅菈琳氣忿的回頭往工地裡去，尋找稱手的工具，杜書綸絕對不能活著離開，他們一旦告發她，她的教育生涯、好名聲就完蛋了！

「喂！羅老師！」水泥車上的工人一臉莫名其妙，「這是怎麼回事？」

「不要走，灌漿！開下去！」羅菈琳指著工人喊著，「雙倍工資，說好的！」

黑仔有點遲疑，其實從頭到尾他都坐在車上，他好歹是混過社會的，怎麼會不明白發生什麼事！一群黑道欺負兩個學生，連老師都參與其中，他戴著耳機打電動，假裝什麼都不知道，只是為了明哲保身！

拿人薪水就是乖乖做事，工頭過來朝他使了眼色，讓他回到工作崗位上；現場就剩他跟工頭，他們沒聽見剛剛遠處的慘叫聲，只以為是黑道在鬥毆，最後選擇沉默，回到了車上。

「我跟你說啦，這事管不得。」工頭踩著輪胎上來偷偷跟他說，「他們好像在搶錢！」

「搶錢？」

「對，我聽見的，可能類似黑吃黑還什麼的吧？反正我們什麼都別管，錢也不要碰，聽話做事就是了。」工頭再三交代，他現在只想快點回家。

黑仔渾身覺得不對勁，要不是雙倍工資，他也想立刻離開這裡。

板模都已釘好，他開啓了灌漿開關，一瞬間轟隆隆的聲音響起，掩蓋了更多尖叫聲。

第十四章 瑪門的畫作

THEY WERE MONSTERS, BOTH IN BODY AND HEART. THE SEVEN DEMONIC BEINGS OF IMMENSE POWER AND PRESENCE.

詐騙成員紛紛走避，有人躲進工地，有人試著找出口離開，而剛剛偷車的詐騙成員，車子還沒開出幾公尺，直接撞上了一旁的籃球架。

杜書綸驚魂未定的瞪著那台冒煙的車子，剛剛莫名其妙突然蛇行亂走，差點撞上他們，接著就這麼撞上去！聶泓珈縮在他身後往前看去，擋風玻璃裂開且變形，駕駛只要願意，就能把擋風玻璃推開。

「是羅老師嗎？」她有點害怕的上前，看不清裡面啊！

就在這時，轎車突然「車震」，整台車開始劇烈震動，然後一大片血從擋風玻璃的裂縫中噴了出來！

哇！杜書綸嚇得立即拽過聶泓珈，拔腿就跑！

「亡靈鑽進車裡了？」聶泓珈忍不住再回頭看了眼，啊啊！

老師的隔熱紙並不黑，真的有藍影在裡面！

她以為好兄弟現在應該被他們甩在身後的教室區，但他們卻突然可以出現在車上！

耳邊傳來水泥車運轉的隆隆車聲，她跟杜書綸說話都得用吼的，他們打算繞到禮堂後面去，那邊有許多樹，有機會可以藉樹爬上去、再翻牆出校。

「那兩個學生！」突然間，有人指著他們喊了起來，「中樂透彩的！」

什麼！杜書綸看著自己被扯破的羽絨外套，羽絨都漫天飛了，為什麼……看向聲音的方向，居然有人踩在磚塊上指著他吼。

是張國恩那個國中同學！阿千！

「我的已經被搶走了！」他吼著，指指外套，「剛剛你們的人把我的樂透彩搶走了！」

但沒人在聽，事實上他們兩個現在也無法指認是誰偷了彩券，剛剛教室外面黑七抹烏的，誰看得出來是誰啊！

「把樂透彩交出來！」幾個男人撲了上來，全部衝著杜書綸去的！

他只能躲，哪邊有路往哪邊走，但是大人們有著對錢的渴望，沒兩步就抓住了他，他的羽絨外套唰地幾秒鐘就都被撕開了。

「把樂透彩交出來，我們不會傷害你的！」大人們掏了口袋發現外套裡沒有，再去拽扯杜書綸。

雙拳難敵四手，杜書綸光護著頭都來不及了！

「走開啊！那也不是你們的錢！」聶泓珈尖吼著，以身撞開扯著杜書綸頭髮的男人，卻硬生生迎來對方一拳！

啪！對方是以左手揮開她的，她的右臉頰紮實的被打出響亮聲響，但是她沒有被打飛，只是踉蹌了一步。

她的手抓住杜書綸的衣服了。

「還是在妳身上?」聲音從後方傳來，一隻手立刻往她身上摸了過來。

沒有任何遲疑的，聶泓珈直接原地旋身，抬腳踹開了想搜她身的男人，緊接著正首出拳，狠狠的打上剛剛揮開她的男人，連續兩個短寸拳，擊斷對方的鼻梁，然後右手劃一個大圓，抓住了角落正要擒抱她的男人。

那男人身高有一百九，聶泓珈最多只是抓住他的衣服而已，而他雙手高舉著球棒，用球棒末端對著聶泓珈的額頭砸下去！

「去死啦！」杜書綸跑過來，一記飛踢直接踹向對方的命根子，痛得再高大的人都縮起身子！

矮還是有矮的好處嘛！杜書綸撫著被抓疼的頭皮，才想要關心聶泓珈一句，後方一道陰影逼近！

「躲開！」聶泓珈及時看見，她一把推開了杜書綸，緊接著一柄鋼筋掃了過來！

聶泓珈當然彎身躲開了，但是她沒躲過身後的偷襲，強而有力的手肘由後扣住她的頸子，緊緊勒住，那絕對是男人的力量，她完全沒有辦法掙脫！

珈珈！杜書綸一穩住重心就看見那滿手龍鳳的男人扣住了聶泓珈，他直接抓起地上的球棒，朝著對方擊去……但是，右方冷不防又竄出一個人，他什麼都沒拿，一拳擊上他的肚子，杜書綸瞬間就失去了反抗力量。

「小屁孩！」象哥一把就將杜書綸拎了起來，「這男生也太輕了吧！」

「小屁孩歸小屁孩，很難纏的！」羅菈琳拿著斷掉的鋼筋走來，「快點解決掉他們吧，剛剛鐘又打來問了！」

「催三小？有本事他不會自己來解決嗎？」偉哥把暈過去的聶泓珈放下，這女孩也太沉，「那個誰？過來幫忙！」

誰？還有誰？就在水泥車旁的幾個人完全沒有留意到，四周人已不多，那巨大轟鳴聲蓋掉了所有可能的慘叫聲！

「來了！」阿千從磚牆跳下，趕緊跑了過來，「偉哥，這個我來就好了！」

「你？你可以？這女的很沉喔，全身都肌肉的！」偉哥狐疑的問著，阿千看起來也沒多壯啊！

「我可以的！」阿千邊說，拉起聶泓珈的一隻手，輕而易舉的就把她扛上肩頭。

看不出來啊！有人做事偉哥自然沒話說，他下意識往操場看去，除了那台撞上籃球架的轎車外，怎麼好像……都沒有人了？

光線不足，他看不見轎車的車門下正有著涓涓細流，鮮血不停的滴落，而車子裡是個年輕的亡靈，她全身沒一處完好，嘴裡甚至還帶著水草，她是跳河自殺的，屍體被沖得很遠，千瘡百孔。

她什麼都不記得，她只知道，她想要一份打工，一個打字的簡單工作，結果她剩下的積蓄就全部都沒有了。

她不停掏著駕駛座那已經殘缺的屍體，在她眼裡，眼前屍體的體內都是錢，她正一分一毫的算著，她不但要要回她的存款，還有利息、說好的紅利都得還給她！

象哥扛著杜書綸走進了工地裡，阿千緊跟其後，偉哥不安的本想去看看外頭發生什麼事，卻被象哥吆喝著過來幫忙。

「不是啊，阿千你叫這麼多人來，他們都跑了嗎？」

「好像是，有的人跑到後面去我就不知道了，但是……」阿千嚥了口口水，「其他人好像遇到了不對勁的事。」

「別說別說！快點把他們丟下去，我們就走吧！」偉哥心慌了起來，「冤有頭債有主的，這學校怎麼這麼陰啊……」

嘎——嘎——餘音未落，響亮的烏鴉齊聲扯開嗓子，尖銳的叫聲令人膽戰心驚，然後樹上的數十隻烏鴉們集體飛起，陣仗驚人的啪噠啪噠！

這讓正要進入電梯裡的人都嚇了一跳，緊繃著神經看著一大群烏鴉蓋住夜空，然後牠們開始四散，飛往這一地的碎肉大快朵頤！

一隻烏鴉突地停在了他們身邊的鷹架上，衝著他們又是一聲：嘎！

「幹！走開！」象哥揮開了烏鴉，烏鴉展開黑色大翅，不悅的飛走了。

腳步聲奔上，剛剛被聶泓珈揍的那幾個人追了上來，「喂！錢好歹要平分吧！」

偉哥閃進電梯裡，關上門的瞬間象哥就啓動開關了，那群人追上時只能攏著鐵絲咒罵，旋即轉身往樓梯上爬。

「樂透彩還在杜書綸身上嗎？他剛說已經被人搶走了。」羅菈琳掛念的也是那只紅包袋。

「還在。」阿千斬釘截鐵，「剛剛搶走那個人中間就被人打了，他們後來打開來裡面是空的。」

「嘖，我就說這孩子太精了！」羅菈琳握緊了鋼條，她更加認定杜書綸不能留了。

說不定他查到的資訊更多，保留的證據也更多，輕易就能讓她斷送教職甚至送他坐牢，而且這事情可不只有她啊，總務主任、校長，大家都會被捲進去的！

「過慧易夭。」象哥說了句大家其實都沒聽過的話，「啊就太聰明會早死啦！」

「哦～」這樣說就清楚多了。

其實問題不在他的智力，或是他有沒有中樂透彩，問題出在——他們看到了郭子哲跟鐘柏朗在同一個地方出現。

電梯到了禮堂鷹架最高處，偉哥站到東邊邊緣往下看，下方鋼筋一束一束的，水泥車正在徐徐灌模；象哥將杜書綸扔在了地上，羅菈琳即刻上前搜查他每個口袋。

而阿千將聶泓珈放在地上時，女孩突然睜開雙眼，右手抓住阿千的衣領向下，然後——她出了左拳。

她的左手曾幾何時已經套上了一個手指虎，狠狠的朝阿千臉上打下去。

「對不起！」

「哇啊！」阿千鼻血登時噴出，聶泓珈一個原地翻跳的站了起來。

「別碰他！」聶泓珈回身要扯開老師，但是卻見一柄槍抵在了杜書綸的額角，「放……」

象哥得意的笑了。

爲什麼會有槍！這種東西是可以隨身攜帶的嗎？她緊握雙拳，看著那黑色的槍口貼在杜書綸的額上，完全不敢輕舉妄動。

「啊啊……」狼狽坐地的阿千痛哭出聲，他的鼻子好痛喔！

此時，詐騙成員陸續的衝了上來，他們看見樓上詭異的對峙，猜得到幾分，但那不是他們關心的事！

「你們知道下面死了多少人嗎！我們撞邪了！」鬍碴男情緒瀕臨崩潰的喊著，「那全是鬼啊！會殺人的鬼！」

「叫我們來送死的嗎？你們是不是故意的！」另一個平頭男也渾身是血，別人的血，「那些東西指著我的血說是錢！」

「這不是幾千塊就能解決的！把那學生的樂透彩拿出來！」剩下矮胖男雙腳都還在抖，「一億元均分，起碼還能有個一千萬吧！」

死亡威脅、惡鬼撞邪，這些傷害都很可怕，但是只要錢到位，還是多少能撫平的！

「鬼？真的假的？」羅菈琳到現在才有真實感。

尤其那三個人的狼狽姿態，還有人手臂被撕開的鮮血如注，但她原本只以為是他們為了搶那樂透彩而互相殘殺而已。

「怎麼可能會有均分這種事？」象哥冷冷的說著，「這筆錢本來就不屬於你們的，加點薪可以，不過……」

倖存者沒有在客氣，他們手上都拿著工地隨處可撿的武器，或石塊或磚頭，什麼都能拿來傷人。

「這不是在商量。」鬍碴男氣勢十足，「事情捅出去大家都不好過。」

「你們都不知道有沒有命花咧！」聶泓珈回過頭，很難想像都這個情況了，大家還在談錢，「你沒看到滿地的屍體嗎！那些都是被你們詐騙而自殺的亡靈，他們帶著恨跟不甘來找你們要錢的！」

還有貪。

她沒提到這個，每個怨靈身上都帶著藍色的色彩，他們不只是要回被詐騙的錢，還想要更多嗎？這件事她不理解，因為像老人家是因為怕自己被捲入犯罪才會被騙的，跟貪念毫無關係啊。

但是，這整片整片的藍，都是貪婪的色彩啊！

「等等等等，沒必要把事情搞成這樣吧？均分是真的不能，因為就連我們都不可能獨占一億，上面還有人。」偉哥出面緩頰，「能分個幾十萬給你們倒沒問題！」

「阿偉！」象哥低斥，他擅自做什麼……嗯？

象哥在杜書綸的鞋底，找到了那用塑膠袋包好的紅包袋。

全部人瞬間屏氣凝神，看著象哥打開袋口，抽出了樂透彩獎！也太會藏！

「我就說剛剛他丟的那個是假的！」阿千用鼻音說著，依然哭得可憐兮兮。

聶泓珈緊握著拳，沒敢說她身上有好多紅包袋哩！

象哥將紅包袋直接塞進了自己的外套口袋裡，這看得一眾人眼紅不已。

「象哥，不該這樣吧？」意外的，是羅菈琳老師開了口，她大方的伸出手，表示樂透彩應該要給她，「這消息是我發現的。」

象哥睨了她一眼，完全沒把她放在眼裡的跨過杜書綸上前，「我說了上面有人，錢不會少你們的，先把這兩個學生丟下去吧！」

「少……你少在那邊頤指氣使！」矮胖男掄著球棒上前，「這樣扯下去沒結果的，你們得先給錢！轉帳啊！」

「現金吧，他們現金一定夠！」平頭男跟著開口，「我們拿到錢什麼都好說，不管是離開這裡，或是把這兩個孩子丟下去……」

說著說著他都心虛了起來，把孩子丟下去？下面在灌漿啊，他們是要活埋這兩個孩子嗎？

阿千終於站了起來，鼻血染紅了他的衣服，他嗚咽著看著他喊來的人，「你們鬧什麼，就說好一人五千，晚上來這裡幫忙的，最多加一倍吧！那一億元原本就不是你們的！」

「說什麼啊你！」阿千的話，完全激怒詐騙成員。

氣氛一觸即發，這裡的殺意全部來自於人，沒有……至今沒有一個亡靈爬上來啊！他們都還在下方，拾撿著自己失去的金錢！

「那一億元是我的吧！」

就在大家對峙時，杜書綸早就找個安全的地方站穩了，遠離了東邊邊緣。

羅菈琳回頭看了他一眼，聶泓珈趁機跑到他身邊去，擔憂的看著他的傷口，她自己其實也滿頭是血。

「彩券號碼是多少？」羅菈琳突然發覺什麼似的，「確認一下是不是頭獎樂透彩！」

這個杜書綸才沒那麼簡單吧？既然都能弄假的紅包出來，天曉得裡面那張是眞是假？

咦？象哥立刻拿出彩券來查看，而羅菈琳早就把號碼牢記於心，一個個唸著。

「不是她中獎，號碼記得比我們還熟。」聶泓珈喃喃說著，突然留意到樓下的藍影接近了！

她恐懼的握住了杜書綸的手，緊窒到讓他覺得不對勁，他貼上她的臉頰，聶泓珈原本嚇了一跳，但旋即明白這是私語的好機會。

那些亡靈撿完下面的錢，在尋找新的金庫了！

他們如果上來的話，他們逃無可逃啊！這裡是鷹架頂端，爲了釘板模而設的，只有一個電梯，另外是極陡的臨時樓梯，但他們必須現在就走！

聶泓珈想拉著他逃，可他們現在被這些大人包圍，還有……一下去，會不會剛好就跟兄弟們照面？

「杜書綸！」羅菈琳氣急敗壞的回頭，逼近了躲在角落的他們，「樂透彩呢？」

杜書綸緊張得心臟狂跳，「妳、妳、妳為什麼認為我會帶在身上？」

「他家在哪裡？我們找人去他家！」詐騙成員興致高昂！

爸媽在家裡啊！杜書綸當即跳了起來，「不不不！在我身上！在……珈珈，給我！」

咦？聶泓珈呆住了！給、給他？

「把那個女的推下去，他就會拿出來了！」象哥氣急敗壞，就要上前揪過聶泓珈，她趕緊從口袋裡拿出紅包袋遞給杜書綸。

「你再往前，我就把它們撒下去！」杜書綸衝到了灌漿處的上方，手伸了出去。

羅菈琳及時攔住了象哥，幹什麼啊，好歹得先拿到紅包啊！

聶泓珈又氣又難受，這些人明明貪圖別人的錢卻還這麼霸道，如此理直氣壯！

她跟在杜書綸身後，謹慎的盯著對手的一舉一動，杜書綸經過了羅菈琳，再掠過象哥，冷不防回身把紅包灑向了空中！

今晚的風很大，紅包如天女散花般，或飛進裡頭，或直接隨風往外飛去，總之在杜書綸鬆手的瞬間，他們才意識到那豈止一個紅包，根本十幾個！

「都在裡面了！我們那天買了十幾張，全部都中獎！頭獎都在裡面！」杜書綸焦急的大吼著，「你們自己去撿，撿到就是誰的！」

說著，他們就往電梯那邊奔去，而詐騙成員則搶著地上的紅包，矮胖男動作俐落的率先衝下樓去，羅菈琳尖叫著不許動，然而這一切都不如響亮的槍響——砰！

鬍碴男因疼痛撫上自己的頸子，但是那血跟噴泉一樣，從他的指縫裡湧了出來，他連話都來不及說，咚的倒地。

槍……聶泓珈緊摀著嘴，他有槍啊！

平頭男高舉雙手，他的手上正抓著紅包咧，連羅菈琳都不敢妄動，而是由偉哥上前，抽過了那紅包袋；杜書綸不敢貿然打開電梯的門，他們識時務的乖乖站著，因爲他們正背對著象哥啊！

紅包都交出去了，他隨時要從背後開槍都可以啊！

『這麼多錢啊！』一顆頭驀地從鬍碴男死不瞑目的屍體邊鑽了出來，喜不自勝的看著滿地的鮮血，『這夠我花多久啊？』

好螢光的男人！聶泓珈嚥了口口水，緊扯著杜書綸，她高大沒錯，但是現在她只想躲在他身後。

「那個人藍到發光了，夜光的！」按照他們的推論，這個榮登貪婪榜第一名吧！

他的出現，終於讓偉哥等人見證了何謂「有鬼」，竄上來的錢立復還沒撈幾把錢，就因為平頭男的倉皇逃逸，轉身追了下去！

「象哥！」偉哥腳都軟了，他把紅包都塞給了象哥，朝著聶泓珈他們跑過來，「走開啊！」

他們被推了開，偉哥直接躲進電梯裡，聶泓珈有一度想跟上，但是她的腳步遲疑了。

象哥完全傻掉，他對這些事反應不及，那些都像是假的吧？從下面鑽上來的人，不可能是人對吧……

衝下去的平頭男沒跑多遠，因此跑得太急太快，一個踩空直接摔了出去，從上空咚咚的跌下去，卡在了鷹架一半的地方，他痛得無法動彈，然後……身邊突然出現了一雙晃盪的腳。

老奶奶懸在鷹架下方，下半身被碾過的老爺爺吃力的爬來，還有更多他完全不知道的亡者，朝他集中而來……

「哇啊啊——啊不是！我沒有錢——我——」

慘叫聲自樓下傳來，同時伴隨著電梯的急煞。

偉哥卡在了一半，一具白骨站在電梯外，白骨手上拎著平頭男的頭顱，而她身後一樣有一票各種死狀的人。

拉著電梯的吊索開始劇烈搖晃，偉哥的慘叫聲跟著傳了上來，讓杜書綸他們遠離了電梯，嗚！

「不是我！我只是聽令行事——你們被騙不甘我的事，我只是……啊啊！哇——」

杜書綸跟聶泓珈兩個人都不敢往下看，他們現在最怕的是——是象哥手上那柄槍啊！

那把槍比下面的亡魂還嚇人，因爲他們覺得……他們沒有詐騙誰，應該沒有事吧？但象哥的槍只要一舉起，隨時都能取他們性命。

「那是什麼？」羅莅琳慌亂的看向他們。

「詐騙……被詐騙而死的人，他們想把錢拿回去……吧！」聶泓珈虛弱的回應著。

「我沒有詐騙誰，我不是他們的一份子！」羅莅琳飛快的離開了象哥，站得靠近了杜書綸一些。

象哥緊緊的握著槍，另一手捏著樂透彩，忿忿的看向羅莅琳，「都是妳！妳說有樂透彩的，要不是爲了這一億元，我至於到這裡來嗎？」

伴隨著怒吼，象哥直接朝羅菈琳走來——然後他一個槍托，竟狠狠的揮向了杜書綸！

啊！那力道大到杜書綸覺得他下巴要裂開了，他都差點沒在半空中後空翻，重撞跌落地時，他的牙跟著滾了出來！

「都是你這小子！」象哥單手抓住杜書綸的衣領，就把他原地拎起，槍口直接塞進他的嘴巴裡！

「啊啊啊！」吼叫聲爆起，聶泓珈一腳往他腰部狠踹下去！

象哥鬆手，杜書綸重重的摔落在地，而聶泓珈絲毫沒給象哥喘息的機會，在他踉蹌後退時，整個人撲倒了他！

沒有吭一個字，壓倒象哥的聶泓珈，膝蓋重重踩跪在他的胸前，右手穩住他的頭，左手開始瘋狂的連續擊打象哥的臉！一下大過一下，那力道大到在旁的羅菈琳都覺得象哥的臉凹下去了！

「杜書綸！杜書綸！」羅菈琳上去硬拉起杜書綸，但是他根本沒有意識，「聶泓珈快打死人了，她——」

一陣風從羅菈琳身後掠過，戴著工地安全帽的粗壯身影上前，二話不說由後抱起了聶泓珈，騰空將她抱離開了象哥身上。

「啊啊！」聶泓珈還在掙扎，但是黑仔長年在工地工作，一身銅筋鐵骨！

「妹妹！冷靜點！再下去會死人的！」黑仔吼著，但聶泓珈彷彿什麼都聽不見。

然後，羅菈琳看見了……聶泓珈口袋是有拉鍊的，但是有一小角露出了一點點的紅包袋。

她當即甩下杜書綸，衝上前扯開了聶泓珈的拉鍊，拿出了那個樂透彩紅包！她欣喜若狂的才要拿出來檢查之際，卻被聶泓珈一腳踢中，整個人往前仆倒，往前滑出了板模邊緣！

「放開我！」聶泓珈同時後踢中了黑仔的要害，他痛得收手跌趴在地，聶泓珈也跟著滾落。

她忘記躺在地上半死的象哥，腳尖又一絆，整個人飛了出去……她飛出去了。

唰！聶泓珈彷彿瞬間清醒，她扳住了板模邊緣，但是真的只有幾公分而已，她撐不……

黑仔在千鈞一髮之際，撲上了地面，及時抓住了聶泓珈的手！

「妹妹！沒事，妳不要慌張！」黑仔緊張的吼著，「叔叔會拉妳起來，妳千萬不要掙扎！」

聶泓珈抬頭看著戴著工地帽、滿頭白髮的男人，她甚至不知道那是誰……她記憶混亂，只能點著頭，努力扳著板模邊緣，然後也注意到她的左邊，上半身懸在外面的羅老師。

她為了抓飛出去的樂透彩紅包，整個人上半身都探出了，幸好腳勾住了地板，才不至於整個人摔下去。

他們的下方，是滿滿的水泥啊！

「幫我……你幫我！你現在鬆開手，讓那個女生掉下去！」羅菈琳轉頭看向黑仔，「再把我拉上來，我就分你一千萬！」

黑仔皺了眉，以為自己聽錯了，「我把她拉上來，立刻就幫妳！」

黑仔開始使勁，羅菈琳卻急得大吼，「放手！今晚本來就是要活埋她跟那小子的！我手上這張樂透彩是這次的頭獎，一億一人獨得！你只要鬆手，一千萬就是你的，你要在工地做多久才有一千萬啊！」

一千萬……黑仔眼神落在了那紅包袋上面，一億元嗎？

搶了她的紅包袋，把她推下去，我給你五千萬。這個想法閃過了聶泓珈的腦子，但是這讓她覺得自己好可怕，因為如果她是這個叔叔，他大可以把大家都推下去，自己拿著那張樂透彩走的！

人，要怎麼戰勝自己的貪念呢？

「肖仔！」黑仔突然罵了髒話，一骨碌將聶泓珈拉了起來！

咦咦！叔叔力氣好大，她很快的被拉起，趴在地上大口喘著氣，左手手指虎下全都是鮮血，痛楚跟著襲來，而旁邊就是奄奄一息的象哥……又是她嗎？

她又失控了？

黑仔接著從後面拉了羅菈琳向後，把她整個人移回了地板。

「妳不是老師嗎？妳在教我殺人？」一把羅菈琳拉回來，黑仔就破口大罵，「那是學生捏！妳拿一千萬要我殺人，妳是——」

都還沒吼完，羅菈琳一記板磚砸上黑仔的頭，追打著一下再一下，聶泓珈反應過來時，立即滑步向前以手肘格擋。

「妳瘋了嗎！」她一邊護住黑仔，一邊試圖阻止板磚往她頭上招呼，「羅老師！」

「不要叫我老師！少來這套！」羅菈琳幫自己找一個最好的施力點，「世界上沒有比錢更重要的事了！」

「命呢？」

斷掉的鋼筋突然戳了過來，直接抵住羅菈琳的頸部，阻止她的再攻擊！

杜書綸用的是她剛剛拿著的斷鋼筋，他滿嘴是血，但不影響他威脅羅菈琳；聶泓珈趕緊拖著黑仔遠離攻擊範圍，杜書綸使勁將斷掉的鋼筋穿過羅老師的大衣袖子，試圖控制她的行動。

頭部的血流進了杜書綸的眼睛，他用力眨著眼，視線不清的甩頭。

就在這個空檔，羅菈琳突然把他往外推了出去——

但杜書綸卻沒有鬆手！

他抓住的鋼筋，還在羅菈琳的衣袖裡啊！

他們一起飛出去了！

「哇啊啊啊啊啊——」羅菈琳的尖叫聲響徹雲霄。

「書綸！」聶泓珈完全來不及，她撲上去了，但她沒抓到！

拋物線，杜書綸無法抓住任何東西的，而飛撲的聶泓珈也把自己摔了出去！

羅老師摔了下去。

在她撞得骨裂骨折之後，落進了那濃稠的水泥裡。

「……救我！不！不——我不要！」羅菈琳驚恐的掙扎著，卻越沉越深，

「……噗噗噗……」

水泥裡浮出了幾個泡泡，那個親切和善、辦活動一把罩、深得師生信任的羅菈琳老師，消失在寂靜的夜色中。

而聶泓珈渾身僵硬，冷汗濕透了身體，她沒有掉下去……不，她往下看著就在下方幾公分的杜書綸，雖然她沒有抓到書綸，可是他們現在都還好好的。

聶泓珈的淚水無法克制的滑下，恐懼心慌與不明所以交織著，剛剛那幾秒鐘她以爲她要永遠失去書綸了，結果他好端端的在下方；而仰頭的杜書綸連呼吸都紊亂，他眞的覺得自己死定了，甚至聽見珈珈的聲音多怕她一起掉下來，結果……

抬頭看著聶泓珈，她的腰間被人環抱著，而他自己的手腕上，曾幾何時居然繫了一條繩子。

「這也太感人了吧！」那輕浮的中二屁孩音傳來，阿千從聶泓珈肩後探出頭，「你們都以爲自己會飛嗎？說撲出去就撲出去。」

「……阿千？」聶泓珈好容易才吐出這兩個字，她全身都在用力，因爲她的兩隻腳……根本沒踩踏在地面上。

她是懸空的！

雙腳離地的聶泓珈斜斜的在半空中，腰間一隻手緊扣著她，不使她墜落，她的身邊有一根繩子，繩子的一端，正牢牢繫著杜書綸的左手手腕，而另一端就在阿千的手心裡。

「別亂動，我要拉你們上來了！」阿千刹那間一反平時的浮燥，異常穩重的說著，然後一手將聶泓珈放回地面，另一手輕而易舉的，單手就將杜書綸往上拉回了頂端。

感覺到左手要脫臼的杜書綸，查看自己的左手手腕，上面套了一個環，他甚至都不知道什麼時候被套上的，是……剛剛被打暈的時候嗎？

聶泓珈一見到他上來，直接撲向了他，兩個人緊緊相擁，兩人根本在鬼門關前走了一遭！

相互檢視著彼此的傷，其實腦子都是一片混沌的，他們絕對腦震盪了！

只是……兩個人戒慎恐懼的看著阿千，他正走到象哥身旁，歪著頭瞥了眼，然後面無表情的用一隻腳，把他踢到了樓下去！

咚——砰——叩——人體在鷹架間摔落的巨響，聶泓珈完全可以聽見骨頭碎裂聲。

象哥落到了地上，他多處骨折，但還沒死……甚至因著劇痛轉醒，一睜眼，看見的卻是包圍著他的——各種慘狀的亡者們。

「送給你們了！錢都在他身上！」阿千對著樓下吆喝。

『錢！』

「哇——」

這瞬間，連杜書綸都可以感受到陰氣匯集！

而阿千來到他們面前蹲了下來，歪著頭，「所以樂透彩在……」

聶泓珈抖著身體別過了頭，她嚇得縮起身子，直接埋進杜書綸的肩頭，他只能緊抱著她，現在這狀況實屬自身難保。

「我們根本沒有中獎，我以為您知道的，」杜書綸嚥了口口水，緩緩道出，「瑪門大人？」

阿千看似青澀的臉龐卻有著一雙過於內斂的雙眼，一絲驚訝掠過，甚至還笑了起來。

「我叫阿千！」

聶泓珈回頭偷瞄了一眼，阿千，就是一個高中生的模樣，看上去有點玩世不恭的痞味，活潑開朗，是很容易讓人親近的類型。

「你沒有……藍色。」她緊窒的說著，「你在詐騙集團工作，但是卻連一小抹藍色都沒有！」

「哎呀！」阿千倒是很欣喜，「妳看得見我的記號？」

她不是自願的啊！

杜書綸其實比聶泓珈還緊張，因為阿千滿臉都是血，那好像是珈珈剛剛用手指虎打的……她早就看出阿千有問題，所以才會對他使用手指虎對吧！那個手指虎對鬼跟惡魔都有一定的傷害，當然了，拿來打人更是保證碎骨的好武器。

「對不起，我們是真的怕被殺，所以……珈珈是練拳的，很多事都只是反射神經作祟，不是故意要打你的！」主動先道歉不知道有沒有效？

聞言，聶泓珈扣著杜書綸的手更用力了，她當然是故意的啊！

因爲她知道阿千怪怪的，才不敢只用一般拳頭攻擊！不用手指虎怎麼有效果是吧！

「最好是啦！她一開始就看出我不是一般人了，才會用——」他突然伸手，抓起了聶泓珈的左手！

「哇！」聶泓珈嚇得想反抗收手，杜書綸也試圖阻止阿千的動作，但是他們兩個面對惡魔，簡直螳臂擋車！

阿千輕鬆的抓起聶泓珈的左手，她拼盡全力卻一寸都收不回，杜書綸是直接定格，完全動不了！只見阿千細細查看著她左手上的手指虎，指尖抹過，上頭還有著象哥跟他自己的殘血。

「惡魔界的武器不是一個人類該有的，我眞不懂他爲什麼要把這些東西拿給你們用。」阿千忽地扣住了聶泓珈的左腕，「妳說，沒有了手，妳還要怎麼戴手指虎呢？」

「瑪門大人！」杜書綸情急的大喊，「我們只是用來防身而已，一切都是不得已的——總不能要我們自願挨打吧！」

聶泓珈連右手都出動了，扳著自己的左手多希望能逃脫，她不要失去手掌——明明都是怨靈跟惡魔先找他們麻煩的，難道不許他們自衛嗎？

啪！阿千手一鬆，用力過猛的聶泓珈立刻因反作用力向後倒去，杜書綸也瞬間可以動彈，整個人前傾。

「眞無趣，開個玩笑而已！」阿千自在的起了身，「看得到的女娃，妳來看看，這多美啊……」

阿千站到了禮堂的正面，這個角度可以看見教室建築與整片操場，連樓下的屍體都能一覽無遺，不同藍色的漸層，血液噴濺、屍塊處處，還伴隨著腳印、拖逸與手印，但如果想像成油彩的話，那眞的是一幅恣意揮灑的畫作。

接著，他還拿出手機俯拍，滿意的查看著，不知道惡魔的手機拍起來是什麼模樣！

「用貪婪形成的畫作是千變萬化的，我超喜歡！畢竟人類的貪心是永無止盡的呢！」阿千突然看向樓梯的方向，那個藍色發光的骷髏正爬了上來。

他連動都沒動，那具骷髏頭瞬間解體，喀噠喀噠的往下掉。

「她藍到發亮，死後依然這麼貪錢嗎？」聶泓珈忍不住問了。

「是啊，這就是最可愛的地方了，你們人類的貪念不會因爲死亡就消失呢！看看他們……生前貪圖不屬於自己的東西，死後還爲因爲別人取走而不爽！」阿千開心的笑了起來，「給一點點力量，他們就會拼盡全力去『獲取』自己想要的東西。」

即使那些東西，原本就不屬於他們的，不僅想要，還是不擇手段的奪取，甚至越要越多，這才叫貪。

「被詐騙集團欺騙的奪回我同意，但是那些老人家只是不甘願，他們當初被騙不是因爲貪，想要取回自己的錢也不該是貪，可是……爲什麼他們身上也有藍色？」

阿千微微一笑，笑容裡更多的是一種：傻孩子的意味兒。

「貪生又貪錢啊！他們已經死了，還要錢做什麼？」阿千回頭，看著樓下那些搶奪象哥屍體的亡靈們，「再退一萬步說，無論主動自殺或是意外身故，都已經死亡了，現在又因爲要索取金錢跟寧願成厲鬼，這還不貪嗎？」

求生是人的本能，那不叫貪。但是已經死亡的人們……貪戀著生前的錢財，這點杜書綸卻找不到一個論點去反駁。

身邊的聶泓珈輕輕捏了他的手臂，她知道他在想什麼，對方是惡魔瑪門啊，要辯也給她吞下去！

阿千轉回來時，視線落在了昏死的黑仔身上，聶泓珈緊張的觀察著，這個叔叔應該沒有介入這件事吧。

「還是有不夠貪心的人，眞有趣。」他撿起了卡在縫裡的一個紅包袋，手揮過泛出藍光，然後將紅包袋塞進了黑仔的口袋裡。

「我們的樂透彩都沒有中。」杜書綸小心的提醒。

「那是你們的樂透彩。」阿千嘖嘖的搖了搖頭，「這是我的樂透彩。」

他、他想讓叔叔中獎嗎？

「缺乏或剝奪不一定造成貪婪，很多時候給予就會了。」阿千再把樂透彩塞到深處，抬眼望著他們時，眼裡全是狡黠。

洪奕明的繼父就是個例子，他讓他贏，贏了賭博也贏了簽牌，獎勵他的貪婪，等他擁有越多時——別人的貪婪自然就會吞噬他。

如果他連續讓這位工人簽中樂透彩十期的話，他的人生、他的貪欲會增長到什麼地步呢？他很期待。

阿千起了身，高處可以看見紅藍交錯的燈已經遍佈，正往學校逼近，他們的朋友到了。

「樂透彩不可能沒有中，郭子哲後來應該有把號碼給你，你都去彩券店畫卡了，不可能沒有中獎。」阿千突然睨向了杜書綸，「你那天可是買了十六張。」

「我故意沒填中的，每一組號碼我都加二。」杜書綸悄悄的深呼吸，「那不是我們該得的錢，不義之財還是別拿比較好。」

第一次中兩萬是個美味的魚餌，那天他也是在無意識的狀態下買下樂透彩的，爲的就是讓他嘗到甜頭後才會上勾；但又來一次，讓他在神智清醒的狀態下報名牌給他……開什麼玩笑！他理智在線的話就不會犯蠢好嗎！

執著於錢的亡靈報名牌給他，他要是眞的簽中了，那錢也是郭子哲要的啊！爲了那些錢，天曉得會對他做什麼？

「就怕沒那個命花……」聶泓珈小聲的補充著。

「居然……妳事前也知道？」阿千顯得有點訝異，因爲那天他人就在彩券店啊，他還刻意跟杜書綸聊了天，當天他不是還讓聶泓珈去提款？

聶泓珈飛快的搖頭，「我剛剛才想通的，但沒關係……我相信書綸，我知道他做任何事都有道理的。」

「噢！眞噁心！」阿千一副難受的樣子，他受不了人類這種羈絆與信任，「好了，那個小助理居然在最後幫了你們！她明明已經被貪欲征服了啊！」

「……李百欣？」杜書綸皺起眉，「你說的好像她本來不會幫我們一樣。」

「是不會啊，照理說，她公司給她的封口費，應該會讓她安靜的收下錢、不跟警方舉報才對，最後一刻她居然舉發了！」阿千開始算數了，「然後那個窮小子收了錢，居然把錢還回去！再加上你們，能中樂透彩卻不簽，我一口氣連輸三把！」

聶泓珈緊張的嚥了口口水，「連輸……三把？您跟人打賭了嗎？」

只見阿千睨了他們一眼，露出了冷笑，「不然你們以為，為什麼你們還活著？」

咦？杜書綸又一陣寒顫，那與他們年齡相仿的臉明明在笑，卻讓他不寒而慄！聶泓珈別開視線完全不敢看他，言下之意，但凡大家都沉淪的話，她跟書綸現在就跟羅老師一起，在水泥裡了！

「好了！你們的人來了，我要閃人了。」

沒事了？他們倆雙手互握，連呼吸都不敢太誇張，只求平安。

阿千踩上了最高的板模尖端，享受著晚風裡的血腥味，別西卜還真說對了，這兩個小孩很有趣。

「不好意思，瑪門大人，那個……」杜書綸在最後還是開了口，「那些亡者，是不是可以……」

「嗯哼，這幅畫結束了，畫筆我都會收走的。」他回眸，雙眼漸漸轉成藍色，「害怕嗎？」

杜書綸與聶泓珈同時倒抽了一口氣，用力肯定的點頭。

「怕哪個？」鬼？人？還是他？

聶泓珈蹙起眉心，這什麼怪問題，「都怕……」

他們眼尾都還能瞄到象哥掉落的那把槍，那真的是令人最恐懼的時刻。

嘎——突然間，一大片的烏鴉全數飛起，朝著禮堂這裡飛了過來，黑壓壓的遮去天空，然後阿千縱身躍下，眨眼間就消失在烏鴉群裡，而那群烏鴉也朝西方飛去。

嘎嘎嘎嘎嘎嘎——

令人膽寒的叫聲由近而遠，警笛聲取而代之。

微弱的手電筒燈光開始在操場這兒亂晃，驚叫聲、咒罵聲、吆喝聲接連傳來，看來沒有路障擋路，警方才能順利的進來吧！

杜書綸跟聶泓珈相互依偎著，他們頭暈得想吐，決定了還是不要移動比較好，聽著樓下的各種吆喝聲，脫力感迅速湧上。

「你眞的一張都沒中嗎？」聶泓珈虛弱的問著。

「我多一毛都會死。」命跟錢比起來，還是命比較重要！

他絕對貪心，因爲他貪生。

聶泓珈緩緩闔上雙眼，不知道書綸留意到了沒有，那個……郭子哲人呢？

第十五章

永不止息的貪念

杜書綸醒來時已經是兩天後了，他腦震盪需要觀察，但送醫前就直接昏睡過去了，頭部加下巴縫了五針，還得做假牙，這次被打得不輕！那票人全部針對頭攻擊，下手眞的沒保留的。

素不相識啊！無冤無仇啊！他還只是個十六歲的高一生耶！都能照死裡打？聶泓珈身體素質比他強太多，隔天一早就醒了，小小縫了三針。他們醒來後接受漫長筆錄，也把目擊郭子哲與鐘柏朗同在首都的事全盤說出。警方光收拾碎屍殘塊就夠折騰了，接下來還得用DNA分析，才能將每個人分類分好。

這次警方來得迅速，因爲並沒有以爲的路障，詐騙集團安排的路障是力喜公司的貨車，而這間公司是屬於李百欣公司的廠商之一；她那天幫忙下了急單，指定當天得出貨，還必須經過哪幾條街時，她就覺得怪了，而且公司轉了好大一筆錢。

最後她還是沒有接受誘惑，她把整理好的名單拿去給警方，並且告知了當天詭異的急單，也交出了公司帳戶，當時她戶頭裡總共有一千三百萬待轉出。

警方讓她先把急單的錢轉出去，避免打草驚蛇，接著他們火速申請搜查令，以迅雷不及掩耳之姿查封了那間公司。

「我連薪水都要繳上去，好不公平喔！」李百欣其實還是很惋惜那筆錢，「那我這個寒假不是做白工了嗎？」

「警察不是說調查完會還妳，只要證明不是不法所得！」張國恩咬著早餐蛋餅。

「那要很久耶！」她總覺得該有點獎勵吧！

「能全身而退就很好了，不然像我豈不更慘？」張國恩還能自嘲。

李百欣沒好氣的推了他一下，提到這點她就想打他。

「我們不一樣，你是明知故犯！我可是幫警方當臥底！」她驕傲的咧。

張國恩乾笑著，他不會生氣也不會反駁，因為這是事實！

已經開學數天了，除了校內發生的「黑道鬥毆案」外，教室外總是有人在指指點點，張國恩當車手的事全校皆知，班上同學也不見得全部都挺他，但其他班到走廊上看熱鬧碎嘴更令人討厭，所以教室外總是衝突不斷。

「幹什麼啦！你不會做錯事就是了！他做錯了自會有法律處罰，輪不到你在這邊指指點點！」婁承穎才剛到校，就看見走廊上一堆人在婊張國恩，開口就罵，「滾回自己班啦！」

「凶屁啊！祖護詐騙集團喔！詐騙班級！」

「對啦對啦，你說得都對啦！」剛到的周凱婷沒好氣的推著婁承穎往教室裡去，「不要跟狗吵架，你說不聽耶！」

噗……坐在走廊靠窗的同學忍不住噗哧，被罵的人一惱羞，接著在外頭一陣亂吼。

婁承穎拍拍周凱婷，感謝她的支援，走進教室後跟大家道早，路過最後一排時，發現聶泓珈跟杜書綸的位置還空無一人，他們一向很早來啊！

「珈珈居然還沒到喔！」

「他們今天公差，去跟邀約嘉賓開會了，禮堂落成典禮的活動現在由他們跟學生會負責，接手的老師還沒那麼熟！」李百欣回得自然，「話說羅老師還沒找到喔？」

提起羅老師，大家忍不住一臉嫌惡。

「也沒很想看見她，覺得有點反胃，居然汙那麼多錢。」同學們說著心裡話，「我聽說這次她想汙限量公仔拿去網路上賣耶！」

「超爛的！那個我想搶還搶不到！」

「這種咖還教我們做人做事……一定是捲款潛逃啦！」

羅菈琳的事跡已經因著調查傳開，全校師生都已經知道了她的醜惡行逕，總務主任與校長跟著被留職調查，他們當然是極力否認知情，只說因爲非常信任羅老師，沒有思考這麼多，單據也都正確，一切按照正常流程。

但很多事，大家只是心照不宣而已。

杜書綸沒有說出羅菈琳人在哪裡。

找得到的屍體就去拼圖，找不到的他們兩個啥都不知道，禮堂施工的進度因爲命案導致延宕了數日，眼看著就要趕不上落成活動了，他覺得還是不要節外生枝好了。

能永遠身在自己規劃的禮堂裡，或許羅老師也是開心的吧！

李百欣吃著早餐，輕輕的哼起歌來，同學戳了戳她。

「欸，妳偶像要來開演唱會妳知道嗎？」

「知道啊！」提到偶像，李百欣整張臉都亮了起來，「超級期待！」

「咦？妳要去嗎？」

「嗯，一定要的啊！我打算跟張國恩一起去了！」她只是還沒跟國恩說而已。

「哇！票很貴耶！我是想說看能不能搶到最便宜的啦！」

同學在旁喃喃自語，李百欣則泛出淺淺的笑。

她已經買好票了，兩張，搖滾區。

這點錢，她出得起。

✤

在學校發生的命案，警方用黑道鬥毆爲掩飾，反正意義上差不多，就是一群貪婪之徒，想要搶奪另一群貪婪之輩的錢，或搶回、或爭奪，無論如何，就是想要錢。

校園全數封鎖，剛好是寒假期間，所以警方能很好的封閉消息，並且迅速搜證與清理現場；聶泓珈與杜書綸的傷也沒有讓太多人知道，外傷就是縫個幾針，輕微腦震盪觀察之後就出院了。

只是杜書綸比較慘一點，他出院後還被自家父母飆了一頓，後來也被聶爸叫去問了。

鐘柏朗早就發現聶泓珈的父親在他身邊工作，後來利用關係指派新任務給聶爸，讓他去了訊號不佳又偏遠的深山，還帶了點危險性，直到事件發生後，聶爸才被調回來，也才知道自己女兒是目擊者。

「其實之前好幾起命案，死者都是詐騙集團的車手或是假刑警跟檢察官，我們都沒報而已，但是現在有個吹哨者指認了，應該都是相關連的。」武警官拉起手煞，「張國恩發現的那具白骨屍，在DNA數據庫中也找到了，是失蹤人口錢漫妮。」

杜書綸狐疑的往窗外看，武警官載他們到一處山林，這裡有些似曾相識！聶泓珈從另一邊下車，看見的是一間鐵皮屋，從屋外的狀況看去，可能已荒廢一陣子了。

不過呢，屋外有封鎖線的殘跡。

「這是不是張國恩出事的地方？」杜書綸也看見了樹幹上垂掛的封鎖線，「新聞畫面有見過。」

當時這案子新聞都二十四小時播的，想不記住也很難。

「對，他們就是到這間屋子去詐騙一位爺爺……已經過世的爺爺，然後張國恩在車子裡留守時，被裡面出現的那、個嚇到——」武警官繞過了車頭，走進樹林裡，「跑到這裡。」

距車兩公尺的地方。

「為什麼帶我們來這裡？」聶泓珈不懂。

他們今天真的跟兩組嘉賓開完會，對完流程跟腳本，杜書綸原本急著想回學校跟教務主任爭取腳本內容，結果武警官直接開車來找他們了！

他們先到了某座山的另一頭，那是另一個鎮的殯儀館，有夠偏僻的，封鎖線圍了一圈，裡頭有著淡淡腐臭味，滿屋都是鮮血，但是卻沒有屍體；屋子裡是個簡易靈堂，白幔花圈都有，死者的照片有點性格帥氣，叫錢立復。

聶泓珈沒有看到什麼特別的地方，沒有不甘的亡者，但是，那是瑪門的作品之一，因為白幔上的藍色噴墨，地上牆上各種藍色墨彩，還真的很有一番「美感」。

然後，武警官就又開車帶他們到這裡。

「張國恩當時一直往裡逃，他的同夥更因爲被亡靈嚇到抱著錢狂奔，跑了不小一段路！」武警官帶著他們往深處去。

「你剛說白骨的身分叫錢漫妮！這是多愛錢，名字還是兩倍的錢耶，難怪連死後都這麼貪婪。」杜書綸很快的聯想，「剛剛那間靈堂的死者叫錢立復，不是巧合吧？」

「不是。」武警官很喜歡杜書綸的反應力，「姑姑跟姪兒，當年失蹤還是姪兒跟姪女報的，而且他們後來住在錢漫妮的房子、用著她的錢。」

「錢立復是怎麼死的？」聶泓珈幾乎已經猜到。

「他在KTV失蹤，然後屍塊憑空出現在第十六號冰櫃的屍袋中，對，錢漫妮的屍袋。」武警官做了個誇張的手勢，「一夕之間，突然膨脹的屍袋裡就多了一具男性遺體的屍塊，法醫叫我們過去，什麼都不想說。」

「有些事也不是一定要解釋。」杜書綸只能對法醫說聲辛苦了。

「那靈堂是誰設的？這樣講一定是姑姑錢漫妮殺了姪兒，所以……那個錢立復拿走了姑姑的錢吧？你剛說了，他住在姑姑家，用著她的錢。」聶泓珈眞的一點都不意外，「那個白骨屍非常渴望金錢，她什麼錢都想拿，對於錢被拿走，可能不會太高興。」

「問題是錢漫妮的錢多半是從他親哥哥那邊乾坤大挪移來的，等於是合法的偷。有鑑於錢漫妮是被殺害的，頭骨敲裂、指甲被拔除、下頷骨被鋸掉，我們懷疑是她被錢立復兄妹虐待，逼出提款號密碼後再被殺害……只是懷疑。」武警官帶著他們走了一小段坡路，「錢家兄妹，那個妹妹叫錢立妍，張國恩也認識，跟他同時進詐騙集團的！」

咦？這關係眞近啊，看來這個寒假中，有行動的詐騙成員，剛好趕上惡魔的「畫展預備期」，所剩無幾啊！

「我們能再次找到詐騙集團，就是因爲他們其中一個人去自首，就叫他阿中啊，都跟張國恩同一批進去的；他對錢立妍的觀感，就是一個很凶很悍、爲錢不擇手段的人！」武警官看著不遠處的封鎖線，目的地快到了，「錢立復死亡後，她主動跟剩下的大姑姑聯繫上，讓他們全家去剛剛那個偏僻靈堂上香。」

「這絕對有問題！剛剛那個殯儀館都不在我們市內了。」杜書綸已經都想到陷阱了，「讓大姑姑死亡，她好繼承遺產嗎？」

武警官點了點頭，「他們一家中途出了車禍，幸好只是小擦撞，送醫後確定一家四口體內都有迷幻藥，靈堂裡的水跟食物中都有驗出相同成份，錢立妍刻意的。」

「但她沒有得逞？別跟我說良心發現。」聶泓珈實在很難相信，能爲錢弒親的人，會有良心這種東西。

「錢漫娟說她親眼見到失蹤多年的妹妹出現在外面，他們一家便一路追下山，或許是迷幻藥的緣故，也或許是眞的，總之他們一路開車下山，直到撞樹。」武警官停下了腳步，「接下來就是剛剛那個滿滿血跡的靈堂，還有消失的錢立妍。」

「聽起來很像是妹妹拯救姐姐一家……」杜書綸旋即推翻，「但就她藍到發光的遺骨，也有可能她連姐姐的錢也都想要。」

聶泓珈皺著眉，發現在落葉中，有著點點藍色的痕跡。

「你覺得她在……之前發現白骨屍的坑裡嗎？」聶泓珈疑惑的問著。

「因爲十六號冰櫃空了。」武警官語重心長，「空的屍袋，白骨跟錢立復的屍塊都不見了。」

話音剛落，引得人一陣雞皮疙瘩，冷風從樹中穿過吹拂上身，讓這冬日更加寒冷了。

「你懷疑他們都回到這坑裡就是了……有理啊！當初他們挖坑埋的姑姑，現在闔家團圓了。」

「喂！」聶泓珈回眸瞪著他，少說兩句，「就上去看看？你們挖屍，是不是都把坑挖開了嗎？」

「對，我就是來確認的，唉，我希望不要見到他們，這樣又得再出動人員挖屍。」現在爲了「黑道鬥毆案」的屍塊，已經一個頭兩個大了。

杜書綸朝著聶泓珈使眼色，她無奈的點點頭，指指地面，全都是藍色點點，而且是會發光的那種。

眞是不是一家人，不進一家門。

武警官率先上去，他立即僵在那兒，沒有吃驚、沒有咒罵，就只是卡在那裡，杜書綸小心的上前，就算已經看過很多可怕的屍體跟惡鬼了，不代表他喜歡看……呃……

「沒事的，珈珈。」回頭，他朝聶泓珈伸出手，「什麼都沒有。」

有了他的保證，聶泓珈才握著他的手踩上去，眞的什麼都沒有，甚至連坑都沒有——坑洞，塡平了。

「你們塡的嗎？」

「發現屍體才快三週，我們不可能把洞給塡平。」武警官蹲下身，仔細查看著這平面。

坑在平面以下五十公分，所以有人把土給塡平，上面還再度覆上落葉，說眞的，現場自然到如果不是封鎖線，他根本不會知道這裡之前有個坑！

表面的落葉上有乾涸的血，當然在聶泓珈眼中就是藍色的油墨。

「武警官，平常你們會回來現場嗎？」聶泓珈提出了重要疑問。

「咦？不會，除非有特殊情況，或是需要再蒐證。」

「那就好，假裝你今天沒來過吧，」杜書綸突然抓著他的手臂，拉他起身，「就只是帶我們兩個目擊者加受害者來散心而已。」

聶泓珈接著拉住武警官的另一隻手臂，他都還沒反應過來，兩個學生就把他往回程路拽去。

「喂喂……你們……」

假裝沒來過嗎？沒有這件事……讓那姑娃一家的屍體，塵歸塵、土歸土？

「你嫌事情不夠多喔！」杜書綸超級貼心，「等你有閒了，眞的要偵辦錢立妍的失蹤案時，再來挖吧！」

事實上按一般正常流程，這兩個案子是很難聯想在一起的。

武警官沒有掙扎，他們一路回到車邊，兩個學生說得不無道理！誰會想到回白骨屍的挖掘現場？

暫時擱置了吧！

他們重新坐回車內，聶泓珈倒有件事耿耿於懷。

「武警官，你說舉報詐騙集團的是去自首的車手對吧？也是學生？」

「對，說到他，張國恩當時在車內撞的那個好兄弟，可能就是他的生父。」

武警官繫上安全帶。

「嗄?」杜書綸可愣了，這也能相關!

「阿中到警局自首時，他家正在一公里外燃燒——他說是生父找母親復仇了。」武警官從後照鏡望著錯愕的兩個孩子，「現場兩具遺體，不不，別緊張，不是那位生父的屍體，而是繼父。」

聶泓珈完全跟不上了，「這沒有比較好啊，阿中放的火嗎?」

「不，他繼父賭博加簽牌，中了一千多萬，結果他母親打算吞掉那筆錢，所以要殺掉繼父僞裝成失火;結果當天他誤闖現場，看見繼父趴在地上不能動彈，母親正要點火……然後他生父的亡魂就出現了。」武警官略顯無奈，「你知道我負責特殊小組，他的證詞我都信，可信度也很高，他生父當年也死於火災，燒成焦炭，什麼跡證都沒有，但傳言他死前中了三十萬樂透彩。」

「當年爲了三十萬啊……現在爲了一千萬。」杜書綸只能搖頭，「唉，那現在那一千萬，剛好讓這個阿中繼承了。」

「呵……呵呵……」武警官不住的笑了起來，笑裡盡是苦澀，「他媽媽跟隔壁鄰居婚外情，原本錢跟兩個幼小的弟弟妹妹交給對方去藏好，她再帶著阿中會合，不過呢……現在對方跟錢不見了，阿中的弟弟妹妹被扔在速食店裡。」

對方應該是捲走了錢，警方目前也在追查那位宋先生夫妻的下落。

但這筆錢不容易要回，因為錢是洪奕明的生母親自給他的，各有說法，洪奕明甚至沒有證據證明那一千萬是他繼父的。

那孩子自首又提供線索，罪應該是不會太重，弟弟妹妹們警方會協助找親人安置，他意外的是，那孩子當天上午才騙了一個婦人一筆錢，但下午就歸還了。人有時真的很矛盾，他缺錢、他騙人，他感覺良心慢慢泯滅之際，卻又會突然善良。

「人心不足蛇吞象，這句話應該改成，人心不足人害人吧！」杜書綸由衷的長嘆，「還是平凡一點好。」

他往後栽進了椅子裡，聶泓珈這時更加深刻理解，為什麼書綸堅持不簽中樂透彩的主因了。

「可是，詐騙集團說是我們舉報了他們。」聶泓珈介意的這件事，「說得這麼斬釘截鐵，是鐘議員告訴他們的？」

武警官立刻回首，伸長手指向聶泓珈，「噓，同學，這件事離開車內就不能亂講。」

「為什麼？」聶泓珈不悅的反擊，「事發到現在，主任跟校長都停職了，但是鐘柏朗卻沒有事情，我們也說出目擊證詞了，可是——」

珈珈！杜書綸伸手按住她的大腿，安撫她的激動。

「證據要足夠才能再進行一步，我們現在只能約談，你們目擊到他出現在首都，那也得有證據，監視器還在調！即使證實他跟郭子哲都在首都，也不能說他跟郭子哲的死亡有關。」武警官嚴肅的警告他們，「今天找你們主要也是為了這件事，如果之前白象跟阿偉找你們是鐘柏朗授意的，那表示他可能還會再下手，你們要安分點，就好好唸書就行了。」

「我們就算安分唸書，他也不一定會放過我們。」杜書綸其實很清楚，「現在唯一能讓我們安心，大概就是……」

相關人入監，或是……更徹底的方式。

聶泓珈明白大家的考慮，「我爸最近排休陪我，警方也有在我們兩家附近守著，暫時應該沒事……我們會低調的。」

「是啊，最近我們也要忙禮堂慶典的事，沒空管其他的事，保證專心課業。」

杜書綸這是變相在跟武警官保證，但還真沒人信。

禮堂模板已拆，粉刷在即，活動也開始要進入最後排練階段了。

武警官只求孩子們低調生活，他發動引擎，準備載他們回學校。

「對了，那位羅菈琳不知道跑到哪裡去了，你們都沒見到嗎？工地的黑仔還是被她打暈的！但目前屍塊的DNA中，就是沒有女性的。」

畢竟那天唯二女性，只有羅老師與聶泓珈了。

「不知道。」杜書綸回應自然，「她打暈黑仔叔後人就跑了，我跟聶泓珈差點死掉，還是那個阿千救了我們，也沒再在意她了。」

「阿千！」武警官搖搖頭，他知道阿千是誰，杜書綸已經跟他說了。

貪婪之魔，瑪門。

他信，當然信。

因爲他們之前順著張國恩的舉報，去找介紹同學去詐騙集團工作的那位國中同學——根本沒有這個人，畢業紀念冊、校友資料都沒有他的存在，他甚至是在寒假後第一次聚會開始出現而已。

他只出現在大家短期的記憶裡，事實上這個人根本不存在。

「人的貪婪是無止境的，阿千絕對會出現，有人的地方就會有他！沒聽過嗎？世界上沒有錢解決不了的事，有的話就是錢不夠多。」杜書綸是沒有很想再見到他啦！

聞言，聶泓珈憂心的湊上前，「武警官，我們S區能多撥點經費在特別區塊嗎？如果大家少汙點錢，就可以請專家來處理這些事了！」

武警官沒有回應，這不是他能做主的，重要的是——最好大家願意啊！

尾聲

「提滿上限額度，記住不要抬頭。」

男人塞了兩張卡給了女人，催促她下車，女人不太情願的看著提款卡，心生不滿。

「有必要嗎？他的錢都換成現金了，硬要提這幾萬元做什麼？」

「都是錢啊！一千跟一萬都一樣！卡裡還有幾百萬咧，由妳去領天經地義！」

鐘柏朗越過她，直接幫她開了車門。

女人不情願的下了車，講什麼天經地義！這樣頻繁的取錢，等等要是被警方盯上，她又得想一堆藉口了。

三更半夜，她隻身進入銀行邊的提款機，熟練的按壓密碼，密碼都是她生日，她知道郭子哲有多愛她，但是他就是一個沒有情趣的工作狂，根本不知道她要什麼。

傻到以為她每次跟著他去談事情是陪伴，其實她是為了跟鐘柏朗正大光明的見面。

提領每日最高上限，錢蓋唰地打開，女人伸手取錢——說時遲那時快，錢蓋突然關了上！

「哎！」她嚇了一跳，手來不及收回，使勁的要拔出……

一陣冰冷觸及了她的指尖，女人愣住了，她感受到那是另一個人的手，由下往上的握上她的手……

「咦咦！啊——」她失聲尖叫，更加急切的想拔出自己的手，但這次已經不是錢蓋的原因了。

是裡面那隻手緊緊抓住了她，不讓她掙脫。

啊！強大的力量甚至把她往下扯，女人另一隻手撐住了提款機，試著朝外面大喊：「鐘柏朗！鐘柏朗——」

眼前的螢幕開始出現雪花畫面的震動，然後出現了新的文字：

『妳還愛我嗎？』

什麼東西……女人嚇得花容失色，她瘋狂的拔著自己的手，不停的尖叫，但爲了避嫌，把車停在對面馬路的鐘柏朗根本聽不見。

他只是焦急的覺得，這女人提個錢爲什麼需要這麼久？

『為什麼這樣對我？』

「是你嗎……子哲，對不起……我不知道他想害你！」女人開始求饒了，

「我當然是愛你的，你知道他有權力，我不敢反抗啊！」

『更愛我的錢？』

不要！她活見鬼了嗎？手上觸感是眞的，提款機裡——有人正緊緊握住她的手啊！

「放手！放開我啊——」她抱著斷手的覺悟，咬牙以腳抵著提款機，準備把手給拔——

喀，錢蓋突然打開，但女人沒有往後倒，因爲「那隻手」依舊抓著她。

而提款機瞬間一分爲二，錢蓋成了一張血盆大口，底下深不見底，女人什麼都來不及掙扎，直接往裡跌去！

「哇啊！住手——郭子哲！哇——」

最後只剩一雙腳在機器上方掙扎，抽動了幾下，咻地一下就被拖進提款機裡。

「妳——」同時自動門打開，鐘柏朗走了進來，原本才想開罵，卻發現裡面空無一人。

只剩下提款卡落在地上。

「搞什麼？」他趕緊把卡拾起，從頭到尾他都看著門口，她沒有離開啊！這一小間也才四台提款機的空間，根本沒有可以躲藏的地……

手自隔壁機台摸過時，摸到了一片濕濡，他抬手一看，是滿手的血。

螢幕跳動，一字一字的躍出——

『晚　安　鐘　議　員。』

後記

我覺得世界上應該沒有能抵擋貪念的人。

貪欲，有分大小，小到菜市場買菜送這個那個，大到為財殺人，這些都是貪。

在準備動筆時，非常剛好的又出現各類相關新聞，還意外看見發生在台灣的案件解說，為了謀奪遺產的下狠手，起源皆是貪得無厭。

我一樣不覺得「貪」是惡，有時貪心也能是讓人們往前進的動力，但「無厭」就不好了，膨脹的欲望，填不滿的貪念，只是把自己往絕境上推。

想到最直接的例子就是「賭」，我曾聽過有人借錢簽賭，贏了幾百萬，現金擺滿整張桌子，然後下一秒全部再投入下一輪簽賭，想的是翻倍大賺，最終不但血本無歸，還倒欠還不完的利息。

詐騙更是最新代表，車手都是炮灰，真的不要自我催眠，認為自己只是提款工具人，共犯就是共犯，為了蠅頭小利背上前科，真的太不划算！

貪念真的太難抵擋了，而且人為了錢，真的什麼事都做得出來，再好的親人也都會翻臉無情。

只能隨時警醒自己，取自己該得的吧！共勉之！

最後，由衷感謝購買這本書的您們，購書才是對作者最實質且直接的支持，沒有您們的購書，作者便無法繼續書寫下去，謝謝！

笭菁

※本書純屬虛構，如有雷同，完全巧合※

境外之城 162X

SIN原罪IV：貪・無厭者（貪婪烏鴉魔法陣書籤版）

作　　者／笭菁
企畫選書人／張世國
責 任 編 輯／張世國

發　行　人／何飛鵬
總　編　輯／王雪莉
業 務 協 理／范光杰
行 銷 主 任／陳姿億
資深版權專員／許儀盈
版權行政暨數位業務專員／陳玉鈴
法 律 顧 問／元禾法律事務所　王子文律師
出版／奇幻基地出版
城邦文化事業股份有限公司
台北市 115 南港區昆陽街 16 號 4 樓
電話：(02)25007008　　傳真：(02)25027676
網址：www.ffoundation.com.tw
e-mail：ffoundation@cite.com.tw
發行／英屬蓋曼群島商家庭傳媒股份有限公司城邦分公司
台北市 115 南港區昆陽街 16 號 8 樓
書虫客服服務專線：(02)25007718・(02)25007719
24 小時傳眞服務：(02)25170999・(02)25001991
服務時間：週一至週五09:30-12:00・13:30-17:00
郵撥帳號：19863813　　戶名：書虫股份有限公司
讀者服務信箱 E-mail：service@readingclub.com.tw
歡迎光臨城邦讀書花園 網址：www.cite.com.tw
香港發行所／城邦（香港）出版集團有限公司
香港九龍土瓜灣土瓜灣道86號順聯工業大廈6樓A室
電話：(852) 2508-6231 傳眞：(852) 2578-9337
馬新發行所／城邦（馬新）出版集團
【Cite (M) Sdn Bhd】
41, Jalan Radin Anum, Bandar Baru Sri Petaling,
57000 Kuala Lumpur, Malaysia.
電話：(603) 90563833　　傳眞：(603) 90576622
E-mail：services@cite.my

封面插畫／山米Sammixyz
封面版型設計／Snow Vega
排　　版／芯澤有限公司
印　　刷／高典印刷有限公司
■2024 年9月5日初版一刷

售價／380元

國家圖書館出版品預行編目資料

SIN 原罪 IV：貪 ・ 無厭者 / 笭菁著　—初版—
台北市：奇幻基地出版；
家庭傳媒城邦分公司發行；2024.9
面：公分 . – (境外之城：.162)
ISBN 978-626-7436-45-5 (平裝)

863.57　　113012132

ISBN 4717702125387
Printed in Taiwan.

※ 本故事內容純屬虛構，如有雷同，純屬巧合。

廣　告　回　函
北區郵政管理登記證
台北廣字第000791號
郵資已付，免貼郵票

115 台北市南港區昆陽街 16 號 8 樓

英屬蓋曼群島商家庭傳媒股份有限公司城邦分公司 收

請沿虛線對摺，謝謝

奇幻基地

每個人都有一本奇幻文學的啓蒙書

奇幻基地粉絲團：http://www.facebook.com/ffoundation

書號：1HO162X　書名：SIN原罪IV：貪・無厭者（貪婪烏鴉魔法陣書籤版）

｜奇幻基地・2024山德森之年回函活動｜

好禮雙重送！入手奇幻大神布蘭登・山德森新書可獲2024限量燙金藏書票！
集滿回函點數或購書證明寄回即抽山神祕密好禮、Dragonsteel龍鋼萬元官方商品！

2024山德森之年計畫啟動！】購買2024年布蘭登・山德森新書《白沙》、《祕密計畫》系列（共七本），各單書隨書附贈限量燙金「山德森之年」藏書票一張！購買奇幻基地作品（不限年份）**五本以上，即可獲得限量隱藏版「山德森之年」燙金藏書票；購買十本以上還可抽總值萬元進口龍鋼公司官方商品！**

好禮雙重送！「山德森之年」限量燙金隱藏版藏書票＆抽萬元龍鋼官方商品

活動時間：2024年1月1日起至2024年10月30日前（以郵戳為憑）

抽獎日：2024年11月15日。

參加辦法與集點兌換說明：2024年度購買奇幻基地任一紙書作品（**不限出版年份，限2024年購入**），於活動期間將回函卡右下角點數寄回奇幻基地，或於指定連結上傳2024年購買作品之紙本發票照片／載具證明／雲端發票／網路書店購買明細（以上擇一，前述證明需顯示購買時間，連結請見奇幻基地粉專公告），寄回五點或五份證明可獲限量隱藏版「山德森之年」燙金藏書票，寄回十點或十份證明可抽總值萬元進口龍鋼公司官方商品！

活動獎項說明

■ **山神祕密耶誕好禮＋「寰宇粉絲組」（共2個名額）**
布蘭登的奇幻宇宙正在如火如荼地擴張中。趕快找到離您最近的垂裂點，和我們一起躍界旅行吧！
組合內含：1. 躍界者洗漱包 2. 躍界者行李吊牌 3. 寰宇世界明信片 4. 寰宇角色克里絲別針。

■ **山神祕密耶誕好禮＋「天防者粉絲組」（共2個名額）**
衝入天際，遨遊星辰，撼動宇宙！飛上天際，摘下那些星星！組合內含：1. 天防者飛船模型 2. 毀滅蛞蝓矽膠模具 3. 毀滅蛞蝓撲克牌 4. 寰宇角色史特芮絲別針。

特別說明

1. 活動限台澎金馬。本活動有不可抗力原因無法執行時，主辦單位有權決定取消、中止、修改或暫停本活動。
2. 請以正楷書寫回函卡資料，若字跡潦草無法辨識，視同棄權。
3. 活動中獎人需依集團規定簽屬領取獎項相關文件、提供個人資料以利財會申報作業，開獎後將再發信請得獎者填妥資訊。若中獎人未於時間內提供資料，主辦單位有權取消得獎資格。
4. **本活動限定購買紙書參與，懇請多多支持。**

當您同意報名本活動時，您同意【奇幻基地】（城邦文化事業股份有限公司）及城邦媒體出版集團（包括英屬蓋曼群島商家庭傳媒股份有限公司城邦分公司、書虫股份有限公司、墨刻出版股份有限公司、城邦原創股份有限公司），於營運期間及地區內，爲提供訂購、行銷、客戶管理或其他合於營業登記項目或章程所定業務需要之目的，以電郵、傳眞、電話、簡訊或其他通知公告方式利用您所提供之資料（資料類別 C001、C011 等各項類別相關資料）。利用對象亦可能包括相關服務的協力機構。如您有依個資法第三條或其他需要協助之處，得致電本公司（(02) 2500-7718）。

個人資料：

姓名：＿＿＿＿＿＿＿＿ 性別：＿＿＿＿ 年齡：＿＿＿＿ 職業：＿＿＿＿＿ 電話：＿＿＿＿＿＿＿＿

地址：＿＿＿＿＿＿＿＿＿＿＿＿＿＿＿＿＿＿ Email：＿＿＿＿＿＿＿＿＿＿ □ 訂閱奇幻基地電子報

想對奇幻基地說的話或是建議：＿＿＿＿＿＿＿＿＿＿＿＿＿＿＿＿＿＿＿＿＿＿＿＿＿＿

奇幻基地

請剪下右邊點數，集滿十點寄回奇幻基地即可參加抽獎，影印無效。

1
A Year of Sanderson
2024